アイルランド詩と
ナショナル・アイデンティティ

The Harp & Green

及川 和夫 著

音羽書房鶴見書店

泰子へ

まえがき

　近代以降の時代は激動の時代である。それは現在も変わらない。あらゆる産業、学問、科学技術、メディア、通信の目まぐるしい発展は日々、政治、経済、社会、文化、人々の暮らしに変化をもたらす。それは新聞の一面に載るような大事件ばかりではなく、現在ではネットの片隅の些細な書き込みでさえ、多大なバタフライ効果を生みうる。このような個人が剥き出しに社会に、いや全世界に露出してしまうような状況はいつから始まったのだろうか。

　そう考えると、その答えは実に凡庸ながら、近代の始点である18世紀後半のイギリスにたどり着く。そこには近代から現代の道具立てが一式揃っている。近代的合理主義、産業革命、国民国家、自由主義経済、議会制民主主義、メディア革命等々。どれもすでに言い古された話題ばかりだが、そのいずれも現在に至るまで完全な形で解明されたためしはない。そのおかげか200年前のイギリス・ロマン派詩人は自己探求の難解な詩を書き、現代日本の大学生は卒業後の就職先を確保するために膨大なエントリー・シート、面接などで自己証明を余儀なくされている。

　だがアイルランドに視線を転じると、その様相はいささか変わってくる。名誉革命に続くウィリアム王戦争の結果、カトリック系住民は刑罰法により公民権を著しく剥奪された。18世紀後半になると、アメリカ独立やフランス革命の影響で共和主義思想が不満を持つカトリック系住民に伝播するのを恐れたイギリス政府は、一連のカトリック救済を行い、公民権は幾分回復した。しかし1798年に当時のイギリスの敵国である革命フランスの協力を得たユナイテッド・アイリッシュメンの反乱によって、事態は大きく変化した。1801年のアイルランド併合法 (Act of Union) によって、アイルランドは法的にイギリスの一部とされ、アイルランド議会は解散した。

　アイルランドに関しては、この時点で確実に歴史は逆行した。本国イギリスが産業革命の重工業化とともに帝国主義化路線を邁進するのを尻目に、アイルランドはアイルランド議会議員がイギリス議会議員に転身することによ

って、富裕層が大量に流出し、経済は大いに低迷した。ヘンリー・グラッタンがアイルランド議会で活躍した1780年代には首都ダブリンは栄え、現在の市の中心部が形成された。しかし1812年にアイルランド解放の理想に燃えた、若きイギリス・ロマン派詩人、パーシー・ビッシュ・シェリーが新妻ハリエットを伴って、ダブリンを訪れた時、市の中心部から少し外れた貧民街「リバティー」地区の惨状は、時代に先駆けた自由主義者にして博愛主義者のシェリーですら、思わず顔を背けたくなる有様だった。「リバティー」地区はイギリスのアイルランド支配の拠点であるアイルランド政庁があるダブリン城から徒歩数分の、かつてはジョナサン・スウィフトが主席司祭を務めたセント・パトリック大聖堂の筋向いにある。

　このようにアイルランドは近代の始めに大きな困難に直面した。イギリスのロマン主義詩人たちは、数々の問題はありながら大筋では発展拡大するイギリスという国民国家の枠組みの中で、自我と自然、その両者をつなぐ想像力の問題などを思索することができた。しかしアイルランドの詩人たちは、世界と自我を繋ぐ中間項の「国家（ナショナリティ）」を喪失することから出発せざるを得なかった。

　本来近代的個人とは自己から暫時放物線上にその関係性を拡大していくものだろう。例えば、ジェイムズ・ジョイスは『若き芸術家の肖像』(*The Portrait of the Artist as a Young Man*) のなかで、自分の一種の分身であるスティーヴン・ディーダラスにこの過程を再演させている。思春期のスティーヴンは地理の本の見返しにこう書く——「スティーヴン・ディーダラス　初級組　クロンゴウズ・ウッド学寮　サリンズ町　キルデア県　アイルランド　ヨーロッパ　世界　宇宙」。しかしここには問題が潜んでいる。スティーヴンは自分と世界・宇宙を繋ぐ国名という重要な中間項に「アイルランド」と書き込むが、アイルランド併合法以来この部分は実質的には「~~アイルランド~~（イギリス）」でなければならない。1801年のアイルランド併合法の施行以来、この問題はアイルランド・ロマン主義の詩人から100年後のジョイスを経て、1922年のアイルランド自由国の成立まで継続する。本書はこの問題に関して近代から現代のアイルランド詩人たちがいかに格闘したかという過程の論考である。それは自己のアイデンティティと、国家というアイデン

ティティを同時進行で構築するという困難な過程であった。

　また自由国成立以後も、イギリスとの経済的緊張、第二次世界大戦での中立政策による孤立、共和国への移行などの多難な時期が続く。独立後、アイルランドにおけるカトリック教会の影響力は増し、検閲法などの文学者には困難な状況が生まれる。このイェイツ亡き後の空白期とも言える時期にあらわれたのが、パトリック・カヴァナーであった。彼は30代半ばまで貧しい農民であったという出自を活かして、イェイツとは全く対照的な文学観、世界観を打ち出した。それはそれまでアイルランド文学では聞かれたことのない、あらたなアイルランド人のアイデンティティの主張であった。

　また自由国の成立、共和国への移行は過去のすべての問題を解決したわけでもなかった。例えば、第一部で論じたマンガンやファーガソンが協力したアイルランド陸地測量局の活動は、常に近代アイルランドの原点として問題とされ振り返られた。第三部では陸地測量局の活動が孕んでいた文化的、政治的な問題を鋭く探求したブライアン・フリールの『トランスレーションズ』を論考した。また末尾には現代のアイルランド音楽界に多大の影響を残したプランクシティの活動を吟味した。それまでの文学の論考と異質ではという意見もあるだろうが、本書を読んでいただければ、アイルランド文学には伝承音楽、伝承歌の息吹きが一貫して流れていることを納得してもらえると考えている。

目　次

まえがき ………………………………………………………………… i

第一部
アイルランド・ロマン主義詩人とナショナル・アイデンティティ

序　　章　アイルランド・ロマン主義の諸問題 ………………………… 2

第 一 章　トマス・ムーア『アイリッシュ・メロディーズ』の両義性
　　　　　──「息の詩学」とその余波 …………………………………… 7

第 二 章　ジェイムズ・クラレンス・マンガンのアイルランド民族主義への
　　　　　覚醒過程 ……………………………………………………… 24

第 三 章　『ネイション』紙の詩人
　　　　　──トマス・デイヴィスとジェイン・フランセスカ・ワイルド
　　　　　（スペランツァ）……………………………………………… 46

第 四 章　サミュエル・ファーガソンとアイルランド民俗学 …………… 65

第二部
W・B・イェイツ──詩人のアイデンティティとネイション

第 五 章　イェイツとサミュエル・ファーガソン
　　　　　──二つのファーガソン論を中心に ……………………… 88

第 六 章　イェイツの時間意識 ………………………………… 107

第 七 章　イェイツとイースター蜂起 …………………………… 122

第 八 章　イースター蜂起以後のイェイツ ……………………… 142

第三部
現代アイルランドのナショナル・アイデンティティ

第 九 章　パトリック・カヴァナーのアイリッシュ・アイデンティティ
　　　　　――『大いなる飢餓』を中心として ………………… 156

第 十 章　ブライアン・フリール『トランスレーションズ』論 … 174

第十一章　プランクシティから見たアイルランド音楽の50年
　　　　　――音楽社会学的考察 ………………………………… 202

初出一覧 …………………………………………………………… 231
あとがき …………………………………………………………… 233

第一部

アイルランド・ロマン主義詩人と
ナショナル・アイデンティティ

序章

アイルランド・ロマン主義の諸問題

　ロマン主義の定義には常に困難が付きまとってきた。古くはアーサー・O・ラブジョイとレネ・ウェレックの論争が想起される。ラブジョイは1929年のアメリカ近代語協会 (PMLA) の研究雑誌39号の論文「複数のロマン主義の区別」('On the Discrimination of Romanticisms') で、ロマン主義という概念は意味が拡散しすぎていて、事実上無意味に近くなっている。単一のロマン主義という概念を想定するのはもはや無理なので、「複数のロマン主義」(romanticisms) を想定しない限り議論は混乱するばかりであると論じた。それに対してウェレックは1949年の『比較文学』(Comparative Literature) の「文学史における『ロマン主義』の概念」('The Concept of "Romanticism" in Literary History') で、文学理論家らしくあくまでロマン主義期の支配的な内在的原理を追及すべきだと主張した。

　その後のロマン主義研究は特に北米の研究者がリードし、ウェレックの路線が追及されたと言えるだろう。ノースロップ・フライの画期的なブレイク論『恐るべき均整』(Fearful Symmetry, 1947)、想像力と神話創造を中心としてホメロスからエミリー・ディキンソン、イェイツ、ウォラス・スティーヴンズまで網羅した、後に『同一性の神話』(The Fables of Identity, 1963) にまとめられた論考は、文学全般のジャンルを総合的に体系化した『批評の解剖』(The Anatomy of Criticism, 1957) に発展した。M・H・エイブラムズは想像力による内面表出をロマン主義の原理にすえて、文学史、思想史を横断した『鏡とランプ』(The Mirror and the Lamp, 1953) を著し、20世紀後半のロマン主義研究の方向を決定付けた。またそれ以後も『自然の超自然』(Natural Supernaturalism, 1973) や『照応の微風』(The Correspondent Breeze, 1984) などの重厚な著作で想像力の表象を分析した。またフライを

強力な先行者とみなし、コーネル大学でエイブラムズの指導を受けたハロルド・ブルームは、『シェリーの神話創造』(*Shelley's Mythmaking*, 1959) を皮切りに、旺盛な研究活動を開始した。『幻影の仲間たち』(*The Visionary Company*, 1961) では、ブレイクからキーツ、さらにはトマス・ラベル・ベドーズやジョン・クレアまでの主要なロマン派詩を網羅的に、しかもブレイクを基準として読解した。ブルームはその後、『イェイツ』(*Yeats*, 1970)、『ウォラス・スティーヴンズ』(*Wallace Stevens*, 1977) と批評の領域を広げ、『影響の不安』(*The Anxiety of Influence*, 1973) 以降はロマン主義詩学に、独自の解釈を加えた精神分析とユダヤのカバラを加味した独自の文学理論を展開するようになった。それはシェイクスピア批評を中心とした近年の批評でも変わらず、『影響の解剖』(*The Anatomy of Influence*, 2011) でも、T・S・エリオットのような反ロマン主義を標榜した詩人・批評家ですらロマン主義の枠の中で位置づけてしまうような、強力で独自な批評空間を構築している。

　これら3人の20世紀後半のロマン主義批評をリードした大批評家に共通する点は、ブレイク、シェリーといった、ロマン派詩人でも新プラトン主義的な想像力至上主義的な傾向が強い詩人の影響が顕著な点である。研究の出発点がこの二人であったフライとブルームは言うまでもなく、エイブラムズの代表作『鏡とランプ』の表題は、この二人の影響から出発したW・B・イェイツが『オクスフォード近代詩選集』(*Oxford Book of Modern Verse*, 1936) で使った言葉であることを想起すれば納得できる。こうした想像力と、内面表出を重視する批評的路線の中で、ブレイク、ワーズワス、コウルリッジ、バイロン、シェリー、キーツの6大詩人をキャノン化し、その他の詩人や、チャールズ・ラム、ハズリットやド・クインシーなどの散文を主とする文学者を6大詩人たちの衛星として位置づけるロマン主義観が確立した。

　だが6大詩人といっても全員が同等であるわけではなく、なかでもバイロンは『貴公子ハロルドの遍歴』(*Childe Harold's Pilgrimage*) のヨーロッパの風景を背景にした叙情的な感情漂白は評価されても、彼の詩業の大きな部分を占める諷刺詩や、アレクサンダー・ポープへの敬意といった側面は、

ロマン主義とは異質な部分として議論の対象から外れる場合も多かった。また、このロマン主義観でもワーズワスはロマン主義最大の詩人ではあり、彼の想像力や「時の地点」(spots of time)、「力強い感情が自ずと溢れ出たもの」という表出的文学観は議論の中心になるが、『叙情民謡集』(*Lyrical Ballads*) の序文で賞賛される地方の民衆の言葉や、バラッド文学への着目は後景に退きがちであった。

こうしたロマン主義観に対する批判は大別すると二つの方向からなされた。ひとつはジャック・デリダを震源とする、いわゆるデコンストラクションの批評である。ブルームのイェール大学の同僚であったポール・ド・マンは『盲目と明察』(*Blindness and Insight*, 1983)、『ロマン主義の修辞』(*The Rhetoric of Romanticism*, 1984) などの著作で、ロマン派の詩の言語と修辞を綿密に検討し、それまでの批評が前提としていた詩人の内面や、超越的な想像力といったものが言語と修辞によって構築されたものであり、詳細に分析すると内部に矛盾と曖昧性が内包されていることを明らかにした。この批評の潮流はJ・ヒリス＝ミラーという強力な批評家の実践により、1970年代後半から1980年代前半に主に北米の学会で全盛を誇ったが、かつてのニュー・クリティシズムと同じように、言語分析に終始しているという批判や、ド・マンの1983年の急死と、その後に彼の戦時中の対ナチ協力的な活動の暴露などが重なって勢いは急速に衰えた。

もうひとつの大きな批判はやはり1983年に出されたジェローム・マクガンの『ロマン主義のイデオロギー』(*The Romantic Ideology*) で、デコンストラクションとは逆に、言語以外の歴史や社会の文脈の考察が従来の批評では盲点になっているという批判だった。フライ－エイブラムズらの批評はロマン主義詩人の価値観を無批判に前提としているので、彼らの本質的な批判ができないというのがマクガンの主張である。当時の歴史的動乱や矛盾は詩人の想像力では超克できず、その矛盾にこそ批評の糸口を求めるべきだとマクガンは主張した。この主張はマリリン・バトラーの『ロマン主義者たち、反乱者たち、反動家たち』(*Romantics, Rebels, and Reactionaries*, 1981) などとともに、その後の新歴史批評やカルチャラル・スタディーズに影響を与え、ロマン主義批評でも階級やジェンダーの問題に以前より大きな注目が集

まり、多くの忘れられていた女流詩人や文筆家が近年再評価されている。

　さらに近年注目を集めているのがナショナリティの問題である。6大詩人をキャノンとする過程で抜け落ちたのは階級やジェンダーの問題だけではなかった。イギリス・ロマン主義という場合、このイギリスはイングランドのことに他ならない。マレー・ピトックは2008年の『スコットランドとアイルランドのロマン主義』(*Scottish and Irish Romanticism*) で、ロマン主義研究がイングランドに焦点を合わせた結果、スコットランドとアイルランドのナショナリティの独自性の考察が抜け落ちてしまったと指摘する。その証拠として、19世紀から20世紀前半までバイロンとほぼ同等の評価がされていたロバート・バーンズが、イングランドの6大詩人がキャノン化する中で見事に周辺的存在に転落したことをあげている。[1]

　確かにロマン主義の時代にイングランド、スコットランド、アイルランドを同列に語るのには無理がある。スコットランドは、スコットランド王ジェイムズ6世がイングランド王ジェイムズ1世に即位した時点で一体となったとはいえ、清教徒革命、名誉革命でスチュアート王家は処刑、王位剥奪の運命に遭遇したことは周知の事実である。こうした不満を封じ込めるために1707年にイングランドとの併合法案が強行されるが、18世紀半ばまでジャコバイトの動きを完全に鎮圧することはできなかった。また18世紀後半以降ではアダム・スミス、デイヴィッド・ヒュームらのスコットランド啓蒙主義や、『ブラックウッズ・エディンバラ・マガジン』や『エジンバラ・レヴュー』がそれぞれ独自の論調を展開するなど、その文化的風土はイングランドとは際立っている。

　アイルランドにおいてはさらに相違は大きく、テューダー朝の植民から、オニール、オドンネルなどの地元貴族の反乱、1498年のポイニング法による議会の制限、クロムウェル軍の王党派カトリックの掃討作戦、ウィリアム戦争、その後の刑罰法によるカトリック住民の徹底的な公民権の制限は歴史に大きな傷跡を残した。18世紀の末期には一連のカトリック救済法により、部分的に刑罰法は緩和され、1782年にはグラッタン議会の成立で一定の自治を獲得するものの、1798年のユナイテッド・アイリッシュメンの反乱と、1800年のアイルランド併合法案で歴史は完全に逆戻りした。しかも併合法

との交換条件だったカトリック解放による公民権の回復は完全に口約束に終わった。これはまさにロマン主義期の只中の出来事であり、イングランド・ロマン主義の前提である啓蒙合理主義の風潮や、産業革命による社会変動との落差はあまりにも大きい。なにより、当時世界最強国に上り詰めつつあったイギリスにおいて、詩人たちは直接世界における自己のアイデンティティを確立しようとすることができたが、アイルランド詩人たちは自分と世界を繋ぐ中間項であるナショナリティ自体が曖昧であった。

　そこで以下の章ではトマス・ムーア (1779–1852)、ジェイムズ・クラレンス・マンガン (1803–1849)、サミュエル・ファーガソン (1810–1886)、トマス・デイヴィス (1814–1845)、ジェイン・フランセスカ・ワイルド (1824–1896) の 5 人の詩人の作品と時代を検討しながら、アイルランドにおけるロマン主義の独自のあり方とそれに伴うアイルランドのナショナル・アイデンティティの変遷を検討したい。

註

1. Murray Pittock, *Scottish and Irish Romanticism* (Oxford: OUP, 2008), pp. 144–145.

第一章

トマス・ムーア『アイリッシュ・メロディーズ』の両義性
――「息の詩学」とその余波

はじめに

　始めに述べておかなくてはならないことは、ここでは主に『アイリッシュ・メロディーズ』(*Irish Melodies*) の詩人としてのトマス・ムーアを考察するが、ムーアの文学者としての全体像はそれよりはるかに巨大だということである。初期のギリシア詩人アナクレオンのオード詩の翻訳 (1800) や『故トマス・リトル氏詩集』(*The Poetical Works of the Late Thomas Little Esq.*) はあまりに官能的であるという酷評を『エジンバラ・レヴュー』より下され、キーツの先駆けとなった。『アイリッシュ・メロディーズ』と同じ 1808 年に出版された『腐敗と不寛容』(*Corruption and Intolerance*) は激しい政治批判の詩であり、『傍受された手紙、または 2 ペニーの郵便袋』(*Intercepted Letters, or The Two-Penny Post Bag,* 1813) や『パリのファッジ一家』(*The Fudge Family in Paris,* 1818) は滑稽な風刺詩である。作詞ではヨーロッパ各国の民謡に作詞した全 6 巻の『国民歌謡』(*National Airs,* 1818–1828)、宗教歌集『聖なる歌集』(*Sacred Songs,* 1816) もある。また 1817 年には東洋物の先駆となった散文を織り交ぜた長編物語詩『ララ・ルック』(*Lallah Rookh*) を出版し、1824 年にはアイルランド部族の反逆者を主人公とした歴史小説、『著名なアイルランド族長、ロック大尉の回想』(*Memoirs of Captain Rock, the Celebrated Irish Chieftain*) を出した。創作以外では同郷人シェリダン (1825) とユナイテッド・アイリッシュメン指導者のプリンス、エドワード・フィッツジェラルドの伝記 (1830) も書いている。またバイロンとは大親友であり、イタリアで彼から託された回想録は、

「文学上の遺産管理人」(literary executer) を任命されたとするジョン・ホブハウスとレイディ・バイロン、オーガスタ・リーの反対で廃棄する羽目となったが、1830 年にはバイロンの書簡とジャーナルを 2 巻本で発表した。晩年のムーアは 10 年以上の歳月をかけて全 4 巻の『アイルランド史』(*History of Ireland*, 1835–46) を完成させた。また死後には親友で 2 度英国首相となったジョン・ラッセル卿が膨大な『回想、日誌、書簡集』(*The Memoirs, Journal, and Correspon-dence*, 1853–6) を編集した。

このようにムーアは総合的な文人であり、当時の代表的ホイッグ党文化人だった。また彼はバイロン、ウォルター・スコットと並ぶベスト・セラー詩人で、『ララ・ルック』の前金としてロングマンズが 3000 ポンドという破格の契約を結んだことは大きな話題となった。[1]

I.『アイリッシュ・メロディーズ』の背景

この名声の出発点となったのが、1808 年に出版された『アイリッシュ・メロディーズ』である。この歌集は大ベスト・セラーとなり、1834 年まで 8 度の増補を重ねた。この歌集はロンドンとダブリンで書店を営む、ジェイムズとウィリアムのパワー兄弟から提案を受けたものである。パワー兄弟の念頭には、ロバート・バーンズらのスコットランド民謡集の成功があったようだ。ここで視野を広げてみるならば、啓蒙的合理主義と産業革命の時代であった 18 世紀後半は、イギリス、アイルランド各地での民謡復興の時代である。トマス・パーシーが 1765 年に上梓した『古英詩拾遺』(*Reliques of Ancient English Poetry*) はイギリス・ロマン主義の先駆けとなり、ワーズワスとコウルリッジが『抒情民謡集』(*Lyrical Ballads*) を執筆する刺激となったことは、そのタイトルが物語っている。また後で触れるシャーロット・ブルック (Charlotte Brooke) の翻訳集『アイルランド詩拾遺』(*Reliques of Irish Poetry*) もパーシーのバラッド集を意識しているのは、そのタイトルから明白である。

スコットランドでは前述のバーンズがジェイムズ・ジョンソンの『スコッ

トランド音楽博物館』(*Scots Musical Museum*) に数々の民謡、ジャコバイト・ソングを寄稿した。またムーアの文学上のライバルであるとともに親友でもあったウォルター・スコットは、そのキャリアの手始めとして民謡集、『スコットランド国境地方の民謡集』(*Minstrelsy of the Scottish Border*, 1802–3) を編集している。このように啓蒙主義と産業革命が合理主義と普遍主義の理念のもとに社会と個人を平準化していく中で、それに反比例する形で、各地方に根差した神話、伝説や、ここで問題にする民謡などが見直されて行き、それらがロマン主義の大きな背景を形成している。

　またこれらの動きは、1707 年にイギリスに併合されたスコットランド、1801 年に併合されたアイルランドのような国では政治的なニュアンスを含まざるを得ない。ジョンソンの『スコットランド音楽博物館』にバーンズが寄せた民謡には、1746 年のチャーリー・スチュアートの反乱などをテーマとする、夥しい数のジャコバイト・ソングがある。18 世紀のアイルランドで書かれたアイルランド語の夢幻詩、「アシュリング」(aisling) も恋人に捨てられた女性の嘆きに仮託して、スチュアート王家の復興を寓意するものが多い。

　アイルランドでアイルランド語詩英訳詩集の先駆けとなったのは、1786 年に出版されたジョゼフ・クーパー・ウォーカー (Joseph Cooper Walker) の『アイルランド吟遊詩人たちの歴史的回想録』(*Historical Memoirs of the Irish Bards*) である。この翻訳作業に協力したのがシャーロット・ブルックであった。ウォーカーは名前を明かさないが註でクレジットしている。この翻訳詩集で脚光を浴びているのが最後の吟遊詩人と言われた盲目のハープ奏者、ターロッホ・カロラン (Turlough Carolan, 1670–1738) である。カロランは、かつてはアイルランド中にいた、ハープを奏で、歌を歌い、巧みな話術で人を楽しませる放浪のハープ弾きの栄光を伝える人物である。アイルランド人のハープ奏法は古来より知られていた。1184 年にイングランド王の命を受けてアイルランドを訪れたウェールズ人司祭、ギラルドゥス・カンブレンシス (Giraldus Cambrensis, ?1146–1220) は 1188 年に『アイルランド地誌』(*Topographia Hibernica*) を執筆した。ギランドゥスは当時のアイルランド人は未開で野蛮であると軽蔑を隠さないが、ハープ演奏にだけは称賛

を惜しまない。また現在トリニティ・カレッジ・ダブリン (TCD) に置かれている古いハープは、12世紀にダブリンを支配していたヴァイキングを一掃した大王、ブライアン・ボルーのものとされるなど、古来、ハープとアイルランドの結びつきは強い。しかし啓蒙合理主義の時代にあって、金属弦を自分の爪で爪弾くというアイルランド伝来のハープ奏法は廃れていった。

　しかし18世紀も後半となると、民謡や伝説見直しの動きの中でハープ音楽も見直されていくことになる。徐々に各地でハープ・フェスティバルが開催され、復興が図られた。その中で最大のものは1792年のベルファスト・ハープ・フェスティバルであった。これはその前年に史上初めてプロテスタント、カトリックの区別なくアイルランド人として団結しようという理念のもと、アイルランド議会の改革運動として結成されたユナイテッド・アイリッシュメン協会のメンバーたちが中心となって開催したものである。10人のハープ奏者が参加したが、最高齢は当時97歳の盲目のハープ弾きデニス・ヘンプソン (Denis Hempson) であった。彼は唯一金属弦を自分の爪で弾く、カロランの伝統を伝える唯一の人間であった。

　このフェスティバルで採譜係を担当したのが、当時19歳の若きオルガン奏者エドワード・バンティング (Edward Bunting, 1773–1843) であった。クラシックの音楽教育を受けたバンティングは、このクラシックの古典派以前の旋法音楽の要素が強い未知の音楽に魅せられ、フェスティバル終了後も参加者を訪ねて採譜を継続した。彼はその成果を1796年に『アイルランド古楽大全』(*General Collection of Ancient Irish Music*) としてまとめ出版した。アイルランド伝承音楽は、歌にせよ器楽曲にせよ、耳で聞いて覚えるものとされ、楽譜の形で世に出ることはそれまでなかった。

II.『アイリッシュ・メロディーズ』の戦略

　前置きが長くなったが、このバンティングの楽譜集が『アイリッシュ・メロディーズ』のもとになった。初版の12曲中8曲のメロディーはバンティングの楽譜集から取られている。最終的には全124曲のうち、バンティン

グの楽譜集に由来する曲は34曲で4分の1以上となっている。しかしメロディーだけでは一般の嗜好にそぐわないということで、ジョン・スティーヴンスン (John Stevenson) が起用され、ピアノ用の伴奏をアレンジして『アイリッシュ・メロディーズ』は出版された。これがこの歌集のそれまでの民謡集との決定的な違いである。バーンズのものにいくつかのメロディー譜が付いていたのを除くと、従来の民謡集は文字だけであった。ムーアの歌詞、バンティングのメロディー、スティーヴンソンのピアノ編曲、この三者が一体となって、この歌集はただ単に読むものではなく、ピアノ伴奏で歌えるものとなった。これが『アイリッシュ・メロディーズ』の爆発的な人気に大きく関係しているだろう。

　おりしも産業革命の恩恵で中流階級は増大する一方である。中流階級では妻ないしは娘がピアノ演奏するほどの素養を持つことはステイタスの一部であった。さほど難しくはないピアノ伴奏に、標準的なイギリス人の耳にはエキゾチックなメロディー、時には甘美に、時には情熱的に歌われる近くて遠い隣国の風物や歴史。まさに『アイリッシュ・メロディーズ』は時宜にかなった文化商品となることができた。本来、伝統的なアイルランドの唱法、「シャーン・ノス（オールド・スタイル）」(sean nos) は基本的に無伴奏である。しかしスティーヴンソンのピアノ編曲が加わることによって、そういった土着性はオブラートにくるまれた。しかもムーア自身が天性の名歌手で、彼は自分の曲を自分のピアノ伴奏で披露した。いわば彼は現代のシンガー・ソング・ライターの先駆けであり、彼自身が自分の歌集の広告塔の役目を務めた。

　しかしバンティングの楽譜集を大きな源泉としたことは別な意味も持つ。すでに述べたように、この楽譜集はそもそもユナイテッド・アイリッシュメン協会の活動にその起源がある。従ってバンティング・メロディーの採用は、それ自体政治的な意味合いを帯びる。出版の翌年の1797年、ムーアは友人のエドワード・ハドソンにバンティングの楽譜集を紹介された。まだTCDの学生だったころである。ムーアはカトリック救済の恩恵により、最も早い時期にTCDに入学を許されたカトリック教徒である。ハドソンはフルートを吹き、ムーアはピアノを弾きながら二人でこの楽譜を研究したとい

う。ハドソンはユナイテッド・アイリッシュメン会員で 1798 年の蜂起の直前に逮捕投獄された。同じくユナイテッド・アイリッシュメンの会員で、1803 年に反乱を起こす 1 年先輩の学友、ロバート・エメットも彼らが演奏する場に立ち会ったという。[2] エメットの伝手で密かにユナイテッド・アイリッシュメン系の雑誌に寄稿していたムーアは、TCD 学生の思想調査は白を切り通して嫌疑を逃れた。しかしバンティング・メロディーに歌詞をつけるとき、1803 年の蜂起で無残に処刑されたエメットのことや、獄中を見舞ったハドソンのことがムーアの脳裏をよぎらなかったはずはない。

『アイリッシュ・メロディーズ』の中でひときわ目を惹くのは「エリン」(Erin) と女性の姿に表象されたアイルランド、それにハープである。泣きながら悲しみに暮れるエリンは、放置され弦が切れたハープと重なり、1801 年にアイルランド併合法によって独立を失ったアイルランドの姿を象徴している。ハープは、カロランの再発見から始まったアイルランド伝承音楽、伝承歌の復興のシンボルとなり、さらにアイルランドのナショナリティ自体の象徴となったのはムーアの功績といえる。『野生のアイルランド娘』(*The Wild Irish Girl*) で、男女の恋愛で国家の運命を寓意するナショナル・テールの嚆矢となったシドニー・オーウェンソン (Sydney Owenson) も最初はハープ演奏家として注目され、1805 年に『12 のアイルランド由来の調べ』(*Twelve Original Hibernian Melodies*) という楽譜集を出版した。翌年の彼女の出世作、『野生のアイルランド娘』では、野育ちのはずのアイルランド娘、グローヴィナ (Glorvina) が巧みにハープを演奏する洗練された女性であったというのが物語の肝になっている。

『アイリッシュ・メロディーズ』は悲哀に満ちた曲調が多いのでバンティングからも批判された。ハープも嘗ての栄光を失い打ち捨てられている。第一集に収められた「かつてタラの広間でハープは」('The Harp That Once through Hara's Halls') は、タラのアイルランド大王 (High King) の居城にかつては朗々と音楽を響かせていたハープの昔日の栄光と現在の凋落ぶりが対照的に描かれている。だが最後には微かに異なる要素が顔をのぞかせる。

No more to chiefs and ladies bright
　　The harp of Tara swells;
The chord alone, that breaks at night,
　　Its tale of ruin tells.
Thus Freedom now so seldom wakes,
　　The only throb she gives,
Is when some heart indignant breaks,
　　To show that still she lives.³

もはや輝く族長や貴婦人に
　　タラのハープが音を響かせることはない。
夜切れる弦だけが
　　その破滅の物語を語る。
かくして「自由」が目覚めることは稀で、
　　ハープの唯一の鼓動は、
心が怒りで砕けるとき、
　　いまだ生あることを示す。

このように大変微妙ではあるが、「自由」の目覚めは完全には否定されておらず、放置され荒廃して弦が切れたハープも完全に命が潰えたわけではない。復活の可能性は微かながら残っている。それでは、潰えたとは言えないが瀕死の状態のハープが復活するのはいつなのであろうか。「わが国の愛しいハープ」('Dear Harp of My Country') はこう描かれている。

Dear Harp of my Country! Farewell to thy numbers,
　　This sweet wreath of song is the last we shall twine!
Go, sleep with the sunshine of Fame on thy slumbers,
　　Till touch'd by some hand less unworthy than mine;
If the pulse of the patriot, soldier, or lover,
　　Have throbb'd at our lay, 'tis thy glory alone;

> I was but as the wind, passing heedlessly over,
> And all the wild sweetness I wak'd was thy own. (*PW*, 235)

祖国の愛おしいハープよ、お前の調べともお別れだ
　この麗しい歌の花輪を最後に巻こう。
さあ名声の光を浴びて眠るがよい。
　私などより立派なものの手が触れるまでは。
われらの調べを聴いて、愛国者、兵士、恋するものの
　鼓動が高鳴れば、その栄光はひとえにお前のもの。
私は何気なく吹き過ぎるただの風に過ぎなかった。
　私が揺り起こした荒々しくも甘美な音は全てお前のもの。

　ここに描かれているハープは、明らかに風にそよいで鳴るアイオロスの竪琴のイメージである。しかし異なる点は風の役割を果たしているのは、人間のハープ奏者であり、その奏者も次々と次代に引き継がれている。そしてハープは奏者を変えながら、「愛国者、兵士、恋するもの」へと心臓の鼓動、すなわち感動と共感を拡げる。朽ち果てたハープが完全に死に絶えたわけではないのは、未来の後継者に希望を託すが故である。

　これらはハープに事寄せて祖国の荒廃と復活を静かに祈る歌である。時には同種のテーマが激しい口調を伴う場合もある。『アイリッシュ・メロディーズ』第一集の2曲目の「戦の歌――勇者ブライエンの栄光を思え」（'War Song. Remember the Glories of Brien the Brave'）は、11世紀にダブリンを占拠していたヴァイキング勢力を一掃した大王、ブライアン・ボルーの賛歌である。この中に次の一節がある。

> Go, tell our invaders, the Danes,
> That 'tis sweeter to bleed for an age at thy shrine,
> Than to sleep but a moment in chains. (*PW*, 196)

　さあ、侵略者、デーン人たちに告げよ、

片時でも鎖に繋がれて眠るより、
　お前たちの神殿で一時代血を流した方がましだと。

舞台は 11 世紀のヴァイキングの戦いとなっているが、ここにイギリス支配との闘いの寓意を読み取るのはそう難しいことではない。ダブリンを不法に占拠するデーン人はイングランド人であり、そのイングランド人を駆逐するのはブライアン・ボルーの子孫であるアイルランド人である。イギリスのアイルランド支配の拠点であったダブリン城は、かつてのヴァイキングの本拠地にある。今と比べて表現の自由がはるかに制限されていた時代に直接的なプロテストは常に危険であった。これから 40 年ほど後に、ユナイテッド・アイリッシュメンの理想を受け継いだヤング・アイルランド (Young Ireland) の機関紙、『ネイション』紙 (*The Nation*) は、オスカー・ワイルドの母、ジェイン・フランセスカ・エルジー (Jane Francesca Elgee) の「賽は投げられた」('*Jacta Alea Est* (The Die Is Cast)') を掲載したために、国家反逆煽動の廉で告発された。[4]

しかしそのような情勢でもムーアは時に恐るべき大胆さを示す。それは第一集の 4 番目、5 番目に掲載されている「その名を口にするな」('Breathe Not His Name') と「お前を讃えるものが」('When He, Who Adores Thee') である。「その名を口にするな」は次のような詩だ。

> Oh! breathe not his name, let it sleep in the shade,
> Where cold and unhonour'd his relics are laid:
> Sad, silent, and dark, be the tears that we shed,
> As the night-dew that falls on the grass o'er his head.
>
> But the night-dew that falls, though in silence it weeps,
> Shall brighten with verdure the grave where he sleeps;
> And the tear that we shed, though in secret it rolls,
> Shall long keep his memory green in our souls. (*PW*, 196–7)

ああ、その名を口にするな、影に眠らせよ、
冷たく栄誉もなく遺骸が横たわるところで。
われわれの涙が悲しく無言で暗かろうとも、
その頭上の草に落ちる夜露のように。

だが無言で落ちる涙の夜露は、
彼が眠る墓を緑で輝かせよう。
われわれが密かに流す涙は、
魂に彼の記憶をいつまでも緑に保つ。

　名前は最後まで明かされないので誰のことを言っているかは分からない。しかしこの人物が1803年に蜂起して処刑された学友ロバート・エメットであることは多くの人が知っていた。エメットは裁判で死刑判決が下される前に、被告席から自らの反乱の大義を激烈な口調で長時間訴えた。そしてその最後をエメットは祖国に自由が訪れるまで、何人も私の墓碑銘を刻印してはならないと締めくくった。「その名を口にするな」は、このエメットの演説に対するアンサー・ソングである。
　次の「お前を讃えるものが」は、自分は汚名を着たまま死ぬが、お前のために死ねるのは天の与えた誇りだと歌われる。この詩もあいまいな点が多く、「お前」と呼ばれているのが愛する女性なのか、女性に擬人化された祖国なのか判然としない。直前に置かれた「その名を口にするな」から考えて、エメットと恋人サラ・カランの悲恋を連想する人も多かったようだ。しかしムーアが明かしたところによれば、この主人公は後に彼が伝記を書く、1798年の反乱のプリンス、エドワード・フィッツジェラルドであり、「お前」とは祖国アイルランドのことである。このようにムーアのユナイテッド・アイリッシュメンへの共感は巧妙な仕掛けを施しながらも、しっかりとこの詩集に刻印されている。しかもエメットが絞首刑にされたうえ、斬首されるという残虐な死を遂げてわずか5年、ユナイテッド・アイリッシュメンの反乱で30万人が惨殺されて10年のこの時点で、これらの作品が発表されたことは実に大胆極まりないと言わねばならない。

III. 『アイリッシュ・メロディーズ』と「息の詩学」

　同時にここで注意を喚起したいのは、「その名を口にするな」で 'breathe' という単語が使用されている点である。「言う」(say) でも「呼ぶ」(call) でも「名を呼ぶ」(name) でもなく、「息に出す」(breathe) である。『アイリッシュ・メロディーズ』を見ると、音楽や歌と関連して「息に出す」(breathe) ないしは「息」(breath) が頻出していることが分かる。例えば、「おお、歌人を責めるな」('Oh! Blame Not the Bard') では、「唇は、いまや願望の歌のみを息吹く」("the lip, which now breathes but the song of desire") (*PW*, 208)。「音楽について」('On Music') では、「いかに歓迎が調べに息吹くことか」("how welcome breathes the strain!")、「その思い出は音楽の息吹に生きる」("Its memory lives in Music's breath") (*PW*, 213)。「わが優しきハープ」('My Gentle Harp') では、「もしそれでも、汝の身体が／歓喜の息吹を吐けるなら、我に与えよ」("if yet thy frame can borrow/One breath of joy, oh, breathe for me") (*PW*, 236) と歌われる。このようにムーアが執拗に息に拘ったのは、彼が単に詩人であったばかりでなく、名歌手でもあったことと無関係ではあるまい。彼の詩には、常に歌の息吹きが籠っている。

　彼の作詞が優れていた点は、ほぼ既成のメロディーに寄り添いつつ、適切な意味と音を埋め込んでいく能力にあった。しかもそこに非常に巧妙に希望と反抗のテーマを潜ませる。既成の旋律に寄り添うため。彼の歌は通常の英詩にはあまり見られない、弱弱強を中心とした詩行や、行の最後に強勢が3つ続くものが多い。ムーアはアイルランド語ができたのかという点については議論があるが、アイルランド語の伝承歌のメロディーを英語でなぞることによって、アイルランド特有の英語詩の韻律が出来上がったことは間違いない。そしてムーアは歌いながら作詞していたはずだ。自らの息で伝承の旋律を歌うことは自らの身体で、歌われた過去を追体験することである。そしてそこに新たな英語の歌詞をのせるということは、過去の歴史に希望や新たな意味を上書きすることであった。人が歌を歌う時、そこには歌い手の歌声の息と、それを聴く聴衆しか存在しない。「息」の強調は、過去と未来の結合点を生きる個人の身体性、聴く人たちの身体性の格好のメタファーであった。

表面上、反抗や直近の反乱の痕跡を消去した『アイリッシュ・メロディーズ』は、アダム・スミスの「共感」(sympathy)、ロマン派の「想像力」(imagination)、感傷小説の「感傷」(sentiment) などの「感受性」(sensibility) の文化で育ったイギリスの中上流階級の子弟にとって、格好の共感の対象となった。反乱や合戦のテーマが出てきても、それらは表面上遠い過去の出来事として、安全な距離を取って共感することができる。それらはむしろ新奇でエキゾチックな魅力、自分が体験しえない戦闘や危機、自己犠牲的な無償の愛のドラマと見えただろう。

　それに対して『アイリッシュ・メロディーズ』は、アイルランド人には政治的、経済的に低迷する祖国を、新たな手段で結びつける象徴となった。しかも表面的には見えない反抗、抗議のモチーフも、身近な人間が少しヒントを与えれば簡単に謎解きができる構造になっている。

　このように『アイリッシュ・メロディーズ』はイギリス、アイルランド両国民に異なる意味を同時に伝える構造になっている。これはムーア自身の周到な計算に基づくものである。彼は巻頭に掲げた「音楽に関する序文的書簡」('Prefatory Letter on Music') で、『アイリッシュ・メロディーズ』の反逆的性格に触れながら、想定される読者は裕福で教養ある人々なので、過激な行動に駆り立てられる恐れはないと述べる。そして第4版の出版が遅れたのはイギリス政府の干渉があったのではないかという噂を否定する。(*PW*, 194) しかしリース・デイヴィスは、わざわざムーアがこの噂に言及したこと自体、彼が『アイリッシュ・メロディーズ』の反逆的要素に注意を喚起していると論じている。[5] ムーアの戦略は否定することによって、逆に存在を浮き出すというような、実に巧妙なものである。

　いまやナショナリズム研究の古典となったベネディクト・アンダーソンの『想像の共同体』(*Imagined Communities*) で、アンダーソンがネイション想像の母体として重視するのが「印刷文化」(print culture) である。広く流布する印刷物を共有することによって、顔を合わせたことも話をしたこともない人々が「想像された共同体」であるネイションを共有することができる。これは史上空前のベスト・セラーとなった『アイリッシュ・メロディーズ』に見事に当て嵌まるだろう。しかも『アイリッシュ・メロディーズ』は、普

通の印刷物のように読んで単に話題を共有するだけでなく、感情を込めてそれらを「歌う」という身体性においてその共有を一層強固なものとする。

　このことはアンダーソンも気付いており、ネイションと言語に関する議論で以下の指摘がなされている。これは総じて固い議論に終始する同書の中で例外的に詩的香気を放っている。

　　第2に言語だけが、とりわけ詩や歌の形で示唆することができる、特別な種類の共時的共同体が存在する。例えば国家の祭日に歌われる国歌を例にとってみよう。その歌詞がどんなに平凡で、旋律が陳腐なものであっても、それを歌うことには同時性の体験がある。まさにそのような瞬間に、お互い見ず知らずの人々が同じ歌詞を同じ旋律に合わせて歌うのである。そのイメージは斉唱である。「ラ・マルセイエーズ」「ウォルチング・マチルダ」「インドネシアのラヤ」を歌うことは、声を合わせることによって、響き合う声の中に想像された共同体を物理的に現出させる機会を生み出す。（同じことは、儀式で朗読された詩、例えば祈祷書の一節に耳を傾け〔そして多分無言で唱和する〕時にも起こる）。このような場合の斉唱はなんと無私な感じがすることだろうか。もしこれらの歌をまさにわれわれと同時に、まさに同じように他者が歌っていることを意識するならば、彼らが何者であろうかとか、声をかけても届かないどこで歌っているのかなどとは一切考えない。われわれを結びつけているのは、他ならぬ想像された音だけなのだ。[6]

　この「響き合う声の中に想像された共同体を物理的に現出させる」（"the echoed physical realization of the imagined community"）ことは、この上なく強烈な身体的結束力、同時性のため、恐るべき威力を持っている。アンダーソンは反動的かつ事後的に、政府などの権力者側が国家統合を画策することを「公式ナショナリズム」（official nationalism）と呼んでいる。この手の政治権力は常にこの「歌う」ことの共同体喚起力を政治利用しようと狙う。しかし『アイリッシュ・メロディーズ』の場合、その共感は一青年詩人の伝承の旋律に基づく創意と、書店の企画力、ジョン・スチーブンソン（のちに

ヘンリー・ビショップ）の編曲の妙によって生み出された。

　それはアイルランド人や当時の英米のアイルランド系住民には、ごく最近の蜂起の挫折と併合法による自治の喪失を喚起すると同時に、新たなナショナリティの創出の希望を与えた。またイギリス人や当時の英米のアイルランド系以外の住民には、新たに連合王国に参入されたアイルランドに対するエキゾチックな興味や、その苦難の歴史への共感を拡げた。その共感の輪は暫時拡大し、『アイリッシュ・メロディーズ』は、1808年の初版から1834年まで8回の増補を重ね、19世紀の英語圏の出版物としては異例のロング・セラーとなり、ムーアをバイロン、ウォルター・スコットと並ぶ当代有数の人気と影響力のある文人に押し上げた。

Ⅳ.『アイリッシュ・メロディーズ』の余波

　歌声の息吹きに体感的なメッセージを込める「息の詩学」は、その後の文学にも大きな痕跡をとどめている。例えばパーシー・ビッシュ・シェリーは早くからアイルランド問題に大きな関心を寄せて、1812年には新妻ハリエットとアイルランドを訪れ、政治的な言論活動を行ったことは良く知られている。シェリーは大層ムーアを尊敬しており、キーツの死を悼んだ『アドネイス』(*Adonais*) の第30連で、「永遠の巡礼者」("the Pilgrim of Eternity")、バイロンと並んで、ムーアをアイルランドの女神アイエルネ (Ierne) が荒野から遣わした「アイルランドのこの上なく悲しい惨事を歌う、比類なく甘美な抒情詩人」("The sweetest lyrist of her saddest wrong")[7] として登場させ、アドネイスに擬えられたキーツの死を悼ませている。従ってシェリーの傑作、「西風のオード」('Ode to the West Wind') で、彼が思想と社会の改革を託す西風を「秋の存在の息吹き」("breath of Autumn's being")[8] と呼ぶとき、そこにはムーアの「息の詩学」の反響が聴き取れる。

　また、カトリック、プロテスタントの宗派の違いを越えてアイルランド人が団結するというユナイテッド・アイリッシュメンの思想は、1840年代に活躍したヤング・アイルランドの人々に受け継がれた。彼らは週刊新聞『ネ

イション』紙を舞台とし、トマス・デイヴィスやチャールズ・ギャヴァン・ダフィーは精力的に評論や詩を寄稿した。彼らの詩はほとんどが政治的メッセージを含む歌、バラッド詩であり、イギリスへの直接的な反抗を歴史的事件に潜ませるなど、『アイリッシュ・メロディーズ』の影響は明白である。しかし主に中上流の階層をターゲットとした『アイリッシュ・メロディーズ』と違い、『ネイション』は幅広い社会階層に向けられていたため、ピアノ編曲した楽譜をのせる余裕はなく、かわって有名な曲のメロディーでという前置きを置いた替え歌の形式を取った。こうして19世紀後半から今日に至るまで、アイルランドでは数多くの「反乱の歌」(rebel song) が作られ、ナショナリズム運動を底辺から鼓舞した。

　それに対して20世紀のアイルランドの国民詩人、W・B・イェイツと、19世紀のアイルランドの国民詩人、ムーアとの関係には複雑なものがある。イェイツはムーアを酷評したことで知られている。彼は詩人として頭角を現した1889年の『余暇時間』誌 (*Leisure Hour*) 11月号の「アイルランドの民衆バラッド詩」('Popular Ballad Poetry of Ireland') という評論の最後のほうで、チャールズ・ジェイムズ・レヴァー、サミュエル・ラヴァーという文学者とともにムーアを取り上げて次のように書いている。「ムーアは居間で生きた人で、現在もその聴衆は居間にいる。〈中略〉彼らは決して民衆のために書かなかったし、従って散文であろうが韻文であろうが、民衆について忠実に書くことはなかった。アイルランドはムーアにとって隠喩であった……」。[9] このようにイェイツはムーアが中上流階級の子女から絶大な支持を受けたことを強調し、ムーアをヴィクトリア時代の「お上品さ」におもねった詩人という描き方をしている。これは彼が先輩詩人としてオマージュを捧げた、デイヴィスやジェイムズ・クラレンス・マンガンなどの『ネイション』紙関係の詩人、サミュエル・ファーガソンなどとは極めて対照的である。

　しかしイェイツの先輩詩人に対する態度はかなり戦略的であり、公平な文学的評価というよりも、自己の文学的系譜を構成主義的に構築することに主眼がある。これについては第5章で論じる。確かにベスト・セラーとなったことで、ムーアにヴィクトリア時代の「お上品さ」の強い連想が絡みついていることは確かだ。しかしすでに見てきたように歌をメディアとして活用

したり、過去の歴史的事件に現在の政治的プロテストを重ねるなどの戦略では、イェイツの賞賛する『ネイション』詩人に対するムーアの影響は歴然としている。

また初期のイェイツは老婆の口ずさむ古謡に触発された「柳の園のところで」('Down by the Salley Gardens')、ジョイスが愛唱したという「ファーガスと行くのは誰だ」('Who Goes with Fergus?')、「ドゥーニーのフィドル弾き」('The Fiddler of Dooney') など、歌謡調の詩をしばしば作った。しかし中期以後、そのような歌謡調は影を潜める。一つにはイェイツの作風の変化ということもあるだろうが、何よりも障害になったのは、イェイツ自身が音痴だったということであろう。この点は自ら名歌手であり、ピアノも弾いたムーアとの大きな違いである。

しかし歌うことを断念したイェイツは20世紀に入ったあたりから、女優のフロレンス・ファー、音楽家のアーノルド・ドルメッチとともに自作の朗誦法の追求に多大な努力を費やした。ロナルド・シュチャードによれば、これは「音痴で悪名高く。しかも自ら音楽については無知だと公言した詩人の愉快な逸脱」[10]と見做され研究者からは看過されてきたが、シュチャード自身の重厚な研究がこの試みが音楽的才能に欠けるイェイツに可能なぎりぎりの音楽への接近であったことが分かる。してみると、イェイツのムーア批判は、ムーア文学の限界というよりも、かつては国民詩人と呼ばれたムーアの名声とその音楽的才能へ対する、イェイツの羨望と競合心も作用していたと考えざるを得ない側面がある。後に20世紀のアイルランドの国民詩人になるイェイツにとって最大のライバルは、19世紀の国民詩人たるムーアであった。

註

1. Ronan Kelly, *The Bard of Erin: The Life of Thomas Moore* (Penguin Books, 2009), p. 259.
2. Linda Kelly, *Ireland's Minstrel—A Life of Tom Moore: Poet, Patriot and*

Byron's Friend (I.B. Tauris, 2006), p. 21.
3. Thomas Moore, *The Poetical Works of Thomas Moore* (Griffith and Farran, no date), p. 197.（以下 *PW* とし、ページ数を記す）。
4. Joy Melville, *Mother of Oscar: The Life of Jane Francesca Wilde* (John Murray, 1994), pp. 35–39.
5. Leith Davis, *Music, Postcolonialism, and Gender: The Construction of Irish National Identity, 1724–1874* (University of Notre Dame, 2006), pp. 150–1.
6. Benedict Anderson, *The Imagined Communities* (Verso, 1983), p. 145.
7. Percy Bysshe Shelley (eds. Donald H. Reiman and Neil Fraistat), *Shelley's Poetry and Prose* (W. W. Norton and Co., 2002), p. 419.
8. *Ibid.*, p. 298.
9. W. B. Yeats (ed. John P. Frayne), *Uncollected Prose of W. B. Yeats Vol. I* (Macmillan, 1970), p. 162.
10. Ronald Schuchard, *The Last Minstrels: Yeats and the Revival of the Bardic Arts* (OUP, 2008), p. xix.

第二章

ジェイムズ・クラレンス・マンガンの
アイルランド民族主義への覚醒過程

はじめに

　本章では19世紀中葉のアイルランド分断を駆け抜けた特異な詩人、翻訳家、ジャーナリスト、ジェイムズ・クラレンス・マンガン (James Clarence Mangan) の経歴と交友関係の変遷を辿り、かれの詩作の傾向がそれによっていかなる変化を遂げたかを検証したい。それは平凡なダブリンの下級事務員が詩人となり、アイルランド民俗学の揺籃期に遭遇し、やがて民族主義的な政治運動と関係していく過程である。歴史的に見るならば。それはユナイテッド・アイリッシュメンの反乱、1801年のアイルランドのイギリスへの併合、1803年のロバート・エメットの反乱から、ダニエル・オコンネルのカトリック教徒解放運動、併合反対（リピール）運動を経て、1840年代後半の大飢饉、ヤング・アイルランドの蜂起へ至る激動の時代である。この激動の時代と一詩人マンガンがいかに切り結んでいるかが論考の焦点となろう。

I. 初期の詩──謎々歌、アイルランド、バイロン、シェリー

　マンガンは1803年5月にダブリンにマンガン家の長男として生まれた。父親ジェイムズは当初学校教師をしていたが、妻が食料品店を相続したのを機に、食料雑貨やワインを商う小規模な商人に転じた。父親は家族に愛情を注ぐことのなかった人だと、彼は後に自叙伝で回想している──「彼〔＝父〕は私、二人の弟、それに妹を狩人が手に負えない猟犬を扱うように扱ったも

のだった。私たち子供は父を避けるため『ネズミの穴倉へ駆け込む』と心底楽しげに自慢したものだった」[1]。彼はソールズ・コートの学校で学んだ。グレイアム神父からラテン語、フランス語、イタリア語、スペイン語の手ほどきを受ける。しかし父親が雑貨商から不動産投機に転向したうえに倒産し、彼は家計を支えるために15歳で代書人の事務員となった。以後7年間の間、彼は少ない給金で長時間勤務する。この時の状況を彼は生涯忘れぬ痛恨事として回想している。

> ……私は最も悲惨な階層に属する奴隷であった。早朝から深夜近くまで、その大部分をひとつの場所に留まることを余儀なくされた。休むこともなく「生命のない机の材木のような、詰まらない単調な仕事」に縛り付けられていた。しかも共感も友情もなく。私の心は次第に私が文字を書いているときに使っている机のような生気のない物質になっていくような気がした。[2]

ここには繊細で鋭敏な若者が、その在り余る才能を発揮できずに苦悩する姿が鮮やか描かれている。それと同時に、これを書いている若者の並外れた自意識の強さも感じられる。このような若者がいつまでも「奴隷」の境遇に甘んじていることを想像することは難しい。事実彼は勤めを始めた1818年頃から『グランツ・アルマナック』『ニュー・レイディーズ・アルマナック』などの雑誌に詩を投稿し始める。これらの初期の作品はほとんどが謎々歌の類であり、ほぼ例外なく軽妙でユーモラスなものだった。彼はこれらの詩作や、シェイクスピア、バイロンなどの読書で職場での不満を解消していた。その勤務は深夜の11時、12時にまで及んだと自叙伝で記しており、その合間に読書や創作をこなしたエネルギーには驚嘆するしかない。

その後、1827年頃に彼は弁護士事務所に転職した。彼の言葉を借りれば、彼は「絶対的隷属を脱し、比較的な自由」を得た。対照的に彼の詩作は一時中断する。この頃、彼は神秘主義的なものに関心を抱き、そういった方面の読書を開始する。やがて彼はスウェーデンボルグの著作などを愛読するようになる。

マンガンが10代後半から20代の前半に『グランツ・アルマナック』や『ニュー・レイディーズ・アルマナック』などの雑誌に投稿していた詩は、掲載雑誌の性格もあり、ほとんどが「リーバス (rebus)」、「シャレード (charade)」、「エニグマ (enigma)」などの謎々歌や判じ物の類である。従って、本格的な文学作品としての評価を下すことは適切ではないかもしれないが、それでもいくつかの顕著な特徴を指摘することはできる。

最初に気付く点は、青年期のマンガンの旺盛な創作力である。ジョン・マッコールの『マンガン伝』によれば、[3] 当時のアイルランドには上記の2誌しか雑誌が存在せず、アイルランド全土の投稿者が2誌に殺到したため、両誌の編集長を務めたマーク・モートンは各誌に一人の投稿者が掲載できる詩を年間3篇に制限していた。マンガンが最初に投稿した詩を掲載された1818年から1820年の3年間、すなわち彼が15歳から17歳の時期に毎年2篇ずつ作品が掲載されている。驚くのは1821年であり、この年には『ニュー・レイディーズ・アルマナック』に3篇、『グランツ・アルマナック』に4篇の作品を発表している。これはうち1篇を「ジェイムズ・タイナン」という偽名で投稿したため可能になったのであろう。翌1822年には両誌に3篇ずつ、計6篇を発表している。1823年には本名とタイナンに加えて、「泥の島のピーター・パフ2世 (Peter Puff, *Secundus* of Mud Island)」という、いささか人を喰った偽名も新たに登場し、計9篇の作品を発表している。この頃にはアマチュアながら、マンガンの投稿者としての地位は十分に確立したものとなっていたと言ってよい。

第二に目につくのは、アイルランド人としての意識である。アイルランドの古い呼び名、ヒベルニア、エランなどが頻繁に登場している。最初期の1819年の作品は「汝ら、ヒベルニアの唄人たちよ」('Ye Bards of Hibernia') で始まる。翌1820年の「彼方の狩人は何者ぞ」('Who is He? Yon Huntsman') にも、「エランの緑の野」("The Green fields of Erin")、「さあ、ヒベルニアの唄人たちよ」("Now Bards of Hibernia") などの詩句が登場している。しかも「彼方の狩人は何者ぞ」のなぞなぞの答えは「魔法にかかったキルデア伯爵」(the enchanted Lord of Kildare) である。キルデア伯爵とは、中世からテューダー朝まで実質的にアイルランドを統治していたアルス

ターの名門、フィッツジェラルド家のことである。当時10代に差し掛かったばかりの多感なマンガンの意識には、アイルランド人としてのアイデンティティと過去の栄光の記憶が明確に存在していた。

　ここで背景にある当時のアイルランドの情勢に視線を転ずるならば、そこには19世紀前半のアイルランド最大の政治家、ダニエル・オコンネルの姿が大きく影を落としている。オコンネルは法曹界から1814年頃に徐々に政界に進出し、ローマ・カトリック教会との主教任命権を巡る抗争のあと、1820年前後からイギリスにおけるカトリック教徒解放運動に乗り出していた。マンガンが9篇の詩を雑誌に掲載した1823年は、オコンネルがカトリック協会を設立してカトリック教徒解放運動への確実な第一歩を踏み出した年である。

　カトリック協会にはカトリック教会の聖職者をまず加入させ、加入した聖職者たちは地元の教区で一般信者を月額1ペニーという安い会費で協会に次々と加入させていった。こうしてカトリック協会の組織はアイルランド全土に急速に広がり、オコンネルの戦術である大衆動員を駆使した巨大集会（モンスター・ミーティング）を可能にした。時には10万人単位の大衆を動員することになる、この運動の威力は凄まじいものがあった。その第一の成果は1826年のウォーターフォード州の補欠選挙で、オコンネルとカトリック協会が支持するカトリック教徒解放派の候補ヘンリー・ヴィレール・スチュアートは、対立候補のビアスフォードを破って当選を果たした。

　勢い付いたオコンネルは1828年のクレア県の選挙に自ら立候補し、対立候補の二倍の得票を得て当選した。しかし当時のイギリスではカトリック教徒は公職に就けなかったため、オコンネルは当選しながらも国会議員の資格は得られなかった。当時の首相ウェリントンと内務大臣ロバート・ピールはカトリック教徒解放には反対であった。しかし、さすがにこの圧倒的な結果を示されては考慮せざるを得ず、1829年に悲願のカトリック教徒解放令がついに成立した。これを受けて行われた1830年2月の選挙で、オコンネルは見事当選を果たし、かくして史上初のカトリック教徒のイギリス国会議員が誕生した。このような政治的な運動の高揚は、前述した以外にとりわけ政治的な傾向を示していないマンガンの最初期の意識にも確実に影響を与えて

いたと推測される。

　第三の特徴は先行詩人、とりわけバイロンからの著しい影響である。1825年に発表された「途方もない呼びかけ」('An Address Extraordinary')と「穏やかで息もつけない夜に書く」('I Write on a Bland and Breathless Night')は、エピグラムとしてバイロンの『ドン・ジュアン』(*Don Juan*)からの一節が掲げられている。また「穏やかで息もつけない夜に書く」では詩形もバイロンが『ドン・ジュアン』や『ベッポー』(*Beppo*)で採用した八行体 (octava rima) が使われている。勿論それは戯れ歌の形式であり、格調を求めるというよりも滑稽な効果を狙ったものである。この作品は「エニグマ」(謎々歌)の形式を取っているが、その正解は「謎々の終り」である。従ってこの作品を総体として捉えるならば、これはマンガンが戯れ歌の形式で、戯れ歌の世界から離脱することを宣言したものと見ることができる。もちろん、マンガンがこの作品以降、謎々歌を一切書かなくなったというわけではない。しかし、この時期から徐々に謎々歌とは別な、心情を吐露する作品があらわれ始め、翌1826年を最後にマンガンが一時期詩作から遠ざかるのは注目すべきである。マンガンはゆっくりと、しかし確実に別なタイプの詩人へと移行していった。

　この新しい傾向を示す詩のなかで注目すべきなのは、1826年の『ダブリン・ロンドン雑誌』(*Dublin and London Magazine*) 3月号に掲載された「天才——断片」('Genius:—A Fragment') と題された詩である。これは彼の作品としては『グランツ・アルマナック』や『ニュー・レイディーズ・アルマナック』以外の雑誌に発表された最初の作品である。また後に一部改訂して『自叙伝』の中に収録され、1849年6月23日の彼の葬儀の日に『アイリッシュマン』紙に掲載された詩でもある。『自叙伝』によれば、この作品は代書人の過酷な職場で働き始めて間もない、彼が16歳のころの詩であるという。マンガンは書いている——「私はこの頃に書いた詩行を示すことが、魂の欠乏、苦痛、痛切な孤独のただ中にあって、時に16歳の少年の胸中を突き動かしていた心情がいかなるものであるか知って頂くのに役立つかもしれない」[4]。引用は『ダブリン・ロンドン雑誌』に掲載されたものからとする。

Genius:—FRAGMENT

Oh Genuus! Genius! What thou hast to endure,
   First from thyself, and finally from those,
      The earth-bound and the blind, who cannot feel
That there are souls with purposes as pure
      And lofty as the mountain-snow, and zeal
     All quenchless as the Spirit from whence it flows!
Of such, thrice—blessed are they whom, ere mature
     Life generate griefs that God alone can heal,
HIS mercy wafts to a happier sphere than this:—
   For the mind's conflicts are the worst of woes
When bitterness usurps the abode of bliss,
     Whose brightest dreams are earliest to depart—
And fathomless and fearful yawns the abyss
   Of darkness thenceforth under all who inherit
     That melancholy changeless hue of heart,
       Which flings its pale gloom o'er the years of youth,—
    Those most—no! least illuminated by the Spirit
     Of the Eternal Archetype of Truth!
For such as these there is no peace within,
    Either in action or in contemplation,
From first to last; but even as they begin,
     They close the dim night of their tribulation:—

Some, of gentler and more sensitive cast,
   Suffering in shrinking silence, worn and bowed
     By the world's weary weight, and broken-hearted;
   Some, not less alien to the myriad crowd,
And struggling on unshaken till the last

>   Throes of life's lingering fever have departed,
> Taming the torture of the untiring breast,
>   Which, scorning all, and scorned of all, by turns,
>   Upheld in solitary strength begot
>   By its own unshared shroudedness of thought,
>   Through years and years of crushed hopes, throbs and burns,
> And burns and throbs, and will not be at rest,
>   Searching a desolate earth for that it findth not![5]

・・・・

天才――断片

おお天才よ！天才よ！お前は何を耐えねばならぬのか。
　まず最初に自分自身から、最後にあれらの
　　大地に縛り付けられた、盲目の者らから。彼らには
山脈の雪のように無垢で気高い目的を持った魂の存在も、
　　源の精霊と同じく抑えがたい熱気をもった魂の存在も
　感じる取ることはできない。
その中にあって、神のみに癒せる悲しみを、
　　人生の成熟が生み出す前に、神の慈悲によって、
現世より幸福な世界へ運ばれる者は、
　　三重の意味で祝福される者たちである。
なぜなら精神の葛藤こそは最悪の悲しみ。
　苦々しさが喜びの住処を奪い、
　　そのもっとも輝かしい夢も真っ先に失せる。
そして暗黒の深淵が底なしの恐ろしい口を開く。
　いつも変わらぬ陰鬱な色合いの心を受け継いだ、
　　すべての人間の足元にそれは広がり、
　　その青白い影を若き日々に投げかける。
　真理の永遠の原型である精霊から
　　最大の、いや、最少の光を与えられた者たちの足元に。

これらの者には、内なる安息はない。
　　行動においても、思索においても。
始めから終わりまで、いや、生を受けた時から、
　　彼らは艱難の薄暗い夜を閉じる。

ある者は優しく繊細に生まれつき、
　　無言で委縮して苦しみ、この世の忌まわしい重荷に、
　　　　疲弊して頭を垂れ、心を挫く。
またある者は無数の群衆にもめげずに、
揺るがなく苦闘する。
　　　　人生の長引く熱病の最後の激痛が消えるまで。
不屈の胸の苦しみを馴らしながら。
　　その苦しみは交互にすべてを侮蔑し、すべてに侮蔑される。
　　　　その胸は誰にも共有されぬ、死人のような思いに生み出された、
　　　　孤独な力に支えられ、何年も何年も希望を砕かれながら、
鼓動しては燃え、燃えては鼓動し、休むことを知らない。
　　探しても見出せぬ、荒涼たる大地を求めて。
　　　　　　・ ・ ・ ・

　16歳の時に書かれたということを考慮しても、詩句や統語法はかなり粗削りなものもあると言わざるを得ない。しかし逆に若き日のマンガンの苦悩が直截に伝わってくる作品である。家族にも職場にも馴染めない彼の孤独感が滲みだしている。その孤独感を彼は、逆に天上的な天賦の才能を与えられた者の支払うべき代価として位置付けている。それは周辺のあらゆる人間から投げかけられる侮蔑であり、彼もバイロン的な侮蔑を周辺に投げかける――「その苦しみは交互にすべてを侮蔑し、すべてに侮蔑される」("Which, scorning all, and scorned of all, by turns")。こうして彼は天上的な理想主義とバイロン的な侮蔑の中に、辛うじて自らの存在に対する矜持を見出そうとしている。
　ヘンリー・J・ドナヒーはこの作品が「バイロン的な語調で」[6] 書かれたと

しながらも、「偶然ではないと思われる、シェリー的な一種の理想主義に貫かれている」[7]と述べている。確かに「山脈の雪のように無垢で気高い目的を持った魂」("souls with purposes as pure/And lofty as the mountain-snow")といった山脈の頂きに崇高な精神の象徴を見る姿勢は、シェリーの「モン・ブラン」('Mont Blanc')に通じるものがある。

　また「その中にあって、神のみに癒せる悲しみを、/人生の成熟が生み出す前に、神の慈悲によって、/現世より幸福な世界へ運ばれる者は、/三重の意味で祝福される者たちである」("Of such, thrice—blessed are they whom, ere mature/ Life generate griefs that God alone can heal,/HIS mercy wafts to a happier sphere than this") と夭折を美化したかのような一節は、ジョン・キーツの早すぎる死を悼んだシェリーの絶唱『アドネイス』(Adonais) を連想させる。そして後に論じることになるが、マンガンが 1833 年に発表した「死にゆく熱狂家が友に寄せて」('Dying Enthusiast to His Friend') では、『アドネイス』の一節がエピグラムとして冒頭に掲げられている。

　このようにマンガンがシェリーの詩に親しんでいたことは確実であるが、はたして「天才――断片」執筆の時点でどの程度シェリーを読み込んでいたかは定かではない。ドナヒーは「その数年前に、アイルランド人解放の努力の一環として、シェリーがマンガンの住んでいた近所にやって来た時、若き日のマンガンはシェリーが演説するのを耳にしたのかもしれない」[8]と推測を加えている。もしこの推測が証明されれば、イギリス文学とアイルランド文学の双方にとって大きな発見となるであろう。確かにシェリーは新妻ハリエットらを伴って、1812 年と 1813 年の 2 度に渡ってアイルランドを訪れ、『アイルランド人民に寄せる』(An Address to the Irish People) と『博愛主義者の連合を求める提案』(Proposal for an Association of Those Philanthropists) をダブリンで出版している。またダブリン・トリニティ・カレッジの初代英文科教授であったエドワード・ダウデン (Edward Dowden) の『パーシー・ビッシュ・シェリーの生涯』(The Life of Percy Bysshe Shelley) によれば、シェリーは 1812 年 2 月 28 日にダブリンで開かれたカトリック教徒解放運動の集会で、前述のダニエル・オコンネルと同じ壇上に登って演説したようである。[9]

いずれにしても、シェリーがダブリンを訪れた 1812 年から翌 13 年の時に、マンガンは 9 歳から 10 歳である。いかに早熟なマンガンといえども、直接シェリーの演説に接して感銘を受けた可能性は、全くないわけではないがあまり高いものではないだろう。しかし後になってマンガンがシェリーの作品を愛読し、アイルランドを訪れてアイルランド解放のために活動した事実を知って親近感を強めた可能性は高い。1812 年 3 月 18 日のウィリアム・ゴドウィン宛書簡の中でシェリーはダブリンの中心地グラフトン・ストリートから次のように書いている――「人間はニュートンやロックとともに科学の高みに飛翔することが可能でありながら、それとは対極にある無気力状態から人々を覚醒しようともしないことを考えるならば、その痛ましさは名状しがたいものがあります。この街のリバティーと呼ばれる地区の不潔で悲惨な光景は、私などより冷静な性質の人でさえ我慢ができなくなっても当然かもしれません」[10]。確実なことは、シェリーの描くこの光景からさほど遠くないところに少年マンガンが確実に存在していたということである。そして数年後、10 代半ばで一家の家計を全面的に背負うという重圧のなかで「無気力」に落ち込まずに悲惨な勤務を継続できたのは、謎々歌という言語遊戯への耽溺と、バイロンが示した超俗的な侮蔑の態度、シェリーが垣間見せてくれた天上的な理想主義であった。この「天才――断片」が発表された以後、マンガンの作品は 4 年ほど発表されていない。その間、代書人の事務所から事務弁護士の事務所に職場が変わったことが、いくぶん彼の仕事上の不満を和らげたのかもしれない。そして 4 年の沈黙を破った後の詩人マンガンには、習作時代の面影はなかった。

II. 中期の詩――コメット・クラブ、『ダブリン・ペニー・ジャーナル』、アイルランド陸地測量局、『ダブリン大学雑誌』

1830 年頃からマンガンは当時ダブリンを中心に活躍していた『コメット』紙の同人たち（コメット・クラブ）と知り合い仲間に加わる。当時『コメット』紙の編集長はトマス・ブラウン、副編集長は後に『イヴニング・メー

ル』紙の社主になるジョン・シーハンであった。同人には後に『ロンドン・モーニング・ヘラルド』紙の編集長になるロバート・ノックスや、ダニエル・オコンネルの長男で、後に自らも国会議員になるモーリス・オコンネルもいた。こういった刺激もあり、彼は再び、『ダブリン・ペニー・ジャーナル』などのダブリンの新聞や雑誌に頻繁に執筆し始めた。『コメット』紙1832年7月15日号に掲載された「故郷の地へ」('To My Native Land') という作品が、前節で触れた「天才――断片」とは異なる、マンガンの新しい詩のスタイルを象徴している。

To My Native Land

Awake! Arise! Shake off thy dreams!
   Thou are not what thou wert of yore:
Of all those rich, those dazzling beams,
   That once illum'd thine aspect o'er,
Show me a solitary one
Whose glory is not quenched and gone.

The harp remaineth where it fell,
   With mouldering frame and broken chord;
Around the song there hangs no spell—
   No laurel wreath entwines the sword;
And startlingly the footstep falls
Along thy dim and dreary halls.

When other men, in future years,
   In wonder ask, how this could be?
Then answer only by thy tears,
   That ruin fell on thine and thee,
Because thyself wouldst have it so—

第二章　ジェイムズ・クラレンス・マンガンのアイルランド民族主義への覚醒過程

Because thou welcomest the blow!

To stamp dishonour on thy brow
   Was not within the power of earth;
And art thou agonized, when now
   The hour that lost thee all thy worth,
And turned thee to the thing thou art,
Rushes upon thy bleeding heart?

Weep, weep, degraded one—the deed,
   The desperate deed was all thine own:
Thou madest more than maniac speed
   To hurl thine honours from their throne.
Thine honours fell, and when they fell
The nations rang thy funeral knell.[11]

故郷の地へ

目覚めよ！　立ち上がれ！　夢を振り払え！
　お前はかつてのお前ではない。
かつてお前の眼差しを照らした、
　あの豊かで、眩しかった光の中で、
栄光が衰えずに消えていない
孤独な輝きがまだあるなら見せてみろ。

竪琴は落ちたままだ。
　枠組みは朽ち、弦は切れている。
歌にも魔法の力はない。
　剣に絡みつく月桂樹の花輪もなく、
お前の薄暗く侘しい広間に、

足音だけが静寂を破る。

未来の歳月に人々は
　驚嘆のあまり問うだろう、何ゆえにと。
しからば、ただ涙をもって答えよ、
　我と我が身に破滅が訪れたと、
それも破滅を望んだが故と、
その打撃を歓迎したが故と。

お前の額に不名誉の烙印を押すことは、
　大地の力の及ばぬことだった。
そして今お前が苦しむのは、
　お前からすべての価値を奪い、
現在のお前の姿に変えてしまった「時」が、
お前の流血の心臓に押し寄せてきたからか。

泣け、泣くがいい、落ちぶれた者よ、
　あの行い、あの無謀な行いはすべてお前のせいだ。
お前は狂人も上回る速さで、
　王座から栄誉を投げ捨てた。
お前の栄誉が失墜し、お前が地に倒れた時、
国々はお前の葬礼の鐘を打ち鳴らした。

　最初の5連を引用した。実はこの作品は1825年の『ニュー・レイディーズ・アルマナック』誌に掲載されたものだった。その時はエニグマ（謎々歌）の形式で発表され、正解は「アイルランド」である。それが『コメット』紙掲載時には語句の端々を変更し、通常の詩の形に改められ痛切な愛国の詩に変わっているのである。習作時代に作っていた謎々歌の諧謔の下に、密かな底流として流れていた民族主義的な心情は、こうした最低限の設定の変更によって突如として前景化している。放置され荒廃したハープに抑圧さ

れたアイルランドを象徴するのは、トマス・ムーアの『アイリッシュ・メロディーズ』以来のイメージである。第5連の「あの行い、あの無謀な行い」("the deed,/The desperate deed") というのは、全集に付された注釈によれば、[12] バイロンの「アイルランドの化身」('The Irish Avatar') を意識したものらしい。これは1821年にイギリス王ジョージ4世がアイルランド人を訪問した際にアイルランド人が大歓迎したことをバイロンが皮肉った詩である。すでに前章で論じたようにバイロンはアイルランド詩人、トマス・ムーアとは自らの回想録を託したほどの大親友であり、イギリスに抑圧されていたアイルランドを擁護してきたが、ジョージ4世を熱烈歓迎するアイルランド人に、おのれを抑圧するものに媚びる卑屈さを見て、王の足に祝福の接吻をする奴隷根性と痛烈に批判している。マンガンもバイロンに倣ってアイルランドを激しく批判しているが、よく読むとその奥には祖国再生への秘められた思いも垣間見える。全10連の最後の3連を引用する。

> Awake! Arise! Shake off your dreams!
>   'Tis idle all to talk of power,
> And fame, and glory—these are themes
>   Befitting ill so dark an hour:
> Till miracles be wrought for thee,
> Nor fame, nor glory, shalt thou see.
>
> Thou art forsaken by the earth,
>   Which makes a by-word of thy name:
> Nations, and thrones, and powers, whose birth
>   As yet is not, shall rise to fame,
> Shall flourish, and may fall—but thou
> Shalt linger as thou lingerest now.
>
> And till all earthly powers shall wane,
>   And Time's grey pillars, groaning fall,

Thus shall it be, and still in vain
    Thou shalt essay to burst the thrall
Which binds, in fetters forged by fate,
The wreck and ruin of WHAT ONCE WAS GREAT![13]

目覚めよ！立ち上がれ！夢を振り払え！
    権力、名声、栄光を語るのは、
すべて空しい。これらの主題は
    こんな暗い時代には似合わない。
お前に奇跡が起こるまで、
お前は名声も栄光も眼にすることはない。

お前は大地に見捨てられた。
    大地はお前の名を嘲笑う。
まだ生まれぬ国々が、王座が、
    強国が名声を掴み、
繁栄し、失墜するかもしれない。
だがお前は現在のまま停滞するのだ。

あらゆる地上の強国は衰え、
    「時」の灰色の支柱は唸りを上げて倒れる。
そうなるだろう。それでもお前は、
    運命が作り上げた足枷で、
かつての偉大さの廃墟と荒廃を束縛する、
隷属状態を解こうと空しく足掻くのだ。

　ここにはバイロンにはない痛切さがある。マンガンの詩にはバイロンにはない愛憎半ばするアンビヴァレントな調子がこもっている。確かにバイロンはアイルランドの卑屈さを激しく揶揄した。しかしそれと同時にグラッタン、カラン、オコンネル、ムーアといった尊敬すべき人物へのオマージュも

明確に記されていた。それに対して、マンガンの批判するアイルランドには卑屈さはないものの、現在の美点の明確な指摘はない。存在するのは常にすでに失われた過去の美点と、非常に曖昧な未来におけるそれらの再生である。バイロンはあくまで部外者としてアイルランドを皮肉り、逆説的に鼓舞している。それに対してマンガンはまるで自らを奮い立たせるかのように、アイルランドの過去の栄光を執拗に言い立てている。恐らくマンガンはアイルランドの隷属状態に自らの隷属状態を重ね合わせている。それは自己嫌悪に限りなく近いと同時に、自己愛による自己憐憫とも区別のつかない状態である。従って付随する感情は極めて強烈である半面、その対象はどこか具体的な輪郭がはっきりしない。

III. 陸地測量局との出会い——詩的実験と翻訳詩

　この作品を発表してからのマンガンは、翻訳詩を大量に手掛けるようになる。それらはゲーテやクロップシュトックなどのドイツ語の詩、メタスタージオやペトラルカなどのイタリア語の詩である。それと同時に目立ってくるのが詩の形式の実験である。1832年12月に『コメット』紙に発表した「尻談判」('The Assembly') は「尻」(ass) と「会議」(assembly) にかけた快作である。また1833年1月に『ダブリン・ペニー・ジャーナル』誌に発表した「新年の、そしてそれに関する大変荘厳かつ、まさに奇想に富んだ小唄」('A Verye Splendidde ande Righte Conceited Dittie of ande concernynge the Newe Yeare') は中世英語をもじって書かれている。もとよりマンガンは謎々歌という言語遊戯から出発した詩人なので、この種の言語実験はお手の物というところである。しかも詩作を始めて20年ともなれば、その手並みは尋常なものではない。恐らく翻訳や言語実験は、「故郷の地へ」で自己嫌悪と自己愛のはざまを彷徨ったマンガンの壮大な息抜きの意味もあったろう。

　しかしこの時期のマンガンは寄り道ばかりしていたわけではない。1833年に彼はコメット・クラブや『ダブリン・ペニー・ジャーナル』誌を通じて考古学者ジョージ・ピートリー (George Petrie)、ユージン・オカレー (Eugene

O'Curry)、ジョン・オドノヴァン (John O'Donovan) らと知り合う。彼らは当時盛んにアイルランドの遺物や風習を蒐集、研究していた「アイルランド陸地測量局」(the Ordnance Survey of Ireland) で活躍していた。アイルランド陸地測量局は 19 世紀前半にアイルランドの地勢調査に活躍した組織であり、古代史、歴史、民俗研究の基礎作りにも大いに貢献した。しかしその由来を探ってみると、当時の宗主国イギリスと植民地アイルランドの複雑な関係が浮き彫りになる。

　イギリス陸地測量庁は革命フランスの侵略を防衛するために、1791 年からイギリス本土の正確な地理的調査を開始した。すなわち、当初より対フランスを意識した軍事的な意図が優先された政策の一環であった。しかし、1798 年にはウルフ・トーンらがフランスに軍事的協力を要請したユナイテッド・アイリッシュメンの反乱がアイルランドで起こる。反乱自体は比較的短期間で制圧されたが、ナポレオン・フランスが艦隊をアイルランド沖に派遣したことは大きな衝撃をイギリスに与えた。イギリス政府はアイルランド支配強化を図り、1800 年にアイルランド併合法 (the Act of Union) を成立させ、アイルランド議会は解散する。しかし、それでも共和主義の火種はアイルランドに燻り、マンガンが生まれた 1803 年にはユナイテッド・アイリッシュメンの残党であるロバート・エメットの反乱が起きている。

　この調査がアイルランドに及んだのは 1824 年からで、当初は軍事目的よりも地方税制を平等化するための資料作成の必要性が優先した。活動が本格化したのは 1830 年あたりからで、イギリス本部を王立陸軍工兵隊のトマス・コルビー (Thomas Colby) 大佐が指揮し、ダブリンのアイルランド本部はトマス・ラーカム (Thomas Larcam) 中尉が指導した。ラーカムは彼にゲール語（アイルランド語）を教えていたオドノヴァンを始め、ピートリー、オカレー、アイルランド語学者のエドワード・オライリー (Edward O'Reilly)、詩人のサミュエル・ファーガソン、それにマンガンなどの有能な人材を集め、調査関係者は最盛期に 2000 人を数えた。

　彼らは「自然地理」「古代地理」「現代地理」「社会経済」などの部門に分かれ、アイルランド全土の詳細な地理的調査を行うとともに、古代史、考古学、神話学、歴史、民俗学、言語、方言、経済、農業についての豊富な資料

を蒐集、整理した。1マイルを6インチに縮小した詳細な地図が1833年から1846年の間に出版され、1839年には報告書も出された。しかし1840年代に入ると、費用がかさむことと、活動が本来の趣旨を逸脱し始めたのを懸念したイギリス政府は、測量局の活動を縮小するようになった。

　結果的に言うならば、アイルランド陸地測量局は当初の軍事、税制面でのアイルランド支配強化というイギリス政府の意図を逆手にとって、アイルランドの民族的記憶の再構築に大きく寄与してしまったことになる。これは植民地支配にしばしば起こる逆説である。植民地政策はその意図とは裏腹に、それに対抗する最も強力な精神を図らずも生み出してしまうのである。もちろん、それを可能にしたのは、ダニエル・オコンネルに率いられたカトリック教徒解放と併合廃止（リピール）運動の高揚、アイルランドにおける共和主義の底流、ロマン主義的な民族的ルーツ探求の精神の普及、陸地測量局に集まった知性の努力であった。

　ピートリー、オカレー、オドノヴァンらからマンガンは翻訳の材料となるゲール語の資料を大量に紹介された。また1833年から1839年の間、ピートリーのおかげで陸地測量局の歴史部門に職を得た。同時にトリニティ・カレッジ図書館での非常勤職員の職にも恵まれ、彼は天才的な語学の才能を発揮して、ドイツ語、フランス語、イタリア語などにさらに磨きをかけ、スペイン語、ハンガリー語、アイスランド語などのヨーロッパ系言語から、更にはペルシア語を習得していった。1835年から彼は『ダブリン大学雑誌』(*Dublin University Magazine*) に「ドイツ選集」('Anthologia Germanica') というドイツ語詩の翻訳の連載を始める。彼の翻訳は総じて原詩から自由に飛躍したものが多く、中には彼自身の創作もたくさん含まれていた。彼自身翻訳を始めたころはゲール語の知識はほとんどなく、ピートリーやオカレー、オドノヴァンらの提供した逐語訳に詩的な肉付けを与えていたようである。彼の翻訳詩は原詩を霊感の源泉とした、彼自身の創作の一種と言えるかもしれない。彼が本格的な詩人として頭角をあらわしていくのは、これ以降のことである。他人の直訳に自由に技巧を凝らした詩の翻訳は、原詩の持ち味を生かした独自の作品として高く評価されている。何より、トマス・ムーアには知りえなかった、トマス・キンセラが「二重の伝統」と呼ぶ、アイル

ランド語と英語の伝統に直にマンガンは触れることができた。ムーアが切り開いたロマン主義的なアイルランドの過去は、マンガンに至って明確な輪郭を備えたイメージに結晶している。「黒いロザリーン」('Dark Rosaleen')や「キャサリン・ニ・フーリハン」('Caitilin Ni Uallachain')の強烈なイメージは、その独特の韻律とも相俟ってイェイツらに鮮烈な影響を与えた。

> O, my Dark Rosaleen,
>   Do not sigh, do not weep!
> The priests are on the ocean green,
>   They march along the Deep.
> There's wine.... from the royal Pope,
>   Upon the ocean green;
> And Spanish ale shall give you hope,
>   My Dark Rosaleen!
> My own Rosaleen!
> Shall glad your heart, shall give you hope,
> Shall give you health, and help, and hope,
>   My Dark Rosaleen![14]

> わが黒いロザリーンよ
>   嘆くでない、泣くでない。
> お坊さまは青い海の上、
>   大海原を進み行く。
> 法皇さまからのワインも、
>   青い海の上。
> スペインのエール酒は希望を与えよう、
>   わが黒いロザリーンよ、
> 私の、私のロザリーンよ、
> その酒は心弾ませ、希望を与えよう、
> 健勝と助けと希望をもたらそう。

わが黒いロザリーンよ。

　これはエリザベス朝末期の 9 年戦争の武将、レッド・ヒュー・オドンネルが女性に見立てたアイルランドへ呼びかけ、鼓舞しているのだと知れば、「法皇さまからのワイン」「スペインのエール酒」が軍事的援助を意味していることが明らかとなる。薔薇の赤は美の象徴であるばかりではなく、レッド・ヒューが撃破するイングランド軍の血の色とも重なる。このイメージはイェイツの「神秘の薔薇」('The Secret Rose')、「時の十字架の上の薔薇」('The Rose upon the Rood of Time')だけでなく、「1916 年のイースター」('Easter, 1916')の「恐るべき美」("terrible beauty")にも大きな影を落としている。
　1841 年に補助金削減で測量局の仕事を失ったマンガンは、1942 年から 1846 年までトリニティ・カレッジの図書館に勤務する。1842 年からはヤング・アイルランドの機関紙『ネイション』、1846 年からはジョン・ミッチェルの『ユナイテッド・アイリッシュマン』に寄稿し、作品は政治性を増していった。しかし不安定な生活、酒や薬物の乱用は、緑色の眼鏡や重い外套、とがった帽子といった異様な外観と相俟って、マンガンは破滅型詩人の典型ともなった。若き日のジョイスはそこに疎外された芸術家という、自らの先駆者を見出した。大飢饉のさなかに猛威を振るったコレラで 1849 年 6 月に倒れたマンガンの晩年の心象は荒涼たる「シベリア」('Siberia')に端的に表されている。

> In Siberia's wastes
> 　　The Ice-wind's breath
> Woundeth like the toothèd steel.
> Lost Siberia doth reveal,
> 　　Only blight and death.
>
> Blight and death alone.
> 　　No Summer shines.
> Night is interblent with Day.

> In Siberia's wastes alway
>   The blood blackens, the heart pines.[15]

シベリアの荒野では、
　氷の風の息吹が
歯のついた鋼のように切りつける。
見捨てられたシベリアには
　ただ荒廃と死があるのみ。

荒廃と死、それだけ。
　夏の輝きはなく、
夜は昼と入り混じる。
シベリアの荒野ではいつも、
　血は黒く固まり、心は萎える。

　この作品は1846年4月の『ネイション』紙に発表されたが、このイメージは晩年のマンガン自身の荒廃した心象であるばかりではなく、大飢饉が猛威を振るう当時のアイルランドのイメージでもある。マンガンはロマン主義的な民族的アイデンティティのイメージ形成を大きく前進させただけではなく、詩的技法の面ではアメリカのエドガー・アラン・ポーと同じく限りなく象徴主義に接近している。アメリカは前世紀に独立して政治的には植民地の地位を脱した。しかし文化的環境から見た場合、19世紀前半のアメリカはラルフ・ウォルドー・エマーソン (Ralph Waldo Emerson) らが必死で文化的自立を模索している最中だった。そういう意味では、アイルランド併合法でナショナリティを喪失したアイルランドと状況はさほど変わるものではなかった。マンガンとポーに共通するものは、文化的密度の欠如である。彼らはこの不利な条件を逆手にとって、孤立することで自らの文学の密度を高めた。いずれにしても、アイルランドとアメリカという、近代というロマン主義の前提となる環境の辺境的な部分から逆に象徴主義の先駆者があらわれたことは実に興味深く、さらに論求すべき課題である。

註

1. James Clarence Mangan (eds. Jaques Chutto, Peter Van de Kamp, Augustine Martin, and Ellen Shanon-Mangan), *The Collected Works of James Clarence Mangan: Prose 1840–1882, Correspondence*（以下、*Prose 1840–1882*）, (Dublin: Irish Academic Press, 2002), p. 228.
2. *Ibid.*, p. 231.
3. John M'Call, *The Life of James Clarence Mangan* (Dublin: Carraig Books, 1975; 1st pub., 1882), p. 7.
4. Mangan, *Prose 1840–1882*, p. 231.
5. Mangan (eds. Jaques Chutto, Rudolf Patrick Holzapfel, Peter Mac Mahon, Pádraig Ó Snodaigh, Ellen Shannon-Managan and Peter Van de Kamp), *The Collected Works of James Clarence Mangan: Poems 1818–1837*（以下、*Poems 1818–1837*）, (Dublin: Irish Academic Press, 1996), pp. 44–45.
6. Henry Donaghy, *James Clarence Mangan* (New York: Twayne Publishers, 1974), p. 25.
7. Donaghy, *Ibid.*, p. 97.
8. *Ibid.*, p. 97.
9. Edward Dowden, *The Life of Percy Bysshe Shelley* (London: Kegan Paul, Trench, Trubner & Co., 1920), pp. 124–125.
10. Percy Bysshe Shelley (eds. RogerIngpen and Walter E. Peck), *The Complete Works of Percy Bysshe Shelley: Vol.VIII: Letters* (New York: Gordian Press, 1965), p. 301.
11. Mangan, *Poems 1818–1837*, pp. 47–48.
12. *Ibid.*, p. 390.
13. *Ibid.*, p. 48..
14. Mangan (eds. Jaques Chutto, Rudolf Patrick Holzapfel, Ellen Shannon-Managan), *The Collected Works of James Clarence Mangan: Poems 1845–1847* (Dublin: Irish Academic Press, 1997), pp. 167–168.
15. *Ibid.*, pp. 157–158.

第三章

『ネイション』紙の詩人
——トマス・デイヴィスとジェイン・フランセスカ・ワイルド（スペランツァ）

はじめに——トマス・デイヴィスと想像上の共同体

　ファーガソンのほうがデイヴィスより4歳年上だが、デイヴィスが1845年に早世したのに対して、ファーガソンは1886年まで長生きし、晩年も旺盛に創作を続けたので、デイヴィスのほうを先に論じる。デイヴィスはイギリス人軍医の息子で、トリニティ・カレッジ・ダブリンに学び、1838年に法曹界入りした。ファーガソンと同じくプロテスタントであるが、政治的姿勢は明確にナショナリストであり、1841年にオコンネルのリピール運動に参加した。運動の内部でチャールズ・ギャヴァン・ダフィー、ジョン・ブレイク・ディロンらとヤング・アイルランドを結成し、1842年にその機関紙『ネイション』を創刊した。『ネイション』紙には毎週彼の詩が掲載され、デイヴィスは同紙の精神的支柱となった。オコンネルがリピール運動の総決算に予定されていたクロンターフの大集会をロバート・ピール首相の圧力で中止したことや、カトリックにも門戸を開いたクイーンズ大学構想を、カトリック聖職者教育をしない「神なき大学」と批判したことで、ヤング・アイルランドはオコンネルと1845年5月に決別した。しかしデイヴィスは同年9月に猩紅熱で惜しまれながら30歳で急死した。

　デイヴィスの作品の一番の特徴は、それらの多くが小気味の良いバラッド・スタイルで書かれていることである。これには彼なりに熟慮した狙いがあった。「アイルランドの歴史バラッド」('A Ballad History of Ireland')という評論で、彼は年齢を問わず楽しめる歴史バラッドの重要性を説いてい

る。[1] それは高価な本を購入しなくとも民族の歴史を分かりやすく、感情を込めて教えてくれるジャンルである。さらに「アイルランドのバラッド詩歌」('Ballad Poetry of Ireland') では、彼がバラッドに託したのは国民的な詩であることが分かる——「ある国に国民的詩歌がないということは、この国が絶望的につまらない国であるか、まったく地方根性しか持ち合わせていないことを証明する」。[2] デイヴィスにとって、「想像上の共同体」の要になるものがバラッド詩なのである。

彼の詩は一見すると若い才気に任せて一気に書き上げた印象を受けるが、彼の一連のバラッド詩に関する評論を読むと、メロディーへの歌詞のつけ方、脚韻の用い方、コーラスの効用、ムーアのどこを真似し、どこを真似るべきでないかといった、テクニカルな細部にわたって綿密な考察がなされている。だが彼の偉大なところは、こういった技術論がともすれば忘れがちな根本を常に忘れていないことだろう。詩の構造、真実、色付けといったものを列挙した後で彼は言う、「しかし、バラッドを単に美しいもの以上にするには、それ以外のものが必要だ。それは『力』を持たねばならない。偉大な行為への強い情熱、大胆な創意、生き生きとした共感、これらは人間の全生涯、全性質の結果だ」。[3] そして彼には、どんな技術論も凌駕する「力」があった。ムーアが嘆きのレトリックとして用意した「隷属」「鎖」「解放」は、力溢れるイメージに復活した。「国家よ再び」('A Nation Once Again') は、併合法によって自治議会という最低限の民族の存在基盤を失った国民が、それを想像力によって回復する詩である。これをロマン主義的な想像力の代償行為と呼ぶのは間違っている。それは代償行為という消極的なものではなく、あるべき姿を未来に投企する積極的な言葉の行為である。出自や宗派を超えてアイルランド人を一体化するという意味では、「ケルト人とサクソン人」('Celts and Saxons')、「オレンジとグリーンが時代を担う」('Orange and Green Will Carry the Day') は現代でも貴重なメッセージを失わない。そのため政治的背景が異なるファーガソンもデイヴィスを評価し、彼が1845年に夭逝したときは痛切な追悼詩を執筆した。ムーアが歌詞の符牒で共犯的に暗示し、マンガンが束の間の霊感で象徴したものを、デイヴィスは評論で方向性と目標を与え、詩作でそれを実現化した。過去をテーマとしても、デイ

ヴィスの詩は必ず未来を存在させてしまう。ウルフ・トーンを追悼した「トーンの墓」('Tone's Grave') は次のように締めくくられる。

> In Bodenstown Churchyard there is a green grave,
> And freely around it let winter winds rave—
> Far better they suit him—the ruin and gloom,—
> TILL IRELAND, A NATION, CAN BUILD HIM A TOMB.[4]

> ボーデンズタウンの教会墓地に緑の墓がある。
> 冬の風は墓の周りで思うままに叫ぶがいい。
> それがこの男にはお似合いだ。廃墟と闇が。
> アイルランドが国家として彼の墓を作るまで。

しかし、30歳という年齢はデイヴィスのさまざまな可能性を実現するにはあまりにも短すぎた。多くの評家が言うように、壊滅的な大飢饉の惨状と、ヤング・アイルランドの蜂起の惨めな敗北を見ずに死んだことは、ある意味で幸福でもあった。彼の見果てぬ夢は後世に託された。

I.『ネイション』紙の愛国女流詩人スペランツァの誕生

オスカー・ワイルドの母親、ジェイン・フランセスカ・ワイルドはウェクスフォード出身のチャールズ・エルジーとセアラの娘としてダブリンに生まれた。父チャールズはウェクスフォードのアイルランド国教会大執事を務める司教の息子で、母セアラの父もアイルランド国教会聖職者で破産監督官も務め、祖父は王立医科大学の学長を務めた、やはり英国国教会の名門の出であった。またセアラの二人の姉妹、ヘンリエッタとエリザベスは美人姉妹として知られ、ヘンリエッタは後にゴシック小説の傑作『放浪者メルモス』(*Melmoth the Wanderer*) を執筆するアイルランド国教会司教チャールズ・マチューリンと結婚した。オスカー・ワイルドは同性愛事件による2年間

の服役の後、フランスを放浪中に「セバスチャン・メルモス」の変名でホテルに宿泊したことは有名である。[5] セバスチャンはオスカーが敬愛する殉教者、聖セバスチャンに由来し、メルモスは母を通じて縁戚関係にあるマチューリンの作品に由来する。

　ジェインの父チャールズは法律家の資格を持っていたがその実務につくことはなく、経済的には不安定であった。両親は1809年12月に結婚し、1810年に長女のエミリー、1812年に長男のジョン、1815年に次女のフランセスが生まれたが、フランセスは生後間もなく亡くなった。三女ジェインが何年に生まれたのかに関しては、生前の彼女自身が明確にしないようにしていた形跡があり諸説あるが、現在では1888年に彼女が王立文学基金に応募した際に申請申込書に記した1821年12月27日が最も有力とされている。[6] 父親チャールズは1824年8月にインドのバンガロアで没している。ジェインは家庭教師に教育を受けて、主に外国語の学習に打ち込んだ。それはラテン語やギリシア語などの古典語、フランス語、ドイツ語、イタリア語、スペイン語などの西洋近代語から、ロシア語、スウェーデン語などのスラブ語、北欧語にも及び、18歳までに10ヶ国語をマスターしたと自ら述べている。この才能はオスカーにも受け継がれ、トリニティ・カレッジ・ダブリンやオクスフォード大学で優等を取るだけでなく、フランス語で『サロメ』(Salomé) を執筆する下地となっている。

　一方、1829年に悲願のカトリック解放を達成し初のカトリック教徒イギリス国会議員となったダニエル・オコンネルは、1840年から次の政治課題であるアイルランドとイギリスの併合法を廃止するリピール運動に取り組んで行った。このオコンネルのリピール運動の中に、トリニティ・カレッジ・ダブリン出身のプロテスタント弁護士で詩人のトマス・デイヴィス、カトリックのジャーナリスト、チャールズ・ギャヴァン・ダフィー、カトリックの弁護士で熱烈な弁舌で知られるジョン・ブレイク・ディロンなどがいた。1842年、彼らはダフィーの発案でダブリンの日刊紙『モーニング・レジスター』紙を買い取り、週間新聞『ネイション』紙を発刊した。『ネイション』紙はデイヴィスが詩に評論にと健筆を振るい、瞬く間に部数を伸ばし、最初の年に発刊部数は1万部を超えた。これは当時の新聞が現在よりも多くの

人数に回し読みされていたことを考えると大変な部数であり、その影響力は絶大なものがあった。歴史家のアルヴィン・ジャクソンは『ネイション』紙の実読者を 25 万人と推計している。[7] この一団はオコンネル派の中でも独自の立場を次第に鮮明にし出し、ヤング・アイルランドとして知られていくようになる。

　ジェインは『ネイション』社が発行した「アイルランド叢書」(Ireland's Library) のリチャード・ドルトン・ウィリアムズの著作を偶然手に入れ、アイルランド愛国主義に目覚めた。さらに『ネイション』紙に掲載された詩のアンソロジー『民族の精神』(*The Spirit of the Nation*) も大きな影響を与えた。また 1845 年にまだ 30 歳という年齢で惜しまれながら猩紅熱で急死したトマス・デイヴィスの葬列に集った多くの市民の長蛇の列は、詩人という存在の偉大さを彼女に実感させたと、息子のオスカーや詩人の W・B・イェイツに語った。ジェインがちょうど 22 歳から 23 歳のころの出来事である。彼女はデイヴィスに触発されて、自らも豊富な読書力と語学力に裏打ちされて愛国的な詩を書き始める。彼女の初期の作品、「哀歌」('A Lament') は愛国主義者たちの死を嘆いた作品だが、1798 年のユナイテッド・アイリッシュメンの反乱の指導者ウルフ・トーンやエドワード・フィッツジェラルドと並んで、トマス・デイヴィスが第 4 連に登場する。

> Tone and FitzGerald, and the pale-brow'd enthusiast—
> 　　He whose heart broke, but shrank not from the strife;
> Davis, the latest loved—he who in glory passed,
> 　　Kindling Hope's lamp with the chrism of life.
> Well may they wail for him—power and might were his—
> 　　Loved as no mortal was loved in the land—
> What has he sold them for? Sorrow and shame it is,
> 　　Fair words and false from a recreant band.[8]

> トーンとフィッツジェラルド、それにあの青ざめた額の熱烈な人、
> 　　心は砕けたが、決して闘いから怯まなかった人、

> ついこの間まで愛されていたデイヴィス、栄光のうちに生き、
>   生命の香油で希望のランプを灯し続けた人。
> 人が彼を惜しんで嘆くのも当然だ。活力と力が彼のもので、
>   この国で並ぶものがないほど愛された。
> だがその活力と力の代価は何だったか。悲しく恥ずかしいことに、
>   それは臆病な連中からの毀誉褒貶であった。

　ここではウルフ・トーンやエドワード・フィッツジェラルドよりも、明らかにトマス・デイヴィスが詩の中心になっている。「生命の香油で希望のランプを灯し続けた人」という一節は、ジェインのペン・ネーム「スペランツァ」(Speranza) がイタリア語で「希望」の意味であることを考えると、デイヴィスの衣鉢を継ごうというジェインの明確な決意が窺われる。

　彼女の詩で最初に『ネイション』紙に掲載されたのは、1846年2月21日号に載った「聖戦」('The Holy War') というドイツ語からの翻訳詩であった。作者名には前述の「スペランツァ」のペン・ネームを用い、同封の書状には「ジョン・ファンショー・エリス」(John Fanshawe Ellis) という署名がされていた。いわば作者の正体は二重に隠されていたわけである。これは彼女の家系が両親ともアイルランド国教会に関係し、叔父たちも軍人を務める生粋のプロテスタント系、親英国派の血筋であったためである。ヤング・アイルランドのなかにも、トマス・デイヴィスのようにプロテスタント系でありながら、ユナイテッド・アイリッシュメンのように宗派を超えたアイルランド人の団結を呼びかけるものもいたが、これはプロテスタント、カトリック両派にとっても実践困難な課題であった。ましてや、エルジー家のような生粋のプロテスタント系聖職者と軍人の家系では、『ネイション』紙はアイルランドのイギリスからの分離独立を先導する反乱分子の機関紙でしかなかった。こうしたなかでジェインは家庭内で孤立した立場に立たされた。

　また『ネイション』紙では、激烈な詩を投稿してくるエリスに編集長ギャヴァン・ダフィーが興味を覚え、幾度か会見を申し入れたが、そのたびにジェインは正体が発覚するのを恐れ、理由をつけては申し出を断った。しかし程なくして家族や親戚に『ネイション』紙への投稿の事実が発覚するに及ん

で、ギャヴァン・ダフィーの申し出を拒絶する理由がなくなってしまった。こうして1846年の夏にギャヴァン・ダフィーがダブリンのリーソン・ストリートの家で女中の案内で通された部屋に待っていた「ジョン・ファンショー・エリス」は長身の若い娘、ジェイン・フランセスカ・エルジーであった。こうしてオコンネル派から独自路線を歩みつつあったヤング・アイルランドはトマス・デイヴィス亡き後、新たな詩神をジェインに見出した。

II. オコンネルとヤング・アイルランド

先に述べたように、ヤング・アイルランドはオコンネルのアイルランドとイギリスの併合法案を撤回するリピール運動の渦中から生まれた。しかし老獪で現実的なオコンネルと、若く理想主義的なヤング・アイルランドの間には次第に溝が深まって行った。カトリック解放を奇跡的に成功させたオコンネルは、併合撤回を目指してカトリック連盟の動員力を利用し、万人単位の「巨大集会（モンスター・ミーティング）」をアイルランド各地の史跡で次々と開催し、民族意識を高揚させると同時にイギリス政府に対するデモンストレーションを行った。オコンネルは1843年を「リピールの年」と定め、その総決算を1843年10月8日に、11世紀にブライアン・ボルーがヴァイキング勢力を撃破した、ダブリン郊外の古戦場、クロンターフで決行することを決定した。すでにタラの巨大集会で40万あまりの人を集めた実績があるので、この最後の大集会は50万人を超える人数が集まると予想されたが、最後の瞬間に英国首相ロバート・ピールは集会の中止を通告し、もし中止命令に従わなかった場合は軍隊の出動も辞さない構えを見せた。合法的な議会主義を信条とし、10万人を超える巨大集会でも非合法な暴力行為が一切ないことを誇りとしたオコンネルは、苦慮した挙句、民衆と軍隊の衝突による流血を恐れてやむなく中止を指令した。しかし、その直後、オコンネルは国家反逆罪の嫌疑で逮捕され、1844年9月まで投獄された。これによってオコンネルの権威は大きく失墜し、リピール運動は勢いを失った。

1845年に英国政府はカトリック教徒に対する懐柔策として、大学教育を

受ける機会の少ないカトリックにも大きく門戸を開いたクイーンズ大学の構想を打ち出した。しかし聖職者教育を行わないクイーンズ大学に対して、オコンネルやカトリック教会関係者は「神なき大学」と反発して反対した。しかしヤング・アイルランドはトマス・デイヴィスのようなプロテスタントも含み、クイーンズ大学はカトリック教徒の大学教育の機会を増大させるだけでなく、宗派を問わない教育の場は宗派を超えた共存の場を提供するものとして歓迎し、両者の溝は深まった。しかも意見の違いはありながら絶えず融和を目指してオピニオン・リーダー的な活動していたトマス・デイヴィスは、この年の9月に急死した。

　両者の対立が決定的なものになったのは、翌1846年7月のリピール協会での会合であった。かねてから平和で合法的活動を信条とするオコンネルは、今後のリピール運動で一切の暴力的手段を用いることを放棄する決議を提案した。この時点でヤング・アイルランドが武装蜂起をする具体的な計画は一切なかったが、このような議決を敢えてしようというオコンネルへの反発は高まり、ついにトマス・フランシス・マーに率いられたヤング・アイルランドの一団は議場を退出した。先に紹介した「哀歌」は、ヤング・アイルランドとオコンネルの関係を踏まえている。先にユナイテッド・アイリッシュメンとトマス・デイヴィスの衣鉢を継ぐ決意を表明した第4連を紹介したが、この詩の出だしはオコンネルとの決別から始まっている。この詩はジェインとギャヴァン・ダフィーが会見した1846年の12月5日号の『ネイション』紙に掲載されたものである。

  Gone from us—dead to us—he whom we worshipped so!
    Low lies the altar we raised to his name;
  Madly his own hand hath shattered and laid it low—
    Madly his own breath hath blasted his fame.
  He whose proud bosom once raged with humanity,
    He whose broad forehead was circled with might,
  Sunk to a time-serving, driv'lling inanity—
    God! why not spare our loved country the sight?[9]

われらから去り、死んでしまった、嘗てはかくも崇拝したあの人は。
　その名前に対して高く掲げた祭壇は低く沈んでいる。
狂ったように自らの手で祭壇は破壊され、低く沈んでいる。
　狂ったように自らの息でその名声は吹き消された。
かつては誇り高い胸中に人間味が滾っていたあの方が、
　かつてはその広い額に力を漲らせていたあの方が、
時流にへつらい、虚ろに呆けたありさまに堕している。
　神よ、われらが愛する祖国に、なぜこのような光景をお見せになるのですか。

　かつては一声で何十万人もの人を集めて巨大集会を開催した、稀代の大衆政治家、不世出の天才大衆運動家であり、無冠の帝王とまで言われたオコンネルも、国家反逆罪での逮捕、投獄、さらにヤング・アイルランドの離反を経験した最晩年は、精神力、体力の低下がひときわ目立っただけに、このジェインの詩は痛烈に彼の痛いところを突いてくる。しかも前年から本格化した大飢饉は早くも大惨事の様相を呈し、オコンネルは政治家として、英国政府に緊急救済策を講じることを要請するも、腰の重い政府はなかなか実効力のある対策を実施しない。万策尽きて意気消沈したオコンネルは翌1847年3月末にローマへと巡礼の旅へ出るが、途上のジェノヴァで5月15日に客死した。まさにジェインの詩は舌鋒鋭く、最後にオコンネルに引導を渡す役目を予言的に果たしてしまっている。

III. 大飢饉とジェインの詩

　大飢饉は約100万人の死者と、同じく約100万人の国外移民を生んでアイルランド史上に消えないトラウマを残したが、それは逼迫する社会情勢と、緊迫する政治情勢でヤング・アイルランドの運命も大きく変えてしまった。おりしもヤング・アイルランドが非暴力決議を巡って最終的にオコンネル派と決別する直前の1846年5月30日号には、ジェイムズ・クラレンス・マンガンがゲール語詩から自由に英語に翻訳した「黒いロザリーン」('Dark

Rosaleen')が掲載されている。その最終連の黒と赤の対比は、大飢饉の夥しい死者だけでなく、最終的に追い詰められて1848年に武装蜂起し、あえなく瓦解することになるヤング・アイルランドの運命を不吉に予兆しているようでもある。

    O! the Erne shall run red
        With redundance of blood,
    The earth shall rock beneath our tread,
        And flames wrap hill and wood,
    And gun-peal, and slogan cry,
        Wake many a glen serene,
    Ere you shall fade, ere you shall die,
        My Dark Rosaleen!
        My own Rosaleen!
    The Judgment Hour must first be nigh,
    Ere you can fade, ere you can die,
        My Dark Rosaleen![10]

おお、エルネの川が溢れる血で
    真っ赤に流れるであろう。
歩むと足元で大地は揺れ、
    炎は丘と森を包む。
銃声と鬨の声が
    幾多の静寂の谷間を揺り起こす。
お前が消えて、命尽きる前に、
    わが黒いロザリーンよ、
    わがロザリーンよ、
裁きの時がまず迫らねばならない、
お前が消えて、命尽きる前に、
    わが黒いロザリーンよ。

血の赤と、喪服を思わせる黒、長閑な田園風景を揺るがせる戦闘の切迫感。黙示録的な大飢饉に喘ぐアイルランドの情勢を目の当たりにして、破局の迫ったヤング・アイルランドの運命を本能的にマンガンの才気は察したのかもしれない。まさに後にジェイムズ・ジョイスが賞賛した、孤高の天才詩人の面目躍如と言うべきであろう。当時、マンガンとジェインは『ネイション』紙に登場した期待の新星として賞賛された。しかし、それは生涯貧困に喘ぎ、ヤング・アイルランド瓦解から間もない1849年6月に、栄養不足からコレラに感染し亡くなるマンガン自身の運命の最後の輝きであったとも言える。

ジェインは「哀歌」が発表された翌月の1847年1月21日号の『ネイション』紙に「打ちひしがれた土地」('The Stricken Land') を発表した。この作品は後に詩集に収録されたときに「飢饉の年」('The Famine Year') と改題された。1連8行で6連に渡って大飢饉の惨状を描いている。出だしは問答形式で大飢饉の構造を暴き出している。

Weary men, what reap ye?—Golden corn for the stranger.
What sow ye?—Human corses that wait for the avenger.
Fainting forms, hunger-stricken, what see you in the offing?
Stately ships to bear our food away, amid the stranger's scoffing.
There's a proud array of soldiers—what do they round your door?
They guard our master's granaries from the thin hands of the poor.
Pale mothers, wherefore weeping?—Would to God that we were
  dead—
Our children swoon before us, and we cannot give them bread.[11]

疲れた男たちよ、何を刈り取っているのだ。——よそ者のための黄金の
  穀物さ。
それでは何を植えているのだ。——仇を取ってくれる人間を待つ人の死
  体さ。
飢えに打ちひしがれ気絶しそうになり、沖合いの何を見ているのだ。

よそ者がせせら笑うなか、俺たちの食い物を運んで行く御立派な船さ。偉そうに兵隊が並んでいるが、お前さんの家の前で何をしているんだ。あの兵隊たちは貧乏人の痩せた腕から、旦那衆の倉を守っているんだ。青ざめたお母さんたち、なぜ泣いているの。ああ神様、死んでしまいたい。子供たちが目の前で気を失っているのに、食べるパンをあげられないんだ。

　この段階でジェインは大飢饉が単なるジャガイモの胴枯れ病による自然災害ではなく、アイルランドの植民地という環境がそれを大規模な人災へと転換して行く構造を明らかにしていく。単なる凶作ならば、これほどの大惨事を招くことはなかった。よそ者のために収穫し、外国人が土地を所有するゆえに、不作で地代が払えぬ貧しい小作の農民は土地を追われ野垂れ死にする。もう墓を掘る気力もなくなり、妻や子供たちの目に付かない溝に隠れて死にたいと望む。野生の鳥ならば、困窮すれば仲間が同情するが、キリスト教国のはずのこの国では、同胞のあいだで何の助けもなく人間が死んでいく。そうして死んでいった膨大な数の死者たちは、「禍々しい亡霊の軍団」("a ghastly, spectral army")となって、神の面前に立ちイギリスを殺人者、祖国の土地の簒奪者として糾弾するだろうと詩は結ばれる。恐らく、この作品は大飢饉を直接のテーマとするものでは最も激烈な作品であり、ヤング・アイルランドの運動がフィニアン運動、アイルランド議会党の土地戦争、自治運動、シン・フェイン党の運動へ展開する過程で、死者の怨念がことごとく英国へ向けられるフィニアン史観に結晶して行くメカニズムの原型を示している。
　またジェインは1739年に書かれたアイルランド語詩の翻訳、「ジャガイモ哀歌」('A Lament for the Potato')という作品もあり、これは当時のジャガイモの凶作が大飢饉に重ね合わされており、スウィンバーンが賞賛した。[12] この原詩は『ダブリン大学評論』(*The Dublin University Review*) にウィリアム・ワイルドが執筆した論文「アイルランド人の食べ物」('The Food of the Irish')に紹介されていたものを翻訳したもの[13]で、こういった機縁が積み重なって二人は1851年に結婚した。ウィリアムは眼科、耳鼻科を専門とする国際的な名医であるばかりではなく、ジェインが『ネイション』紙で好

意的に書評した『ボイン川とブラックウォーター川の美しさ』(The Beauties of the Boyne and the Blackwater) 始め、数々のアイルランド地誌学、民俗学の著作があり、この方面でも大変な権威であった。ウィリアムはジェインのように積極的に『ネイション』紙と係わることはなかったが、彼らの理想主義的な愛国主義に好意を持っていた。

IV.『ネイション』紙弾圧とヤング・アイルランドの蜂起

　大飢饉の改善の目処が立たないまま 1848 年が始まった。長期の食料不足のため国民の体力が全般に低下し、餓死だけではなく伝染病による感染症での死者が増大した。1848 年だけで年間 20 万人以上の人が死に、その半数近くが伝染病によるものであった。またこの年はヨーロッパ全土で革命の嵐が吹き荒れた年でもあった。1 月にはシシリア人がナポリからの独立を要求して立ち上がり、2 月にはパリでルイ・フィリップが廃位され、共和国が宣言された。ドイツではマルクスが『共産党宣言』で「万国の労働者よ、団結せよ」と呼びかけた。『ネイション』紙ではデイヴィスの死後、ジョン・ミッチェルが中心的な執筆者となっていたが、大飢饉の惨状は彼を次第にジェイムズ・フィンタン・ローラーの思想に接近させ、小作人擁護の戦闘的な論陣を張るようになっていった。しかしついにミッチェルは『ネイション』紙に限界を感じるようになり、1848 年 1 月に新たに『ユナイテッド・アイリッシュマン』紙 (The United Irishman) を創刊し、小作人たちに地代支払い拒否、武装による自衛を露骨に主張し始めた。警戒した当局は 5 月に、新たに改正された国家反逆罪でミッチェルを逮捕して、『ユナイテッド・アイリッシュマン』紙を廃刊にし、ミッチェルに 14 年間のタスマニアへの流刑を宣告した。

　当局の追及の手は次に『ネイション』紙に及び、7 月 12 日にトマス・マーが、7 月 15 日に編集長ギャヴァン・ダフィーが逮捕された。だが『ネイション』紙はギャヴァン・ダフィーの義理の妹、マーガレット・カランが編集長代理で刊行を続けた。編集長逮捕後に出た 7 月 22 日号にはジェインの

第三章　『ネイション』紙の詩人　59

激烈な詩「アイルランドの試練」('The Challenge to Ireland') が掲載された。この作品は詩集では「謎」('The Enigma') と改題されている。

  Are there no swords in your Fatherland,
 To smite down the proud, insulting foe,
 With the strength of dispair (*sic*) give blow to blow
 Till the blood of the baffled murderers flow
  On the trampled soil of your outraged land?

  Are your right arms weak in that land of slaves,
 That ye stand by your murdered brothers' graves,
 Yet tremble like coward and crouching knaves,
  To strike for freedom and Fatherland?[14]

 お前の祖国に剣はないのか、
高慢で無礼な敵を叩き伏せる剣は。
死に物狂いの力でやられたらやり返す剣が。
そうすればついには困惑した人殺しの血が、
 陵辱された土地の、蹂躙された土の上に流れるだろう。

 あの奴隷の土地のお前の右腕は弱っているのか、
殺害された同胞たちの墓の傍らに立ちながら、
臆病者か、うずくまる下郎のように震えながら、
 自由と祖国のために打ち付けることしかできないのか。

明確に武装蜂起がイメージとして詩の中に描かれている。この 7 月 22 日にイギリス政府は人身保護律の停止を宣言し、当局は逮捕状や裁判なしに容疑者を逮捕、拘束できるようになり、事態は一触即発の戒厳令下のようなありさまとなった。続く 7 月 29 日の号で、ジェインは無署名で「賽は投げられた」('Jacta Alea Est') と題された激烈な散文記事を寄稿した。これは「ア

イルランドの試練」で述べられた内容を、分かりやすく散文でさらに激しく詳述したものである。ギャヴァン・ダフィーは獄中にあったにもかかわらず、この記事の著者と看做され、武装蜂起を扇動したという容疑が掛けられた。彼の拘束は引き伸ばされ、初の公判が開催されたのは年が明けた1849年の2月であった。一説によれば、この初公判で検察側の司法長官が「賽は投げられた」を読み上げたときに、ジェインがいきなり立ち上がって、「被告は私であります。もし被告というものが存在するのなら」ときっぱりと言い放ったということになっているが、ジェインの評伝を書いたジョイ・メルヴィルによれば、当時の新聞でこの発言を報告しているものはないという。ただ一紙が、司法長官の発言が、嫌疑のかかった記事のひとつを書いた麗しい著者によって中断されたと報じていると言う。しかしその新聞は彼女の発言は検察側の「静粛に」の声に掻き消されたと報じ、彼女の発言内容の報告はないという。どうやら事実はそれほど劇的なものではなく、公判前にジェインが裁判所に書いた手紙や、ギャヴァン・ダフィーを弁護した国会議員アイザック・バットの証言が重視されたようである。[15] 2月の初公判でも、4月の第2審でも証拠不十分で有罪の判決は出ず、ギャヴァン・ダフィーは釈放された。当時は国家反逆罪のような重罪は男性のみの犯罪で、か弱き女性の罪ではないと認識されていたので、ジェインが裁かれることはなかった。

しかし、この一方でヤング・アイルランドの残されたメンバーには危機が忍び寄っていた。国会議員を務めていたウィリアム・スミス・オブライエンは穏健派ながら、ヤング・アイルランドのスポークスマンを務めていた。1848年5月にオブライエンは国家反逆罪の嫌疑を掛けられ、この時は結局不起訴となった。しかし7月にマーやギャヴァン・ダフィーが逮捕され、人身保護律が停止されたことにより、オブライエンは精神的に追い詰められていった。もはや逮捕は時間の問題となって、それまで穏健派であった彼も武装蜂起に傾いた。彼は1848年7月28日に、ティペラリー県バリンガリーで急造の部隊を組織し、乏しい武器で警官隊の宿舎に攻撃を仕掛けたが、あえなく鎮圧され、死刑判決を受けた。判決は後にタスマニアへの国外追放に減刑され、1856年7月には特赦によって帰国を許された。

V. 結び――虚構による創造

　ギャヴァン・ダフィーは1849年9月に『ネイション』紙を復刊したが、販売部数が1万部を超え、実読者が25万人を超えたかつての栄光は再び訪れなかった。激動の1848年からの一連の出来事は『ネイション』紙から以前の求心力を奪った。

　またジェインは、ギャヴァン・ダフィーの逮捕と国家反逆罪での裁判、『ネイション』紙の廃刊、オブライエンの蜂起失敗を経験し、武装蜂起を説くような詩を再び書くことを自らに禁じた。また1851年にウィリアム・ワイルドと結婚し、3人の子供の出産と育児を経験し、世界的な名医であると同時に、優れた地誌学者、民俗学者でもある夫を支援する立場になり、文学者としての活動は大幅に縮小せざるを得なかった。

　しかし子育てが一段落すると、夫とともにダブリン、メリオン・スクエアーの自宅をアイルランド、イギリスの名士をもてなすサロンとし、夫の死後はジャーナリズムで活躍する長男ウィリアム、イギリス社交界で特異な存在を誇示し、文学者として頭角をあらわす次男オスカーの協力を得ながらロンドンでもサロンを主催した。そのあいだ、詩作は目に見えて少なくなったが、翻訳や評論、紀行文などで文筆活動は継続した。

　こうしたジェインの文筆活動の全体像の中に置いたとき、1846年から2年余り『ネイション』紙を主戦場として展開された彼女の激烈な愛国詩は、20歳代半ばの世間知らずな娘の怖いもの知らずで、一時的な逸脱したエネルギーの捌け口だったようにも思えなくはない。1893年に刊行された評論集『社会研究』(*Social Studies*) に収録された「指導者たちと殉教者たち」('The Leaders and the Martyrs') で、ジェイン自身が次のように1848年の民族主義の高揚を回想している。

　　アイルランド人はいつのときにも弁舌家ではあるが、強い高揚に影響されて詩人となった。あの嵐の時代に、あらゆる民族は王座を燃やした炎に照らして、自分たちの権利を読み取った。アイルランドの詩人たちは青春の壮大な幻影に狂乱状態となり、希望の讃歌を、挑戦の歌を、アイ

ルランド中の国土や湖へ、川や山へと炎の十字架のように煌かせ、彼らの言葉が魔法のように唱えられなければ、長いこと死んだ状態だったかもしれない人々の魂を生き返らせた。[16]

しかし、「教師としての詩人」('The Poet as Teacher') を読むと、ジェイン自身が一時的な情熱に浮かされていただけではないことが明らかとなる。この評論のなかで、ジェインはトマス・デイヴィスと同じく、バラッド文学の重要性を強調する。なぜなら子供の心は乳母の歌う歌に影響されないでいることは難しく、その影響は子供の血に浸透し、その性格に滲み出るからだ。あらゆる教育の最も気高い目標は、文学、道徳、芸術のより高次な性質を解き放つことであり、ひとつの民族を他国の思想で十全に育むことは不可能である。[17] そしてそのアイルランドの自前の伝統を、彼女はトマス・ムーア、ウィリアム・カールトン、トマス・デイヴィス、マンガン、サミュエル・ファーガソンと辿っていく。しかもドイツのレッシング、ヘルダー、ティーク、ゲーテや、イギリスのワーズワス、コウルリッジ、キーツ、テニスンなどの他国の文学伝統を視野に入れながら。

こうして見ると、ジェインはそれまでのアイルランド文学の流れを歴史的に構築しながら自己の詩作を位置付けていたことが分かる。しかもその思想の方向性は、文化的アイデンティティを重視する姿勢において、その後のダグラス・ハイドの脱英国化の論理や、シン・フェイン党の「われわれ自身」の原理も予示している。何よりも彼女の詩作品は、トマス・ムーアからトマス・デイヴィス、マンガンに至る愛国文学の詩の方向性のみならず、大飢饉と英国政府の弾圧で追い込まれたヤング・アイルランドの政治活動をも、その理論的、実践的結末に誘導していった。彼女の直截なバラッド調の愛国詩は、『ネイション』紙という大部数の新聞メディアに載ることで、その破壊力を相乗的に増大させ、ついに英国政府の弾圧の格好の標的となった。

そんなジェインはダブリンの民衆の人気者で通りを進めば人々が喝采し、1880年代に息子オスカーがアメリカ各地を講演旅行で回ると、アイルランド移民の古老たちがスペランツァの息子として歓迎してくれた。オスカーは持ち前の天邪鬼を発揮して、母ジェインのようなアイルランドの愛国的主題

は決して取り上げることはなかったが、デクラン・カイバードの『アイルランドを発明する』(*Inventing Ireland*) や、デイヴィッド・コークリーの『アイルランド人であることが肝心』(*The Importance of Being Irish*) が論じるように、その徹底した無視が逆に内向したアイルランド性のモチーフを物語っている。ジェインの作品はアイルランドからイギリスを正面攻撃した。逆にオスカーはイギリスのなかからイギリスの偽善、矛盾を描くことによって、イギリスを内側から攻撃している。イギリス人がアイルランド人を戯画化して「ステージ・アイリッシュマン」に仕立て上げたのを逆手にとって、オスカーはイギリス人を内側から戯画化して「ステージ・イングリッシュマン」を作り上げた。母親の正面攻撃に対して、息子は内部からの破壊という戦術を選択する。

　オスカーは『まじめが肝心』(*The Importance of Being Earnest*) でアルジャーノンにこう言わせている。「あらゆる女性は母親のようになる。それが女性の悲劇さ。だけど、あらゆる男は母親のようにならない。それが男性の悲劇さ」。[18] そしてこう言われたジャックがロンドンで遊興三昧のために自分はアーネストだと名乗った不真面目極まりない嘘は、劇の最後で揺るぎない真剣な真実として彼を襲う。ジェインがユニオニスト的出自に逆らって若いころに書いた激烈な愛国詩は、紛れもない現実として彼女の人生とアイルランドの歴史にその痕跡を残した。母とは違い、イギリスに同化する戦術を取ったはずのオスカーは、虚構を至上命題として、その理論的、実践的結論を体現することで、図らずも母親の息子としての正体を暴露することとなった。

註

1. Thomas Davis, *Thomas Davis, Selections from His Prose and Poetry* (Leipzig: BiblioBazaar, 2008), pp. 232–234.
2. *Ibid.*, p. 224.
3. *Ibid.*, p. 238.
4. Thomas Davis, *The Poems of Thomas Davis* (Dublin: James Duffy, 1853;

reprinted by BiblioLife,), p. 163.
5. Richard Ellmann, *Oscar Wilde* (New York: Vintage Books, 1988), p. 523.
6. Joy Melville, *Mother of Oscar: The Life of Jane Francesca Wilde* (London: John Murray, 1994), p. 6.
7. Alvin Jackson, *Ireland 1798–1998* (Oxford: Blackwell, 1999), p. 54.
8. Lady Wilde (Jane Francesca Wilde), *Poems by Speranza* (Dublin: Gill & Sons, 1907), pp. 27–28.
9. *Ibid.*, p. 27.
10. James Clarence Mangan, *James Clarence Mangan: Selected Writings* (Dublin: University College Dublin Press, 2004), p. 224.
11. Lady Wilde, *Poems by Speranza*, p. 10.
12. Horace Wyndham, *Speranza: A Biography of Lady Wilde* (London: T. V. Boardman & Co., 1951), p. 63.
13. Lady Wilde, *Poems by Speranza*, p. 64.
14. *Ibid.*, p. 13.
15. Joy Melville, *Mother of Oscar*, p. 39.
16. Jane Francesca Wilde, *Social Studies* (Cambridge: Cambridge University Press, 2010), pp. 269–270.
17. *Ibid.*, pp. 278—280.
18. Oscar Wilde, *Complete Works of Oscar Wilde* (London & Glasgow: Collins), 1948, p. 335.

第四章

サミュエル・ファーガソンとアイルランド民俗学

はじめに

　本章ではアイルランド併合 (1801) 以後の時代、すなわちカトリック解放運動、リピール運動、ヤング・アイルランド、フィニアン運動、アイルランド議会党の土地運動、自治運動の激動の時代を生き、アイルランド文学、民俗学、考古学の勃興の渦中を経験したサミュエル・ファーガソン (1810–1886) の文業を検討し、それと密接な関係にあったアイルランド民俗学の進展を考察したい。

I. アルスター・アングロ・アイリッシュという存在

　ファーガソンは 1810 年にベルファストで 6 人兄姉の末っ子として生まれた。父ジョンは地主で、母アグネスは時計製造業者の娘だった。先祖はスコットランド、ハイランド地方の古くからの氏族で、17 世紀初めごろにアイルランドに定住した、プロテスタント系の典型的なロイヤリスト（王党派支持）の家系である。ベルファスト学院 (Belfast Academical Institution) で学び、1831 年からはロンドンのリンカンズ・インで法律を学んだ。1834 年からはトリニティ・カレッジ・ダブリンに転じたあと、1836 年からはダブリンのキングズ・インで法律の勉強を再開し、1838 年に法曹界入りした。1847 年にアイルランド一の大財閥、ギネス家の令嬢メアリー・キャサリン・ギネスと結婚してからは、アングロ・アイリッシュ・アンセンダンシー（上層階級）の最上流に位置した。法曹家の仕事の傍ら、詩や散文の創作、批

評、アイルランド語詩の翻訳、オガム文字の研究を行い、アイルランド・ロイヤル・アカデミーの有力会員として活躍する。また 1867 年にアイルランド公文書館 (the Public Record Office in Ireland) の副館長 (Deputy Keeper) に就任した。これは館長 (Keeper) が名誉職だったので、実質の日常業務の責任者であった。1879 年に英国皇室から爵位を叙勲し、1881 年には長年の功績によってアイルランド・ロイヤル・アカデミーの院長に就任した。妻のメアリーも歴史概説書や評伝を執筆し、ファーガソンの死後に 2 巻からなる彼の伝記『生前のアイルランドにおけるサミュエル・ファーガソン卿』(*Sir Samuel Ferguson in the Ireland of His Day*, 1896) を出版した。

　このように当時のアングロ・アイリッシュとして模範的とも言える生涯を送ったファーガソンだが、最初から恵まれていたわけではなかった。父親はこれといった職業を持たなかったため、資産は次第に目減りし、彼は学業を継続するために自活の方策を練らねばならなかった。母アグネスは文学の素養が豊かな人で、兄姉とともに幼いころからシェイクスピア、ミルトンを始め、スコット、バーンズ、バイロン、シェリー、キーツを読み聞かされたファーガソンは 21 歳にして、当時の最有力な保守系文芸誌『ブラックウッズ・エディンバラ・マガジーン』誌を発行するエディンバラのブラックウッド書店を訪れ、社主のウィリアム・ブラックウッドとその家族の知遇を得た。[1] かくして 1832 年 2 月に『ブラックウッズ・エディンバラ・マガジーン』誌に彼の書いた詩「アンカー鋳造」('The Forging of the Anchor') が掲載される。これは大型船のアンカーの鋳造を描写し、それを搭載した船の船出、海底でのアンカーの有様を想像した作品である。この作品は冒頭のアンカーの鋳造される描写が主題の点からも、描写の技法から言っても当時としては極めて画期的な作品である。

> Come, see the Dolphin's anchor forged—'tis at a white heat now:
> The bellows ceased, the flames decreased—tho' on the forge's brow
> The little flames still fitfully play thro' the sable mound,
> And fitfully you still may see the grim smiths ranking round,

All clad in leathern panoply, their broad hands only bare—
Some rest upon their sledges here, some work the windlass there.
The windlass strains the tackle chains, the black mound heaves below,
And red and deep a hundred veins burst out at every throe:
It rises, roars, rends all outright—O, Vulcan, what a glow!
'Tis blinding white, 'tis blasting bright—the high sun shines not so!
The high sun sees not, on the earth, such fiery fearful show;
The roof-ribs swarth, the candescent hearth, the ruddy lurid row
Of smiths that stand, an ardent band, like men before the foe.[2]

さあ、ドルフィン号のアンカーが鋳造されるのを見ろよ。今は白熱状態だ。
鞴は止まった。炎も減った。もっとも塊鉄炉の額のところでは、
漆黒の土手の上に小さな炎がまだときおり遊んでいる。
また時々厳しい鍛冶職人たちが周りに並んでいるのが見えるかもしれない。
みんな皮製の防御服をきているが、太い腕だけは剥き出しだ。
大ハンマーのうえで休んでいるものもいれば、揚錨機で作業しているものもいる。

揚錨機は滑車つきの鎖を引っ張り、下では黒い土手が持ち上がる。
生みの激痛のたびに赤く深い百もの静脈が破裂する。
それは持ち上がり、唸り、直ちにすべてを劈く。おおヴァルカン神よ、何という輝き。
眩い白熱、爆裂する輝き、天上の太陽もあれほどは輝かない。
天上の太陽が地上で、これほどの恐るべき炎の光景を見ることはない。
黒ずんだ天井の横梁、白熱の炉、立っている鍛冶職人たちの
赤くギラギラした隊列。真剣なその一団は敵を前にしているようだ。

　1832年といえば、英詩の歴史ではロマン派の詩人たちが世を去り始め、1809年生まれのテニスンがその早熟な才能を開花させるころだが、この作

品はその流れと大きく隔絶した性質を持っている。それは産業革命の進展で繊維産業から発展し、造船や鉄鋼業で発展した工業都市ベルファストの近郊で育ったファーガスンらしい、工業時代の崇高 (sublime) とも言うべき文学表現である。簡素で荒々しい表現で視覚的である。また 'It rises, roars, rends'、'blinding white…blasting bright' など、故意に多用された頭韻は即物的なインパクトを与えるように計算されている。後半のアンカーが海底に沈む描写は、幾分シェリーの「西風のオード」('Ode to the West Wind')の海上で暴れる西風を恐れる海底の海草の描写や、テニスンの「クラッケン」('Kracken') を思わせるところもあるが、全体としてこの作品は、20世紀のモダニズムによってイマジズムや未来派が即物性や同時代性の追及を提唱するまで類例のない作品である。生前ファーガスンはこの作品を自らの詩集に収録することはなかったが、ヤング・アイルランドの機関紙『ネイション』紙創刊者の一人のチャールズ・ギャヴァン・ダフィーが編集した『アイルランドのバラッド詩』(*The Ballad Poetry of Ireland*) に収録され、多くの読者を得た。もし彼がこの路線で詩を書き続けていれば、19世紀の詩壇で現在の評価とは大きく違った意味で独自の詩人となったであろう。しかしアルスター出身のアングロ・アイリッシュの青年詩人の心を捕らえていた同時性は、勃興する産業社会ばかりではなかった。

　若くして当時の英国で権威のある『ブラックウッズ・エディンバラ・マガジーン』誌に地歩を占めたファーガスンは生涯その絆を維持した。その一方、彼が『ブラックウッズ・エディンバラ・マガジーン』誌にデビューした翌年の 1833 年に、ダブリンでは『ダブリン大学雑誌』(*Dublin University Magazine*) が創刊された。これはトリニティ・カレッジ・ダブリン関係者を中心とするユニオニスト系の雑誌で、翌年トリニティ・カレッジ・ダブリンに入学することになるファーガスンにとって素養の面から言って親和性の高い雑誌であった。彼は創刊間もない同誌に「あるアイルランド人プロテスタントの頭と心の対話」('A Dialogue Between the Head and the Heart of an Irish Protestant') を寄稿した。『フィールドデイ・アンソロジー』(*The Field Day Anthology of Irish Writing*) の編者の一人、W・J・マコーマックはこの作品がエドマンド・スペンサーの『アイルランドの現状管見』(*A*

View of the Present State of Ireland）から、ジョナサン・スウィフト、ジョージ・バークレーの一連の対話的作品の系譜に連なると指摘し、[3] デクラン・カイバードはイェイツの「自己と魂の対話」（'A Dialogue of Self and Soul'）の重要な先駆であると指摘している。[4] 私見ではオスカー・ワイルドの一連の対話による芸術論もこの範疇に属する重要な作品群であると考えるが、いずれにしても自己の内面の対話を劇化して提示することによって深化させる、アイルランド文学に特徴的な形式である。

　この作品が発表された1833年といえば、1829年にダニエル・オコンネルが奇跡的にカトリック解放を成し遂げ、カトリック教徒にも英国国会議員の資格が付与され、1832年の選挙法改正により参政権の門戸が広がり、腐敗選挙区の縮小により英国政界が再編された直後の、政治的大変動の時期である。またアイルランドではアイルランド国教会への十分の一税をめぐってカトリック教徒の反対運動が激化していた時期でもある。

　冒頭から「心」は不機嫌である。「頭」に理由を問われた「心」は、カトリックの脅威から英国を守ってきた自分たちが騙され、侮辱され、危機に瀕していると怒りをぶちまける。とくに「心」が怒っているのは、時のホイッグ党政権が提出した教会財産法 (Church Temporalities Act) である。この法によって教会改革の名目の元、アイルランド国教会は教区を合併させられ、いくつかの教区が教会税の徴収権を奪われた。これは当時のプロテスタントから宗教への不当な国家介入として非難された。「頭」は教会財産法には世情を沈静化するという効果はあったと「心」を宥めるが、「心」はそれは盗賊に捕まり縛られ轡を嵌められた旅人が口を利けないのと同じだと言って納得しない。「頭」は個人的怒りを抑えて公共の徳を意識してきたことが、平和の善と法律の保護を評価する人たちから賞賛されてきたと説く。しかし「心」は法の保護という言葉に嚙み付く。いわゆる法の保護の拡張が、法律自体の完全に消滅につながったのではないかと問う。「心」の念頭にはカトリック解放があるようだ。

　しかし「頭」は法を軽視することによってアイルランドに革命が起こることを恐れている。もし革命が起きたらわれわれの財産、良心の自由（信仰）、個人の自由、生命に危機が及ぶだろうと問いかける。しかし「心」は「頭」

は暴力革命によるアイルランドと英国の分離しか考えていないが、分離は併合法の取り消しという形で行われる可能性もあると指摘する。この辺りから話題は併合取り消しの問題へと移っていく。1829年のカトリック解放を実現して勢いに乗るダニエル・オコンネルが、次の政治的課題として併合撤回（リピール）運動に乗り出し、万人単位のモンスター集会を開催していく状況が背後にある。冒頭は「心」が怒りに任せて不満を吐露していたが、会話は次第に「頭」が議論を主導していく。「頭」は冷静に推論することを主張する。カトリック解放が併合撤回を生み出すなら、併合撤回はアイルランドと英国の究極の分離を生み出すだろう。そして分離されれば、戦争が始まり、財産は差し押さえられ、ローマ法王の教会が樹立されてしまうだろうと。ローマ法王の教会とはプロテスタント信仰を認めない、排他的で抑圧的なカトリック教会を意味するだろう。ロバート・ウェルチは「その含意するところは、最悪の場合、プロテスタントは根絶され、よくて彼らが、彼らだけが国から利益を得られる特権から追放されることを意味するだろう」と解釈している。[5] しかし「頭」はアイルランドのプロテスタントが英国政府に嫌われ疎まれない限り、併合撤回はありえないと断言する。

　だが「心」の不安は消えない。「心」は彼らの敵が煽動によって世論を動かす名人であることを心配する。オコンネルは安い会費でカトリック協会を組織拡大し、動員をかけた大集会を歴史に所縁のある名所旧跡で開催し、民族意識を盛り立てる稀代の大衆政治家であった。「頭」は確かに大衆が卑近な利益誘導に誘惑されやすいものだと認める。酒やパンが安価で入手できると持ちかければ、人を味方につけるのは容易である。しかしそういった安易な利益誘導が長期的に見れば、より重大な社会秩序や雇用の安定、市場の安定、高賃金の維持を困難にし、さらに個人の自由を侵害し、国力の低下を引き起こすと説得できれば、その利益誘導は効力を失うと「頭」は主張する。この議論は現代でも十分通用する力を持っている。

　「心」のもうひとつの不安は、カトリック系アイルランド人が主張する、プロテスタント系アングロ・アイリッシュは自分たちと違い、「よそ者(strangers)」であるという意見である。これは19世紀末の土地戦争などを経て、カトリック系中産階級が増加すると、20世紀にはシン・フェイン党

結成で政治的力をもち、D・P・モランのアイリッシュ・アイルランド主義で体系化された。これに対して「頭」はノルマン人の英国征服を例にして反論する。1066 年にヘイシングスの戦いでノルマン人が英国を征服したとき、彼らはよそ者だったが、それから 2 世紀も経たない 14 世紀中期に百年戦争で戦い、フランスのクレシーやポワティエで勝利したとき、彼らは見事に英国貴族になっていた。それならば 1690 年にウィリアム 3 世がボイン川の戦いで勝利して英国のアイルランド支配が決定してから現在までの時間とさして大差はないだろうと「頭」は主張する。『侵略の書』などの歴史書を紐解いて見れば分かるように、アイルランドの歴史は一連の侵略と征服の歴史である。そして征服者たちは順番にアイルランド人と称してきた。であるならば、われわれが現在のアイルランド人なのだ。そして「頭」は高らかに主張する――「われわれが権力と特権を剥奪されたとしても、ホイッグ党の暴政をもってしても、カトリックの悪意があろうとも、われわれが持って生まれた権利を剥奪することは出来ない。それはアイルランドを愛する権利だ」[6]。

これを受けて、「心」は自分自身がアイルランド人の「心」であると感じ、それを自覚すると思わず漏らす。しかし問題なのはこうしたアイルランド人の一体感を分断する宗教的党派性である。プロテスタントとカトリックの対立が、一夜にして千人もの人間を殺人者にしてしまうと「心」は指摘する。「頭」は自分たちプロテスタントの存在によって、カトリックにも常識の力が感化を与え、たとえば 50 年前にカトリックが誇りにしていた酷いまやかし (juggleries) は次第に影を潜めてきたと言う。しかしカトリック聖職者は依然犠牲者（カトリック信者）を誑かし、その精神よりも心をなお一層強く束縛していると指摘する。そしてカトリックの現在企てているたくらみは、「英国に嫌われたわれわれ（プロテスタント）がアイルランドの反乱に加わるように、英国に革命を起こすことだ」と述べる。そしてその究極の目的は「プロテスタンティズムを打破し、もっともカトリック的な共和国を宣言する」ことだと言う。[7]

こうして、英国の政治情勢、アイルランドの宗教的党派性によって幾重にも束縛されて行き場を失ったアングロ・アイリッシュの姿が浮き上がってくる。対話の終わりのほうで「心」は叫ぶ――「トーリー党に見捨てられ、ホ

イッグ党には侮辱され、急進派に脅され、カトリックには嫌われ、非国教会派には羨ましがられる。田舎の屋敷は略奪され、タウンハウスでは盗みにあう。暴力によって国外に追い出され、人情に引き戻される。そして挙句には、お前は英国人でもアイルランド人でもない。魚でも獣でもない。所詮は物売りして歩く植民地だ。有象無象の衛兵どもがいちいち謀反の動きをするたびに、それに合わせなければならない寂しい防人だ」。しかし続けてこうも言う——「私は誰よりもこの国を愛している。私にはこの国が敵国だとは思えない。この国の人たちはああいう人たちであるにもかかわらず、私は愛している。私は彼らに対して敵だと感じることは出来ない」。「頭」はこれに「彼らが君に向かって敵だと感じているということが、君の存在の必要条件の一つだよ」と反論し、8 ともするとカトリックに同情的な「心」を諫める。

「頭」は平和の確立、正しい法、聖書による宗教の導入によってアイルランド人を感化しなければならないと説く。しかし「心」は親切の押し売りは反発を招くと指摘し、アイルランドの英雄たちの反乱は英国の干渉というよりも、英国政府のアイルランドでの失政 (misgovernment) に向けられたのでは疑問を投げかける。だが「頭」はそもそもエリザベス朝に英国がアイルランドを支配するまで、「統治」(government) そのものがアイルランドに存在しなかったと指摘する。あったのは単なる地元豪族同士の略奪と野蛮な徴収であった。そして文明の進んだ現代では、戦場は活字を介した舌戦の時代に突入した。だからわれわれもルターやカルヴィン、エドマンド・バークのような偉大なプロテスタントの先達に倣って、聖なる山の頂に立ち、謀反の徒を駆逐しようと説く。ここに至って「心」は完全に同意し、「私はカトリックの同国人を依然愛している。彼らを愛するがゆえに、彼らの過ちの糾弾者のように見える苦痛に耐えよう。(彼らと過ちは密接に結びついているので、そのような性質のものは、世間で抑圧者と呼ばれているものとほとんど変わらないかもしれないが)」9 と述べる。最後に「頭」はそれが今までアイルランドの失政者 (misgovernor) と呼ばれてきた者たちの気持ちだ。そしてそういう人間をアイルランドのカトリックは、カトリック聖職者たちが真理を憎むのと同じぐらいに憎んできた。そして彼らがプロテスタントの真理を知り愛するまで憎み続けるだろう。たとえそれが最後の審判の日までであっ

てもと結ぶ。

　以上が「対話」の概要である。かなり込み入った部分も多いが、憤りつつもカトリックの同国人を愛さずにおれない「心」が、主知的な「頭」に導かれて、彼らに愛の鞭を振るうことを決断する過程が描かれている。ロバート・ウェルチは「1830年代の知的で責任感あるプロテスタントが直面する、知的、感情的ディレンマの卓抜な分析」[10]と評している。ここに描かれた「頭」はプロテスタントの優位性に対して揺るぎない確信を持っているように見える。しかも最後はカトリックに同情的な一面もあった「心」も説得されている。それならば「頭」がファーガソンの立場を代弁しているという読み方もできる。しかし彼は友人でトリニティのシェイクスピア学者だったエドワード・ダウデンのような英国文化至上主義者とも、同じく友人でトリニティの古典学者、オスカー・ワイルドの恩師となるジョン・ペントランド・マハフィーのような汎ヨーロッパ的な教養人とも違った生き方をした。この作品は彼の見解の代弁をするというよりも、当時のプロテスタントの内面に蔓延していた思考と感情を一歩引いたところから描写している。ピーター・デンマンは「『対話』は作者の肖像を提示するというよりも、これらの当面の問題に取り組むために書かれた」[11]と述べている。さらにイーヴ・パッテンはデンマンの見解を「正当な示唆」と述べ、作者とテキストを同一視する読み方は会話体文学のジャンル、ないしは構造的伝統を看過していると指摘する。むしろ当時法学生のファーガソンはここで傍観者の視点で議論の下稽古をしているというのがパッテンの読み方だが、[12]非常に説得力がある。ある意味で、その後のファーガソンの文筆活動は、ここで細やかに素描された思考や感情の複雑な綾を、そのつど巧みに演じ分けたともいえるからである。

II. 産業的崇高から妖精の世界へ

　次にファーガソンは『ブラックウッズ・エジンバラ・マガジーン』誌に「妖精のサンザシ」('The Fairy Thorn')、「妖精の泉」('The Fairy Well')の2篇の連作詩を寄稿した。後編の「妖精の泉」は1833年3月の同誌に掲載され

たが、「妖精のサンザシ」は取り上げられないという奇妙な事態となった。[13]
「妖精のサンザシ」は翌年の『ダブリン大学雑誌』に掲載された。この2篇の詩は出世作の「アンカー鋳造」とは方向性が真逆の作品である。「アンカー鋳造」は巨大船のアンカー鋳造という近代工業社会のサブライムを描いた時代に先駆けたモダンな主題とスタイルであったが、この2篇が扱うのは妖精による少女の略奪という、土俗的で超自然的な主題とスタイルである。「対話」に表れた「心」の祖国愛が民間伝承に取材するという形で発現している。「妖精のサンザシ」ではアンナ・グレイス、「妖精の泉」ではウナ・ボーンが妖精の世界へと攫われる。「妖精の泉」のウナは恋人に捨てられ、その苦しみを忘れるため妖精の国へ逃れたいと願う。このとき彼女は「アンナ・グレイスのように」と言うのだが、初出では前篇が不掲載だったので意味が取りにくくなっている。彼女は妹エレンと一緒に忘却の泉の水を求めて出かけ、泉で姿を消す。

　前篇の「妖精のサンザシ」は前述のように不運な運命で掲載が遅れたが、今日ではこちらのほうが影響力の大きな作品となっている。仲の良い4人の娘たちが陽気に野山を散策しているが、ナナカマドと古い西洋サンザシの木のところに来ると、そこから微かに発散される魔法の息吹によって、彼らは野原に倒れ込んでしまう。彼らはうな垂れた頭を寄せ合い、両隣と肩を組むような姿勢で座り込む。

> Thus clasp'd and prostrate all, with their heads together bow'd,
> 　　Soft o'er their bosom's beating—the only human sound—
> They hear the silky footsteps of the silent fairy crowd,
> 　　Like a river in the air, gliding round.
>
> No scream can any raise, nor prayer can any say,
> 　　But wild, wild, the terror of the speechless three—
> For they feel fair Anna Grace drawn silently away,
> 　　By whom they dare not look to see.[14]

このようにみんなは手を組んでひれ伏し、頭を寄せ合って項垂れた。
　彼らの静かな胸の鼓動、人間の立てる音はそれだけ。
　彼らは物言わぬ妖精の絹のような足音を聞いた。
　それは空中で川がせせらいでいるようだった。

　誰も叫び声を上げられない。祈りの言葉も口に出せない。
　だが口の利けない3人の恐怖は、それはそれは大変なもの。
　なぜなら3人は美しいアンナ・グレイスが音もなく引き離された気配を感じる。
　それが誰によってなのか、顔を向けて見る勇気は彼らにはない。

　この世のものならざるものが忍び寄って傍らをかすめる切迫感が詩から伝わってくる。それは過去時制で語られていた物語が、アンナが攫われるまさにその瞬間に突然現在時制となって生々しく浮かび上がる、その巧みな語り口にあるだろう。しかも引用の第2連の2行目は動詞すら省略され、彼らの恐怖心が点描のように投げ出されている。どこからともなく忍び寄ってきた魔法の力に知らないうちに少女たちは支配され、やむなく肩を抱き合って額を寄せ合うという、動くことも周りを見ることもできない、なすすべのない無力な状態でアンナは音もなく連れ去られる。それがほかの誰かでなくて、なぜアンナでなければならなかったかは一切明らかにされない。この一切因果関係が断ち切られ、すべてが不可抗力のように進行することが作品の神秘性を高めている。その点、「妖精の井戸」はウナの失恋と苦悩、逃避と忘却の希求という因果関係が明瞭な分、「妖精のサンザシ」の持っている作品としての訴求力が幾分損なわれている。
　妖精の魔法と、余りの恐怖に心神喪失した3人はそのままの状態で一夜を明かす。朝霧が晴れて朝日が差すと彼らの意識も戻る。

> Then fly the ghastly three as swiftly as they may,
> 　And tell their tale of sorrow to anxious friends in vain—
> They pined away and died within the year day,

And ne'er was Anna Grace seen again.[15]

　　そして青ざめた3人は全速力で逃げ出し、
　　　心配した友達に悲しい話を語るも詮なきことだった。
　　3人はやつれ果て、満一年も経たぬうちに亡くなった。
　　　アンナ・グレイスの姿は2度と再び見られなかった。

　アンナ失踪の場面と同じく、結末部分も何の因果関係も見出せないまま幕を閉じる。まさに物語を裸形で提示するバラッドそのものの終わり方である。アングロ・アイリッシュのインテリ青年ファーガソンはここでその洗練された教養を脱ぎ捨てて俗謡調に徹している。この妖精バラッドのスタイルは約半世紀後に、初期のW・B・イェイツのケルトの薄明かりの時期の代表作「盗まれた子供」('The Stolen Child')、「妖精シーの群れ」('The Hosting of the Sidhe')などの格好のモデルとなる。

III. 祖国への愛と愛の鞭——アイルランド語詩と考古学

　こういった俗謡調の詩への関心は批評の分野にまで及んでくる。「妖精のサンザシ」が掲載された翌月の、『ダブリン大学雑誌』1834年4月号にファーガソンは、ジェイムズ・ハーディマンが編集したアイルランド語詩の選集『アイルランド民謡集——アイルランドの吟遊詩人の遺産』(*Irish Minstrelsy or Bardic Remains of Ireland*) に対する長い激烈な書評を異例なことに4回に分けて掲載する。『アイルランド民謡集』はハーディマンとそのグループが手分けして翻訳したものを編集して、ハーディマンが序文と注釈を加えたもので、1831年から1834年にかけて2巻本で出版された。ハーディマンはメイヨー出身のアイルランド語を母語としたカトリックで、公文書館に勤務しながら歴史書などを著した。

　ここで当時のアイルランドにおける民謡研究、伝承音楽研究を概括することは意味があろう。この分野に関する関心は18世紀後半に急速に高まった。

これは英国で 1765 年にトマス・パーシーが『英国古謡拾遺』(*Reliques of Ancient English Poetry*) を 3 巻本で出版して、大きな反響を呼び、英国ロマン主義の先触れとなったのと期を一にするものであろう。アイルランドにおけるこういった研究の嚆矢となったのは、第一章で触れた 1786 年に出版されたジョゼフ・クーパー・ウォーカーの『アイルランド吟遊詩人の歴史的回想録』である。ここには 17 世紀末から 18 世紀初めに活躍した盲目のハープ奏者、作曲家ターロッホ・カロランの 40 数ページに渡る伝記が付録としてつけられており、後のカロラン崇拝の先駆けとなっている。ここにはアイルランド詩の英訳、楽器の解説、楽譜も載せられているが、このアイルランド詩の英訳の一部を手伝ったのが、シャーロット・ブルックであった。

　ブルックは感傷小説や戯曲で有名なヘンリー・ブルックの娘で、1789 年にアイルランド詩の訳詩集『アイルランド詩拾遺』(*Reliques of Irish Poetry*) を出版した。パーシーのバラッド集に対抗しようという意図はタイトルに明らかであり、詩のジャンルごとに集めて掲載するスタイルも踏襲しているが、英国とは違うアイルランド詩の独自性を明らかにしようという意図もあり、巻末に原詩を収録してある。ブルックのもうひとつの意図は、ジェイムズ・マクファーソンが発表した一連のオシアン詩への対抗であり、多くのオシアン詩を収録することによって、それらが本当はアイルランド起源であると立証しようとした。ウォーカーの『回想録』の註にはある若い娘の回想として、幼いころ父親の雇っていた労働者がアイルランド語の詩を読み聞かせてくれて強烈な印象を受けたが、後年マクファーソンの詩を読んだところ、それらとあまりに似ているので驚いたという挿話が紹介されている。この少女とはブルック自身にほかならない。[16]

　これら一連の出来事は伝承歌、伝承音楽、とりわけカロランが演奏したハープ音楽への関心を高めた。カロランのような各地を巡回して演奏するハープ奏者はかつてアイルランド中で見られたが、産業革命の進行する近代化によって当時その数は少なくなっていた。そのため 1781 年から 83 年の 3 年間、ロングフォードのグラナードでハープ・フェスティバルが開催され、ハープ奏者が集められた。これをさらに大規模に展開したのが 1792 年に開催されたベルファスト・ハープ・フェスティバルである。このとき音楽の記録

係を担当した青年がエドワード・バンティングである。バンティングは大いに興味をそそられ、フェスティバル終了後もハープ奏者を訪ねては採譜し、1796年に楽譜集『アイルランド古楽大全』を出版した。

　詩人のトマス・ムーアはバンティングの記録したいくつかのメロディーに歌詞をつけ、その他の曲とともにピアノ伴奏譜をつけて、1808年に2巻の歌集『アイリッシュ・メロディーズ』を発表した。叙情的な歌詞と親しみやすいメロディーはたちまちに好評を博し、以後次々に増補され、1834年に8版に達した。これらの歌は純粋なアイルランド伝承音楽とはいえなかったが、アイルランド風のメロディーを英国やアメリカへも広げるのに貢献した。またムーアの歌詞は非常に婉曲ではあるが、アイルランドの反乱の歴史や、1798年のユナイテッド・アイリッシュメンの反乱や、トリニティ・カレッジ・ダブリンの学友で、1803年に反乱を企てたロバート・エメットを仄めかすものがあった。この辺の経緯はすでに第一章で論じた。メリー・ヘレン・シューエントの研究によれば、ユナイテッド・アイリッシュメン自体が機関紙に替え歌を載せたり、1795年に歌集『パディの財産』(*Paddy's Resource*) を出版するなど、音楽の政治的活用に熱心だったという。またシューエントはベルファスト・ハープ・フェスティバルの主催者には、ベルファスト・ユナイテッド・アイリッシュメン創立メンバーのロバート・シムズほか、ユナイテッド・アイリッシュメンに関係が深い人物が他にも3名含まれており、フェスティバルの開催が7月10~13日だったのは、フランス革命のバスティーユ牢獄陥落の3周年記念の意味があったと述べている。[17]

　そもそも始めにあげたウォーカーにも民族主義的な文化政治は潜在していた。例えばウォーカーは古代アイルランド社会では、身分の高貴さに応じて着衣に使用できる色彩が増加したと論じながら、最高位の王族が7色使用可能なのに対して、それに次ぐのが高位の歌人の6色であるとして、古代アイルランド社会の文化的洗練を誇っている。そして次のように締めくくるのだ——「この世の洗練された国家よ、これを読んで頬を赤らめるがよい！」。[18]ここには古代の栄光を強調することによって、刑罰法以降に困窮を余儀なくされたカトリック系アイルランド人の憤懣を解消しようという声が聞こえる。ヨップ・レルセンによれば、18世紀末以降のアングロ・アイリッシュ

文学には 2 種類の傾向に分類できるという。ひとつは地主階級のビッグ・ハウスを中心とした上流の文学で、マライア・エッジワースを始祖として、サマヴィル・アンド・ロス、イェイツ、レイディ・グレゴリー、シングへと発展していく。もうひとつはゲール系のアイルランドをロマン化していく傾向で、これはブルックからマンガン、デイヴィスと継承され、パトリック・ピアスに行き着き、ゲール連盟や初期の新アイルランド語文学運動につながる。[19] そしてすでに見たようにユナイテッド・アイリッシュメン運動以降は、前者のアングロ・アイリッシュの流れに政治化したカトリックが合流するようになっている。ファーガスンは明らかに前者に属し、ハーディマンの選集は後者の流れから出てきたものだ。

　さらに伝承文学研究を取り巻く状況を複雑にしていたのは、当時進行中だったアイルランド民俗学の地殻変動だった。18 世紀のアイルランド民俗学はレルセンによれば、アイルランド人の起源に関して二派に大別された。ひとつの派は今日の北西ヨーロッパ諸国の住民の先祖をノアの第三子ヤヘテとし、ブリテン諸島のケルト系先住民スコティ族と東欧のスキタイ人の名前の類似性から、アイルランド・ケルトのルーツをオリエントのヤヘテからスキタイ人を経由し、ヨーロッパを西進してアイルランドに到着したというものである。これは「スキタイ＝ケルト・モデル」と言える。もうひとつが「フェニキア・モデル」で、これはオリエントから地中海沿いにカルタゴを経由してスペインに至る。そして『侵略の書』などの歴史神話に依拠して、スペインにいたミル (Míl) の子孫がアイルランドに渡って開祖となったと考える。アイルランド人を「マイレイジアン (Milesian)」と呼ぶのは、この考え方に基づく。「スキタイ＝ケルト・モデル」は古代アイルランドを文明の伝播がもっとも遅れた未開の地とするのに対し、「フェニキア・モデル」は中東、地中海の先進文化が真っ先に流入した先進の地と賞賛した。[20] これはナショナリスト的傾向のある人には非常に好ましい考え方で、当時は大きな影響力を持った。代表的な人物はチャールズ・ヴァランシーで、アイルランド・ロイヤル・アカデミーの創設メンバーとして数々の著作を著した。ウォーカーも序文で彼に謝辞を述べている。しかし今日から見ると、彼の著作は言語学と考古学の不十分な知識に基づく驚くほど恣意的なもので、アマチュ

ア的であるという誇りは免れない。

　こういったアイルランド考古学の問題点を浮き彫りにしたのが 1830 年代の「ラウンド・タワー」論争である。ラウンド・タワーはアイルランド特有の古代建造物であるが、建造者やその用途に一切の歴史的記録がなく、謎の歴史的遺物としてさまざまな憶測を呼んでいた。「フェニキア・モデル」派は、これがキリスト教以前の古代アイルランドの建造物で、異教時代の高い文化水準を表すものと考えていた。1830 年末にアイルランド・ロイヤル・アカデミーは、このラウンド・タワーを主題とした懸賞論文を募集した。応募論文数不足で再募集になるなど選考は難航したが、最終的に受賞作は懸賞主題の発案者の一人でもあるジョージ・ピートリーと、「フェニキア・モデル」派の若いヘンリー・オブライエンの二人に絞られた。しかし二人の説は真っ向から対立するものであった。ピートリーはあらゆる客観的な証拠から、ラウンド・タワーはキリスト教到来以降に立てられたものであり、その目的は鐘楼や見張り台であると主張したのに対して、オブライエンは異教古代の産物と断定し、アイルランドの古名「エリン (Erin)」が「イラン (Iran)」と似ていることから東洋由来と考え、ゾロアスター教や仏教徒の関連を類推し、さらに形状的連想から東洋起源の男根崇拝の影響を見るという奇想天外なものであった。この全く両立しない二説に対して、苦慮した選考委員会はピートリーの論文を受賞作とし、オブライエンに残念賞を与えるという、なんとも煮え切らない裁断を下した。

　第二章で述べたように、このピートリーはアイルランド民俗学、考古学に大きな変革を起こし、それらを近代的学問に確立する上で大きな役割を果たした人物のひとりである。1824 年に英国政府はアイルランド陸地測量局設立を決定し、アイルランドの正確な陸地測量を計画した。計画実施責任者のトマス・ラーカム中尉はピートリーに命じて、陸地測量局地理部門を設立し、ジョン・オドノヴァン、ユージン・オカリー、詩人のジェイムズ・クラレンス・マンガンなどを集めた。その中には無給の協力者としてファーガソンも加わっていた。彼はピートリーよりも 20 歳年下だったが、ピートリーの温和な人柄もあって二人は非常に親密であった。ファーガソン夫人は伝記で、二人が 1833 年から翌年にかけて交わした書簡を紹介しているが、20

歳の年齢差があり、共に地理部門のメンバーである二人が考古学という共通の関心でひとつに結ばれている様子が伝わってくる。[21] 中でも 1833 年 9 月 10 日にファーガソンがピートリーに宛てた書簡に、「オドノヴァンに宜しくお伝えください。私はアイルランド語を始めたところで、ハーディマンに関して必要なものをすべて訳しました」との一節が見える。ファーガソンのハーディマン批評には地理部門のメンバーとの交友が密接に関係していたのである。後年、ファーガソンは測量局の活気あふれる雰囲気を回想して、「どの知的中心から電気作用が発せられたのか分からないほどだ」[22] と述べている。

　陸地測量局は当初、課税の正確化や軍事防衛を主な目的としたが、その調査対象は単なる測量から、遺跡などの考古学的研究、神話、伝説、伝承音楽などの民俗学研究と拡大し、1840 年に英国政府は出費の増大を理由に中止した。しかし測量局の仕事でピートリーは押しも押されぬ考古学、民俗学の大家となり、のちにアイルランド・ロイヤル・アカデミーの副院長に就任した。また多才な彼は優れた画家であるとともに、フィドルの名手であり、各地のフィールドワークで収集した伝承音楽集『アイルランド古楽』(*The Ancient Music of Ireland*) 第 1 巻を 1855 年に出版し、第 2 巻は死後の 1882 年に刊行された。オドノヴァンは 1845 年に『アイルランド語文法』(*Grammar of the Irish Language*) を刊行して、アイルランド語研究の草分けとなり、1848 年から 1851 年に『四碩学年代記』(*Annals of the Four Masters*) 6 巻を編集、翻訳した。晩年は膨大な法律文書の編集、翻訳に没頭したが完成を待たずに逝去した。オカリーはロイヤル・アカデミー、トリニティ・カレッジ、大英博物館のアイルランド語文献の整理、目録作りで働き、1854 年に新設されたカトリック・ユニバーシティ（現在のユニバーシティ・カレッジ・ダブリン）の初代アイルランド歴史考古学教授に任命された。死後に膨大な講義録『古代アイルランド人の風習、慣習』(*Manners and Customs of the Ancient Irish*) が刊行された。この中にはファーガソンのアイルランド・ハープに関する論文がたびたび引用されている。

　さて前置きが大変長くなってしまったが、ファーガソンのハーディマン批判の要点も、ここまで述べた背景の問題点とほぼ重なり合う。ひとつは伝承文学、伝承音楽の政治性の問題であり、もうひとつは民俗学、考古学の近代

化の問題である。一つ目の政治性の問題に関して、ハーディマンは自分のカトリックとしての立場を隠さない。そこには先に紹介したウォーカーの古代アイルランド社会における歌人の優遇に関するくだりにあったような、憤懣の様子が見て取れる。例えば、ハーディマンは過去の才能ある歌人たちを紹介した後で次のように続ける。

 だがこれらの歌人たちは「単なるアイルランド人」であった。彼らはアイルランド語で考え、話し、書いた。彼らはすべてカトリックで、愛国者で、ジャコバイトだった。自分たちのケルト丸出しの苗字でさえも、優雅で洗練されたサクソン風に変えることを蔑んだ。そのため、彼らは田舎の粗野な歌い手で、才能だとか学識だとかを言い立てることができない人間だと誤って思われてきたし、現在でも同国の多くの教養人にそう思われている。[23]

このような箇所がファーガソンには、過去のアイルランドの文化遺産をカトリックが独占し、宗派による分断を故意に煽り立てているように見える。ファーガソンはハーディマンの背後にダニエル・オコンネルを見ているともいえるだろう。「対話」で言えば、アングロ・アイリッシュを「よそ者」と見做す立場だろう。しかもファーガソンが許せない点は、これがカトリックに国政参加を許したカトリック解放以後に出版されていると言う点である。評論の冒頭でファーガソンは「われわれとカトリック子弟の善意の間に敢えて立ちはだかろうとするのは何者だ」[24]と舌鋒鋭く怒りをあらわにする。

この怒りのせいでファーガソンが勇み足をしている部分もある。典型的な例は、「黒いバラ」('Roisin Dubh')に関する解釈であろう。ハーディマンは、この詩は男性が愛する女性に語りかけている恋愛詩のように見えるが、政治的な寓意であり、男性はエリザベス朝の反乱者、レッド・ヒュー・オドンネルであり、女性はアイルランドを意味するのだと順当な解説をしている。これに対して、ファーガソンは政治的寓意を打ち消すのに躍起となり、僧侶の道ならぬ恋の歌と解釈するが、これはこの詩をエルネ川を赤く血で染める「黒いロザリーン」と解釈した陸地測量局時代の仲間、マンガンのほうに軍

配が上がる。

　第2の近代的民俗学、考古学の問題に関して言えば、ファーガソンは翻訳の質自体を問題にする。語義解釈が不正確なだけでなく、訳詩が陳腐な英語の文体に拘束されてしまい、原詩のもつ文体を再現できていないと批判する。学問的レベルで言えば、これはピートリーのような客観的な事実性に即さないで、「フェニキア・モデル」の一派のように政治的思惑を優先した妄想に堕していると批判するに等しいであろう。これを徹底するために、すでに紹介した夫人の伝記の書簡の一説のように、オドノヴァンらのアイルランド語に堪能な測量局の仲間にしてもらった直訳を元に、ファーガソンが試訳を行い、その両方を付録として提示するという念の入れようである。書簡にあるように、当時アイルランド語の初学者だったファーガソンにとって、これは大変な作業であったことが推測される。こうしてファーガソンはアングロ・アイリッシュであるが「よそ者」ではなく、カトリックとは違った形で祖国への愛を持っていることを証明しようとする。それは妖精バラッドの世界から一気に彼をアイルランド神話、伝説の世界へ没入させた。ここから『西ゲール人の物語歌』(*Lays of the Western Gael*) などの彼独自の創作詩の世界が始まる。

　それは純粋な創作文学でもなく、純粋の翻訳や民俗学研究とも違いながら、両者を視野に入れ、アングロ・アイリッシュの立場からアイルランドの過去を再創造しようという、前人未到の道であった。そしてこの路線が、政治主導の文学のように歴史を歪曲したり、捏造するのでもなく、純粋な歴史研究のように現代とは切り離された過去の再現を自己目的にするのでもない、現在の自己から過去を系譜学的に再構築する道を切り拓いた。そして、この道が『オシーンの放浪』(*The Wanderings of Oisin*) や一連のクフーリンもののイェイツや、ディアドラ劇を書くレイディ・グレゴリーやシングへの啓示となった。

註

1. Lady Mary Catherine Ferguson, *Sir Samuel Ferguson in the Ireland of His Day* (Edinburgh and London: William Blackwood and Sons, 1896; reprinted by Kessinger Publishing's), Vol. I, pp. 4–5.
2. Charles Gavan Duffy (ed.), *The Ballad Poetry of Ireland* (Dublin: James Duffy, 1857; reprinted by BiblioLife), pp. 218–9.
3. Seamus Deane (ed.), *The Field Day Anthology of Irish Writing* (Derry: Field Day Publishings, 1991), Vol. I, p. 1177.
4. Declan Kiberd, *Inventing Ireland* (London: Vintage, 1996), p. 446.
5. Robert Welch, *Irish Poetry from Moore to Yeats* (Totowa: Barnes & Nobel Books, 1980), p. 120.
6. Seamus Deane (ed.), *The Field Day Anthology of Irish Writing*, Vol. I, p. 1181.
7. *Ibid.*, p. 1182.
8. *Ibid.*, p. 1183.
9. *Ibid.*, p. 1185.
10. Robert Welch, *Irish Poetry from Moore to Yeats*, p. 121.
11. Peter Denman, *Samuel Ferguson: The Literary Achievement* (Gerrard Cross: Colin Smythe, 1990), p. 3.
12. Eve Patten, *Samuel Ferguson and the Culture of Nineteenth-Century Ireland* (Dublin: Four Courts Press, 2004), pp. 64–5.
13. Peter Denman, *Samuel Ferguson: The Literary Achievement*, pp. 14–5.
14. Samuel Ferguson, *Lays of the Western Gaul—And Other Poems* (London: Bell and Daldy, 1865; reprinted by Amazon), p. 108.
15. *Ibid.*, p. 109.
16. Joseph Cooper Walker, *Historical Memoirs of the Irish Bards* (Dublin: Luke White, 1786; reprinted by BiblioLife), pp. 41–2.
17. Mary Helen Thuente, *The Harp Re-Strung* (Syracuse: Syracuse UP, 1996), p. 54.
18. Joseph Cooper Walker, *Historical Memoirs of the Irish Bards*, p. 5.
19. Joep Leerssen, *Remembrance and Imagination* (Cork: Cork UP., 1996), pp. 61–2.
20. *Ibid.*, pp. 72–3.
21. Lady Mary Catherine Ferguson, *Sir Samuel Ferguson in the Ireland of His Day*, pp. 42–6.

22. *Ibid.*, p. 71.
23. James Hardiman, *Irish Minstrelsy, or Bardic Remains of Ireland* (London: Joseph Robins, 1831; reprinted by Nabu Public Domain Reprints), Vol. I, p. xxv.
24. Samuel Ferguson, 'Hardiman's Irish Minstrelsy—No. 1', *The Dublin University Magazine*, vol. III. (Dublin: William Curry, Jun. and Company; London: Simpkin & Marshall, 1934; reprinted by Lightening Source UK Ltd.), p. 465.

第二部

W・B・イェイツ
――詩人のアイデンティティとネイション

第五章

W・B・イェイツとサミュエル・ファーガソン
—— 二つのファーガソン論を中心に

はじめに

　若いころのW・B・イェイツは批評家として活躍したが、その第1作はサミュエル・ファーガソン論であった。さらにイェイツはそれほど間をおかずに、より長いファーガソン論を書いている。本章ではそれらの批評を検証し、ファーガソンのイェイツへの影響と、その影響を通して彼がいかに自分の文学観を形成していったかを考察する。

I. 『アイリッシュ・ファイアーサイド』誌のファーガソン論

　1886年、ダブリンで発行されていた大衆的な週刊誌『アイリッシュ・ファイアーサイド』(*The Irish Fireside*) 10月9日号に「アイルランド詩人とアイルランド詩」('Irish Poets and Irish Poetry') という見出しでサミュエル・ファーガソン論が掲載された。すでに詩人としては、前年の1885年、『ダブリン大学評論』5月号に「妖精の歌」('Song of the Fairies') と「さまざまな声」('Voices') を発表していたが、これが批評家としてのイェイツの最初の評論である。

　おそらくイェイツにサミュエル・ファーガソンを読むように促したのは、かつてのフィニアン運動の闘士としてのカリスマ性で、若いイェイツに絶大な影響を与えたジョン・オリアリーであろうと推測するイェイツの学友、チャールズ・ジョンソンの発言をロイ・フォスターは紹介している。またフォ

スターはトマス・デイヴィスを始めとする、ヤング・アイルランドの詩人をイェイツに紹介したのもオリアリーであろうと指摘している。[1] 画家でコスモポリタンであった父親、ジョンはロセッティやウィリアム・モリスなどのイギリス詩人をイェイツに読ませたが、アイルランド人としてのアイデンティティを構築していた若きイェイツにとって、オリアリーは精神的な父親として位置づけられる。

この批評は、恐らく同年の8月9日にファーガソンが亡くなったのを機に依頼されたものと思われる。ワーズワスの「寂しげに麦を刈る人」('The Solitary Reaper') のエピグラムに導かれて、論はいきなり壮大なスケールで始まる。イェイツは世界には7つの偉大な伝説群が存在すると述べる。それはインド伝説、ホメロスの伝説、シャルルマーニュ伝説、11世紀にムーア人と闘ったエル・シドを巡るスペイン伝説、アーサー王伝説、スカンジナヴィア伝説、それにアイルランド伝説である。それらは各民族が自らを讃え、愛し憎んだものを封印したものだとイェイツは言う。またそれらの伝説は、自然と人間の真実を探求するために、絶えず詩人が立ち還る源泉である。

イェイツはファーガソンの功績を、この源泉へ先陣を切って回帰して甦らせ、民族を癒し、個人を利己的な歓喜や悲哀から脱却させて、「より大きな『精神』の生活」("the larger life of the Spirit")[2] を生きる手助けをしたことだと評価する。このあたりには、後に1901年のエッセイ、「魔法」('Magic')で展開される、民族の集合的無意識である「大記憶」(great memory) の論調がすでに芽生えていることが見て取れる。しかしファーガソンが本格的に古代の英雄たちを甦らせたのは後期の作品で、その出発点は劇的というよりも抒情的でロマンティックなものであったとイェイツは指摘する。その例示として彼の初期の代表作、「妖精のサンザシ」を「ほぼ全編を引用しよう」と断ったうえで、全14連のこの作品を第8連だけを中略して引用している。

このあたりは駆け出し批評家イェイツの力量不足という面も否めないが、一方で「妖精のサンザシ」が彼に甚大な影響を与えたことも窺わせる。前章で述べたように、この作品は1834年に『ダブリン大学雑誌』に掲載された作品で、前年3月に『ブラックウッズ・エジンバラ・マガジーン』に掲載された「妖精の泉」と対をなす作品である。「妖精のサンザシ」が前篇であ

り、2篇まとめて『エジンバラ・マガジーン』に投稿されたが、なぜか後篇の「妖精の泉」だけが掲載された。しかしこの作品は、チャールズ・ギャヴァン・ダフィーが編集した『アイルランドのバラッド詩』に収録されて広く知られるようになるという数奇な運命をたどった。

すでに前章で論じたが、この「妖精のサンザシ」は、ファーガソンが最初に発表した「アンカー鋳造」とは極めて対照的な作品である。「アンカー鋳造」は造船所での大型船のアンカー鋳造する作業現場を即物的に描いた非常にモダンな作風だったが、「妖精のサンザシ」は仲の良い4人の乙女たちのなかから、アンナ・グレイスが妖精に攫われる顛末を超自然的に描いたバラッドである。いわばモダンなインテリ青年詩人として出発したファーガソンが、バラッド、伝説、神話の詩人として変貌する転機となった作品である。

すでに述べたように、この作品が初期のイェイツに与えた影響は大きい。人間が妖精の世界に赴くというモチィーフは、長編詩『オシーンの放浪』を始め、「盗まれた子供」、「妖精シーの群れ」などのテーマだからである。しかもイェイツにとって、このテーマは現実世界から妖精の世界への単なる逃避という以上の意味を持っている。その意味を解く鍵となっているのは、イェイツの「ディアドラのウシュナハの息子たちへの嘆き」('Deirdra's Lament for the Sons of Usnach')への評価であろう。

長編詩『コンゴール』をファーガソンの最高傑作とする大方の見方に反して、イェイツは「ディアドラの嘆き」をより高く評価する。もちろん『コンゴール』は抒情的力強さと豹のような速度を持った作品だとイェイツは補足しているが。この「ディアドラの嘆き」への高評価の前触れとして、イェイツは次のように述べている。これはいろいろな意味で興味深い一節である。

> Great poetry does not teach us anything—it changes us. Man is like a musical instrument of many strings, of which only a few are sounded by the narrow interests of his daily life; and the others, for want of use, are continually becoming tuneless and forgotten. Heroic poetry is a phantom finger swept over all the strings, arousing from man's whole nature a song of answering harmony. It is the poetry of action,

for such alone can arouse the whole nature of man.[8] It touches all the strings—those of wonder and pity, of fear and joy. It ignores morals, for its business is not in any way to make us rule for life, but to make character. It is not, as a great English writer[9] has said, "a criticism of life," but rather a fire in the spirit, burning away what is mean and deepening what is shallow.³

　この引用の前半ではコウルリッジの「アイオロスの竪琴」('The Eolian Harp')のように、人間が弦楽器に譬えられている。しかも風を受けて音を鳴らす、すなわち自然の影響を受けて感情や思考を抱き、詩を作るだけではない。ここでの弦楽器はいくつもの弦を持っているが、「日常生活の狭い利害」では、その中のごく限られた弦しか鳴らない。すなわち日常では人間性に本来備わった全能力が発揮されるわけではない。その人間の全能力を開花させるのが偉大な詩の力だとイェイツは説いている。それは何かを教えるのではなく、読者を変容させる。それは「驚異と憐憫、恐怖と歓喜のすべての弦を鳴らす」とあるように、すぐれてカタルシス的なイメージで捉えられている。それは道徳を無視するとあるが、より正確には日常的な道徳を超越し、それ自体を再考させるということであろう。1890年代にイェイツがニーチェに魅了されるのを予示している一節である。
　またそれは同時に、イェイツが深入りしていく、神智学をはじめとしたオカルト的なものに、彼が何を期待していたのかも明らかにする。それは近代という「日常生活の狭い利害」が狭めてしまった、人間の潜在能力の開花である。彼の文学とオカルトの活動は深いところで繋がっている。
　引用の最後には、「ある偉大な英国作家」としてマシュー・アーノルドが言及され、彼の「人生の批評」という文学観が否定される。しかも、イェイツがここで打ち出している文学観、「卑しいものを焼き尽くし、浅薄なものを深化させる、魂のなかの炎」は極めてブレイク的な浄化の炎である。このイメージがこの段階で登場していることに、イェイツのイメージ思考の驚くべき一貫性が見られる。「ビザンティウムへの船出」('Sailing to Byzantium')のなかで、「神の神聖な炎に立つ聖人たち」("sages standing in God's holy

fire") に、「神聖な炎からあらわれ」("Come from the holy fire")、「欲情に病み／死すべき動物に縛り付けられた／わが心を焼き尽くせ」("Consume my heart away/... sick with desire/And fastened to a dying animal")[4] と書くのは、これから 40 年以上も後のことである。このようにファーガソンの「ディアドラの嘆き」は、1907 年にイェイツに劇『ディアドラ』(*Deirdre*) を書かせたというにとどまらないインスピレイションを与えている。

　イェイツの議論は次に大作『コンゴール』に移る。彼がこの作品に関して重視しているのは、この作品が 7 世紀の異教の英雄コンゴールとキリスト教徒の高王の戦いを描き、異教世界の終末を描いているということだ。それは天国と地獄への挑戦であり、次々と襲って来る異教の魑魅魍魎にもたじろがずにコンゴールたちは果敢に進軍を続ける。このアイルランドの異教からキリスト教への移行というテーマは、イェイツが『オシーンの放浪』で展開するテーマだ。異教の妖精の国から帰還した最後の英雄オシーンは、妖精の国での滞在中に地上では 300 年の時が流れていたので、昔の仲間がすべて死に絶えているのを発見する。妖精の女王の戒めを破り、地上に足を触れて老人と化したオシーンのもとへ、キリスト教の布教者、聖パトリックがあらわれる。イェイツはこのキリスト教の到来に近代の到来を重ねてみる見方をファーガソンから学んだと思われる。300 年後に帰還した異教の英雄オシーンが見たのは、キリスト教化した後世の非力さである。これが戒めを破り、オシーンが馬上から大地に足を触れる原因となる。

> And there at the foot of the mountain, two carried a sack full of sand,
> They bore it with staggering and sweating, but fell with their burden at length.
> Leaning down from the gem-studded saddle, I flung it five yards with my hand,
> With a sob for men waxing so weakly, a sob for the Fenians' old strength.[5]

そして山の麓で、2 人の男が砂で一杯の袋を運んでいた。

2人はよろよろと汗をかいて運んでいたが、ついに重荷ごと倒れこんだ。
わしは宝玉を鏤めたサドルから身を屈めると、片手でその袋を5ヤード投げた。
人がひ弱になったことに涙し、フィニアン戦士のかつての剛力を思い涙して。

　明らかにここには異教の英雄時代からキリスト教への移行の姿を借りた、近代批判がある。異教の英雄であるコンゴールたちは、まさに超人的力を発揮して神の玉座さえも揺るがすような武勇伝を繰り広げる。しかし、その偉業を達成しようとするまさに直前に、コンゴールはあろうことか、刀の代わりに大鎌を、盾の代わりに大釜の蓋をもった白痴の少年に不意を襲われ殺害される。イェイツは「ケルト人の奇妙な皮肉よ」[6]と詠嘆する。またマルコム・ブラウンによれば、レイディ・ワイルド（オスカー・ワイルドの母親）はコンゴールの最期について次のように述べたという——「（コンゴールの最期には）われわれの可哀想なアイルランドの大義に対する象徴が見られる。その大義はいつも英雄に指揮されるが、いつも愚か者に葬られてしまうのだ」。[7] レイディ・ワイルドが具体的に歴史上のどの事例を念頭に置いて語ったのかは分からないが、第三章で論じたように若いころはヤング・アイルランドの機関紙『ネイション』紙の愛国詩人だった彼女らしい発言だ。
　ブラウンは続けてファーガソンの『コンゴール』はイェイツの劇『白鷺の卵』(The Herne's Egg)だけでなく、最後の劇『クフーリンの死』(The Death of Cuchulain)にも影響を与えていると述べているが、重要な指摘である。『白鷺の卵』は言うまでもなく、イェイツ版のコンゴールであるが、ファーガソンのそれとはまったく違った、バーレスクでグロテスクな不条理劇になっている。コンゴールらは白鷺の神の卵を盗んで食べ、白鷺の神の花嫁と称する巫女のアトラクタを7人で凌辱する。コンゴールは白鷺の神の呪いを受け、鍋を被り、大釜の蓋を盾とする白痴のトムの鉄串に刺されて死に、ロバに転生することが暗示される。同じくコンゴールが主人公とはいえ、この劇のトーンはファーガソンの『コンゴール』とはかなり違ったものになっている。

ブラウンが指摘するように、ヒロイックなものとアイロニーの混合という点では、『クフーリンの死』のほうがファーガソンの『コンゴール』に近いといえるだろう。満身創痍の英雄クフーリンは、僅か 12 ペニーの賞金を目当てにした、老いた盲目の乞食に食事用のナイフでとどめを刺され、首を切断される。無論、ここにはファーガソンだけでなく、オスカー・ワイルドの『サロメ』(Salomè) や能の影響も当然あるだろうが、それらと並んで文筆家として最も早い時期に取り上げた『コンゴール』の影が最晩年までに及んでいることにその根深さを感じる。

　アイロニーとともにイェイツが指摘するもう一つの要素は、超自然的なものの介入である。イェイツはある偉大な英国詩人の発言として、アイルランド人とデーン人のクロンターフの戦いの記述の違いを紹介している。その英国詩人とは、実はウィリアム・モリスなのだが、彼によればデーン人の記述には戦の結果を左右したものしか記していないのに対して、アイルランド人の記述は絶えず話が脇にそれ、ある重要問題を議論したり、超自然的な出来事を描写するという。モリスの結論では、アイルランド人は主に抒情的であるのに対して、デーン人は主に劇的であるということになる。

　そしてイェイツは、抒情的性質は奇抜で幻想的なものに思いを馳せると続ける。ファーガソンがイギリス読書界で評価されなかった理由として、イェイツは反アイルランド感情がイギリスで根強いことと、このようなアイルランド人とイギリス人の気質の違いをその原因として示唆している。ファーガソンはアイルランドのために、あらゆる意味でアイルランド民族の特性を持った文学を確立しようとしたために、イギリスの批評家から無視されたとイェイツは述べる。この特徴を例示するため、イェイツは 1880 年の『詩集』(Poems) から最も優れたものとして、「コナリー」('Conary') のコナリー王の描写と、「ディアドラ」('Deirdre') のディアドラの別れの歌を引用する。結論として、ファーガソンはアイルランド的特質を最も体現するがゆえに、アイルランド最大の詩人であり、その特徴をエドマンド・スペンサーの言葉を借りて、「野蛮なる真実」("barbarous truth") であるとイェイツは結ぶ。

　イェイツはアイルランド人とイギリス人の民族的気質の違いによって、アイルランド文学とイギリス文学を区別し、ファーガソンをアイルランド文学

第五章　W・B・イェイツとサミュエル・ファーガソン　95

の始祖と位置付けているといえるだろう。ここではウィリアム・モリスのアイルランド人とデーン人の歴史記述の相違が、その根拠として提示されている。しかし議論はいつしか、アイルランド人とイギリス人の気質の相違に横滑りしていき、そこからファーガソンのイギリス文壇での無視が説明されている。

　ここではモリスが根拠とされているが、この民族の気質の相違という議論はマシュー・アーノルドの「ケルト文学研究」('On the Study of Celtic Literature') と似ている。この論文でアーノルドはあまり根拠を示さずに、民族とその特徴を概括しているので、いろいろと批判されることが多いが、同時にオクスフォード大学詩学教授の著作として当時大きな影響力があったことも確かである。例えば、アーノルドはケルト人とアングロ・サクソン人の気質の違いを次のように述べている。

> Even the extravagance and exaggeration of the sentimental Celtic nature has often something romantic and attractive about it, something which has a sort of smack of misdirected good. The Celt, undisciplinable, anarchical, and turbulent by nature, but out of affection and admiration giving himself body and soul to some leader, that is not a promising political temperament, it is just the opposite of the Anglo-Saxon temperament, disciplinable and steadily obedient within certain limits, but retaining an inalienable part of freedom and self-dependence; but it is a temperament for which one has a kind of sympathy notwithstanding.[8]

「しばしばロマンティックで魅力的なものを伴う、感傷的なケルト気質の過剰と誇張」とは、イェイツが「奇抜で幻想的なものに思いを馳せる」抒情性と呼ぶものに極めて近いであろう。また「方向を間違えた善意の気配」、「愛情と賞賛から身も心も指導者に捧げる、政治的にあまり見込みのない気質」というのも、古代の異教戦士の忠誠心や、コンゴールに指摘された勇者のアイロニカルな頓死を連想させる。

それに対して、アングロ・サクソンの気質はそれと対極にある。それは「一定の限度内で規律付けられ、一定の従順さを持つが、自由と自己依存に譲歩できない部分を保持している」。ここからアイルランド人は感情だけで理性を持たない女、子供と一緒で、理性と規律をもったイギリス人に政治を任せなければならないという結論が導かれるのを、アイルランド人の学者はことのほか嫌ってきた。[9] しかしイェイツはこの議論の政治的帰結に触れることはせずに、イギリス人は近代人特有の「日常生活の狭い利害」に拘束され、人間的能力を疎外されているのに対して、抒情的なアイルランド人は狭い理性に縛らずに「野蛮なる真実」が理解できると主張している。

しかもイェイツには党派的なところがあり、知ってか知らずか、アーノルドには言及せず、ウィリアム・モリスの発言として同種の意見を提示する。ラファエル前派の系列の画家として出発した父親、ジョンを通じてイェイツはモリスと家族ぐるみの交流があったが、アーノルドは常に「人生の批評」の提唱者としてヴィクトリア朝的な文学観の代表にされる。先輩文学者のオスカー・ワイルドにも似たような傾向はあるが、イェイツにとってアーノルドは不純な人生論的、社会的価値観を文学に持ち込む、芸術至上派の仮想敵として、必要以上に敵視されているきらいがある。

II.『ダブリン大学評論』誌のファーガソン論

1866年10月に出た最初の評論の翌月に、早くも第2のファーガソン論が『ダブリン大学評論』誌に登場した。この2つのファーガソン論は同時並行で進められていた節がある。というのも、前のファーガソン論の最後のほうの「コナリー」の引用の後で、「この詩の素晴らしい粗筋については、本稿で紹介する紙幅がないが、別な稿で幾分長めに紹介した」[10] とあるからである。

前の論文の最後で問題となった、アイルランド文学の読者の不在というテーマはこの論文でも引き続き検討される。冒頭でイェイツはあらゆる国の文学には2つの階層があるという。それは創造的な階層と批評的な階層である

という。一見これは分かりづらいが、よく読むとこれは文学を創作する側と、それを読み受容する側のことであることが分かる。イェイツはスコットランドを例に出して、この2つの階層がスコットランドでは単一の文化で結ばれているので、読者は自国文学を読み、正当な評価を与えていると讃える。

しかしアイルランドはそうではないとイェイツは批判する。ファーガソンのような優れた詩人の作品が少なく、後年は専ら研究に専念することになったのは、この読者の不在、無関心にその原因があるとイェイツは指摘し、語気を荒げて「彼の最高の能力（＝詩才）はとうの昔に無関心によって抹殺された」[11]とまで断言する。そして批判の矛先はトリニティ・カレッジ・ダブリンの初代英文学教授、エドワード・ダウデンに向けられる。もしダウデンがジョージ・エリオットに費やした程度の批評をファーガソンに向けていれば、1880年の『アカデミー』に掲載された、ファーガソンの詩は親しい友人限定で出版すべきだったというような酷評が発表されることはなかろうとイェイツは言う。

この名指しの批判の背景には、イェイツ親子とダウデンの長く複雑な関係がある。イェイツの父親、ジョンとダウデンはトリニティ・カレッジ時代の学友だった。1881年にイェイツ一家がダブリンに戻ってから、2人の交際は再開された。イェイツが10代後半のころである。若いころは詩を書いた秀才ダウデンは1867年にトリニティ・カレッジ初代英文学教授に任命され、1875年に『シェイクスピア――その精神と芸術の批評研究』(*Shakespeare: A Critical Study of His Mind and Art*) を出版して、アイルランドのみならず世界的な英文学者と見做されていた。父ジョンは、すでに詩を書いていた息子を連れてダウデン宅を訪れ、彼の詩を読んだダウデンは彼を励ました。また少年時代のイェイツのヒーローであったシェリーの評伝をダウデンは執筆中であった。イェイツは『自叙伝』(*Autobiographies*) の中でその時の思い出を記している。

> Sometimes we were asked to breakfast, and afterwards my father would tell me to read out one of my poems. Dowden was wise in his encouragement, never overpraising and never unsympathetic, and he

would sometimes lend me books. The orderly, prosperous house where all was in good taste, where poetry was rightly valued, made Dublin tolerable for a while, and for perhaps a couple of years he was an image of romance.[12]

　しかし、親切で寛容な「ロマンスのイメージ」は次第に変容を余儀なくされる。まず父親とダウデンの関係は実は良好なものではなかった。それは画家という創造的で自由だが経済的に恵まれない道を選択した人間と、学者という知的で安定しているが、あまり創造的ではない職業を選択した人間の違いであろう。若く創作への情熱に燃えていた学生時代は共感できたが、人生の道筋が大方定まった当時の2人は次第にすれ違っていく。父にとってダウデンは自分の性質に自信がない男で、自分より劣った人間に影響され、知性を過信した偏狭な人間ということになる。

　イェイツの見方も変わっていき、ダウデンが詩に書いた秘密めかした恋は結局、単なるレトリックであり、真剣な悩みを相談してもアイロニーでかわされてしまう。1866年に出版されることになる『シェリー伝』(Life of Shelley) も実はとうに情熱を失ったが、シェリーの遺族との約束を守るために書いていると告げられて、イェイツは大いに興ざめしてしまう。しかしダウデンとの決別の決定打となったのは、彼がジョージ・エリオットの作品を勧めた時であった。ヴィクトル・ユーゴーやバルザックの小説に親しんだイェイツはジョージ・エリオットの作品がどうしても好きになれない。なぜなら「彼女は人生で人を浮き浮きさせるようなあらゆることをまったく信じていないか、嫌っているようだった。しかも自分の嫌悪をヴィクトリア朝中期の科学の権威や、そこで培われた精神の習慣で、人に無理強いする方法を熟知している」[13]からだ。ファーガソンを無視したとダウデンを批判する際にジョージ・エリオットが引き合いに出されるのはこのためである。

　しかも因縁はここで終わったわけではなかった。1910年ごろ、体調不良が続いたダウデンの英文学教授の後任が検討されたとき、後任候補として浮上してきたのが詩人としての名声を高めていたイェイツであった。知名度を上げたとはいえ、経済的には不安定だったイェイツは内心期するものがあっ

たようだが、この話は彼は学者ではないし、年間を通じて教育を担当することは詩人としての経歴にも打撃であるというダウデンの意見によって立ち消えになった。[14]

このようにイェイツのダウデン批判は個人的因縁に基づく部分も大きいが、すべてが個人的な動機に終始するものではない。その批判はダウデン個人だけではなく、アイルランドにいながらアイルランド文化を無視し、イギリスのほうばかり向いている、トリニティ・カレッジのアングロ・アイリッシュ的、ユニオニスト的体質全般に向けられている。イェイツは続けて、今度は匿名でトリニティの別な教授が、ファーガソンに関して、彼の詩業や考古学研究を一顧だにしないで、ただ彼は規律正しい市民であったと書いて満足していると非難する。

これはトリニティ・カレッジの古典学教授、J・P・マハフィーが『アシーニアム』誌 (The Athenaeum) 1866年7月24日号に書いた、ファーガソンの訃報の記事を指している。マハフィーはオスカー・ワイルドのトリニティ時代の恩師としても知られているが、当意即妙の会話の名手で、底知れぬ教養人であり、家具や葉巻、ワインなど幅広い趣味を持ち、同時に大学のクリケット・チームの主将を務める、ルネサンス的万能人だった。ワイルドの唯美主義に大きなインスピレイションを与えたことは間違いなく、一緒にイタリア旅行をしており、その時の印象を綴った詩「ラヴェンナ」('Ravenna') でワイルドはオクスフォード大学のニューディゲイト賞を受賞した。

スイス生まれでヨーロッパ各国語に堪能だったマハフィーは専門の古典学、古代史で多くの著作、編著を残しただけでなく、古典学に転じる以前は哲学を研究しており、カントの注釈や翻訳も刊行している。会話の名手であった彼は1887年に『会話術原理』(The Principles of the Art of Conversation) を出版し、建築の知識を生かし、1908年にアイルランド・ジョージア朝学会を設立して、会長に納まり、ダブリンの市街地建築の研究を指導した。1914年にはついにトリニティ・カレッジ学長に就任した。

イェイツは先に述べたような個人的関わりから、批判の第一の標的をダウデンに据えたが、これは長期的な視野からは判断ミスだったかもしれない。ダウデンもマハフィーもユニオニスト的な英国文化至上主義者（西ブリトン

人）だったが、マハフィーのほうがより強力で、大学内外に影響力があったからだ。しかもそのバックグラウンドは哲学から西洋古代に至る広範なもので、英国のみならず西洋文化の総体に至るといっても過言ではない。中等教育にアイルランド語を導入することに執拗に反対し、ゲール語同盟関係者からは蛇蝎視された。

さて自国文化軽視への批判が済むと、第2のファーガソン論は本題に入る。イェイツはファーガソン文学の本質を「力強い簡潔性」("that simplicity, which is force")[15]と規定する。彼には決して華美ではないし、一瞬たりとも修辞的ではないが、類まれな語り手としての才能がある。すなわち、歴史をロマンスのように読ませる想像力と、ロマンスを歴史のように読ませる簡潔性を備えていると言う。そしてイェイツはクフーリンがなぜ「クフーリン」（鍛冶屋クランの犬）と命名されたかという『クフーリンの命名』(The Naming of Cuchulain)のエピソードを引用して例示する。これはイェイツが「海と闘うクフーリン」('Cuchulain's Fight with the Sea')から、遺作となった戯曲『クフーリンの死』(The Death of Cuchulain)まで生涯こだわった英雄との最初の出会いである。

出会いはそれだけに留まらない。次にイェイツが議論するのはファーガスが王位を禅譲する場面である。彼が後に「ファーガスとドルイド」('Fergus and the Druid')でテーマとし、「神秘の薔薇」('The Secret Rose')などでも言及するファーガスである。

クフーリンといい、ファーガスといい、ここで気づく点は、ファーガソンがこれら神話的人物に語り手として、すなわち叙事の側面からアプローチしているのに対して、イェイツのアプローチはもっと主観的というか抒情的である。「海と闘うクフーリン」は一見すると叙事的スタイルを取っているが、やはりクライマックスは知らぬこととはいえ我が子を手にかけたクフーリンの絶望が、コノハーの指令を受けたドルイドの幻術と相俟って、彼を果てない海の波を切りつけるという極限的な姿で形象化される場面であろう。

ファーガスの王位禅譲と「ファーガスとドルイド」の場合はもっと明確で、ファーガソンの描くファーガスは独白の形を取りながらポイントは、王が自ら王冠を譲るというドラマが焦点になる。それに対してイェイツの「フ

ァーガスとドルイド」では王位を捨ててまで憧れたドルイドの魔法によって過去の輪廻転生を体験するファーガスが内面から描かれる。まとめるならば、ファーガスンが叙事的に物語った神話の人物を、イェイツは内側から描き、物語や神話に奥行を与えているといえるだろう。これがファーガソンからイェイツへ継承されたものであると同時に、2人の詩人としての資質の違いを物語っている。

　そしてこの資質の違いが、最初の評論でイェイツが大方の評価に反して『コンゴール』よりも「ディアドラ」を高く評価する原因である。「ディアドラ」の抒情性の高さがイェイツを惹きつける。その評価はここでも変わらない。イェイツは再び「ディアドラ」の美点を事細かに論じたうえで、「ディアドラのウシュナハの息子たちへの嘆き」64行全編を引用する。彼は「これほど痛切な哀歌を知らない」と述べたうえで、この作品はテニスンの『国王牧歌』(*Idylls of the King*) よりも優れていると断言する。そして次のように結論付ける。

　　Yet here is that which the Idylls do not at any time contain, beauty at once feminine and heroic. But as Lord Tennyson's ideal women will never find a flawless sympathy outside the upper English middle class, so this Deirdre will never, maybe, win entire credence outside the limits—wide enough they are—of the Irish race.[16]

　「女性的であると同時に英雄的な美」とは、ファーガソンの持ち味である叙事性にディアドラの嘆きの抒情性が加味されていることを指しているだろう。そして『国王牧歌』と「ディアドラ」の受容の差異には、イギリスとアイルランドの文化の相違が関係している。だがさらに注意しなければならない点は、『国王牧歌』に真に共感するのがイギリス「中流上層階級」に限定されているのに対して、アイルランドの「ディアドラ」理解にはそのような限定はされないことである。つまりイェイツが暗黙の裡に語っていることは、イギリスの文化は社会階層によって分断されているのに対して、アイルランドにはそのような階級による分断はないということである。このイェイ

ツの階級差のない均質なアイルランド文化という前提が、後の演劇活動などで大きな波紋を起こす原因となる。

　イェイツは次に『コナリー』を取り上げて、ファーガソンの英雄叙事詩を論じる。コナリー王は本来死罪にすべき義理の息子たちを温情で流罪にするが、彼らは恩を仇で返し、イギリスの海賊と結託して故国に攻め入る。コナリーの部隊は一隊ずつ軍楽隊のパイプ吹きを伴って出撃するが、卑怯な敵は妖精シーを味方につけたため、味方の部隊は妖術に幻惑され、次々に敗退する。起死回生を期してコノリー王は自ら出撃して盛り返し、勝利の目前まで進撃するが、突然の渇きに襲われて勝利を取り逃がす。ここでも「ケルト人の奇妙な皮肉」があらわれる。

　すでに見たように、「ケルト人の奇妙な皮肉」は遺作『クフーリンの死』までイェイツの脳裏を離れなかった。それはここで再び出処の『コンゴール』に則してさらに細かく再検証される。コンゴールは刀の代わりに鉈鎌を、盾の代わりに大釜の蓋を持った白痴の少年と対峙するが、その少年のあまりの惨めな格好に侮蔑と憐憫を感じ、思わず顔を背ける。少年はその僅かな隙をついてコンゴールに致命傷を与える。しかし少年は自分の王にコンゴールを倒したと報告に行ってしまい、止めを刺すのは傍らで見ていた臆病者である。臆病者はコンゴールの手首を切断するが、彼もコンゴールの最期を見届けないまま逃走する。こうして当代一の勇者コンゴールは白痴の少年と臆病者の手にかかって果てる。これは『クフーリンの死』でクフーリンがコナル・キャルナハの軍勢との戦闘で泉の水を飲む隙に6つの致命傷を負うことと、最後に盲目の乞食の老人にはした金のために断頭されるのに対応している。

　次にイェイツは早逝したヤング・アイルランドの闘士を讃える「トマス・デイヴィスへの哀歌」('Lament for Thomas Davis') の最初と最後の連を引用して、ファーガソンの詩には一貫して誠実なナショナリズムの精神が流れていると指摘する。イェイツは晩年彼が考古学研究に没頭してからはその精神が幾分弱まったことを認めるが、ワーズワスを引用してそれは年齢を重ねるうえではやむを得ないことだと示唆する。

　これは専らファーガソンのユニオニスト的側面を強調したマハフィーと好

対照である。マハフィーとて当然ファーガソンがデイヴィスを友人として尊敬したことや、1848年からプロテスタント・リピール協会を設立して議長を務めたことは知っていた。いや、むしろ知っていたからこそ、訃報記事のなかで「規律正しい市民」として、彼のナショナリスト的側面を覆い隠そうとしたのだろう。こうして見ると、ファーガソンという多面的で有力な人物を巡って、イェイツがナショナリスト側へ、マハフィーがユニオニスト側へ、それぞれ綱引きをして奪い合っているように見える。そうすることによって、イェイツは自分の目指すナショナリスト的なアイルランド文学の系譜を一気に構築しようとする。

　そして、そのナショナリスト的なアイルランド文学とはすでに見てきたように、イギリスのように階級に分断されない、あらゆる階層の読者に訴えるものだ。それをイェイツは「グレイス・オマリー」('Grace O'Maly')の冒頭を引用して例示する。グレイス・オマリーはエリザベス朝に大暴れした伝説の女海賊で、ロンドンでエリザベス女王とも対等に渡り合ったとされる。引用では自由闊達に海を駆け巡るグレイスが活写されているが、イェイツはそれを「真に歌人的」("truly bardic")であり、あらゆる性質の人間にも等しく訴えかけると主張する。なぜなら、それは単なる知識や知性を越えた、普遍的な感情に訴えるからだという。

　それは詩の描写にあらわれる。イェイツは「ブリターニュへの別れ」('Adieu to Brittany')と「アデェンの墓」('Aideen's Grave')を引用した後で次のように続ける。

> At once the fault and the beauty of the nature-description of most modern poets is that for them the stars, and streams, the leaves, and the animals, are only masks behind which go on the sad soliloquies of a nineteenth century egoism. When the world was fresh they gave us a clear glass to see the world through, but slowly, as nature lost her newness, or they began more and more to live in cities or for some other cause, the glass was dyed with ever deepening colours, and now we scarcely see what lies beyond because of the pictures that are painted

all over it. But here is one who brings us a clear glass once more.[17]

　ロマン主義以降の近代詩の本質を突いた指摘である。近代詩の自然描写は本質的に詩人自身の精神の象徴、すなわち心象風景である。しかしイェイツはそれを「欠点であると同時に美しさ」と呼んでいる。近代詩人のエゴとは陥穽であると同時に逃れ難いものでもある。彼はそれを澄んだガラスと、色鮮やかに絵を一面描き込んだガラスの対比で語る。後者の色塗られたガラスが当然、エゴに取り憑かれた近代人のあり方である。それに対してファーガソンの詩は前者の澄んだガラスである。そしてイェイツは、近代人であるはずのファーガソンが近代人の病癖である偏狭なエゴを乗り越えた理由をケルト的な民族意識に求める。

　ここでイェイツがナショナリズムを強調する理由が見えてくる。それは2つあり、1つはすでに指摘した、自らの系譜作りのためである。もう1つは今見てきたように、古代の神話伝説に接して、集合的なエトスに触れることで、近代のエゴに汚染されない視点と感受性を養うためである。結論の部分でイェイツは「偉大な伝説は民族の母である」と述べる。そして近代の宿痾として、生ぬるい感情と多すぎる目標設定をあげる。しかし大地の最も偉大な人間には2つの目標しかないと彼は言う。その2つとは「祖国と歌」である。これだけ取り出すと、単なる教条的な右翼主義と取られかねないが、その背後にはすでに見てきたような近代人の隘路からの脱出というモティーフがあった。

III. 結び

　以上検証してきたように、この2つのファーガソン論は、誤解を招く恐れもある表現を含みながら、文学者としてのイェイツの立ち位置を雄弁に物語っている。その最初の目的は、ファーガソンを先達として位置付けることによって、自分の創造しようとしているアイルランド文学の系譜学の出発点を確定することである。事実、彼がファーガソンから学んだ、妖精、クフー

リン、コンゴール、ディアドラ、ファーガスなどのモチィーフは生涯彼の創作の重要な構成要素として登場している。

　それだけでなく、ファーガソンがそれらの人物を主に叙事的に外面から描いていっているのに対し、イェイツは内面から抒情的に描いて人物像を深化させていった。それはまたこの２人の文学者としての資質の違いを物語ると同時に、２人の文学世界の総体を相互に補完的なものにしている。

　アイルランド文学の系譜作りは、同時にダウデンやマハフィーなどのイギリス文化を至上とし、アイルランド文化を顧みない「西ブリトン人」文化エリートへの挑戦でもあった。そこにはダウデンとの個人的な確執による多少の判断ミスもあったが、当時のイェイツにとっては避けられない第一歩であった。

　その過程で浮上した、階級によって分断されたイギリス文化と、階級差のないアイルランド文化という対比は、その後の彼の文学活動、特に演劇活動で大きな波紋を呼ぶことになった。またそこには土地戦争以降次第に増大していく、カトリック中流層の問題も関係するが、この問題は第七章、第八章でも論じることになるだろう。

　そして最も重要な点は、ファーガソン文学の中にイェイツは、狭隘な近代人のエゴや価値観、視野からの脱出という、近代文学の根本的な問題の解決を模索していたことだろう。そこには「祖国と歌」という、言葉だけ取り出せば単なる右翼的なキャッチフレーズと誤解されかねない言葉も登場するが、イェイツは生涯背負っていく大きな課題をスタート地点から提示したと見るべきだろう。

註

1. R. F. Foster, *W. B. Yeats: A Life; Vol. I: The Apprentice Magi* (Oxford & New York: Oxford University Press, 1997), p. 44.
2. William Butler Yeats (ed. John P. Frayne), *Uncollected Prose by W. B. Yeats; Vol. I: First Reviews and Articles, 1886–1896* (London: Macmillan, 1970),

p. 82.
3. Yeats, *Uncollected Prose; Vol. I.*, p. 84.
4. Yeats (eds. Peter Alt & Russell K. Alspach), *The Variorum Edition of the Poems of W. B. Yeats* (New York: Macmillan, 1957), p. 408.
5. *Ibid.*, p. 60.
6. Yeats, *Uncollected Prose; Vol. I*, p. 85.
7. Malcom Brown, *Sir Samuel Ferguson* (New Jersey: Bucknell University Press, 1973), p. 95.
8. Matthew Arnold (ed. R. H. Super), 'On the Study of Celtic Literature', *Lectures and Essays in Criticism* (Ann Arbor: University of Michigan Press, 1962), p. 347.
9. 例 え ば、Seamus Deane, *Celtic Revival: Essays in Modern Irish Literature 1880–1980* (Winston-Salem: Wake Forest University Press, 1987), pp. 25–27. Declan Kiberd, *Inventing Ireland: The Literature of the Modern Nation* (London: Vintage, 1996), pp. 30–32. 参照。
10. Yeats, *Uncollected Prose; Vol. I*, p. 86.
11. *Ibid.*, p. 88.
12. Yeats, *Autobiographies* (London: Macmillan, 1955), pp. 85–86.
13. *Ibid.*, pp. 87–88.
14. Foster, *W. B. Yeats: A Life; Vol. I*, p. 430.
15. Yeats, *Uncollected Prose; Vol. I*, p. 90.
16. *Ibid.*, p. 95.
17. *Ibid.*, p. 105.

第六章

イェイツの時間意識

はじめに

　本章のテーマはイェイツが詩人として登場してくる 19 世紀末の時点における時間意識の形成過程である。これは広い意味では歴史観に繋がるものである。イェイツの歴史観というと、『幻想録』(*A Vision*) の月の相とジャイアーの壮大な歴史観がすぐ念頭に浮かぶ。しかしそれは彼の晩年の到達点である。だが『幻想録』の強力な体系性は、それ以前の作品すらもその体系の下に読んでしまうことを誘惑する。またイェイツ自身、初期の作品を後期の思想に照らして執拗に改訂し続けたことはよく知られている。したがって、『幻想録』に至る、彼の試行錯誤や葛藤は二重の意味で読者から隔てられていると言えるだろう。本章では後期の歴史観に至るまでのイェイツの時間にかかわる諸問題を中心として考えてみたいので、歴史観とせずに時間意識とした。

I.『オシーンの放浪』

　まず考察したいのは『オシーンの放浪』である。この作品はイェイツの最初期の作品であり、基本的に抒情詩人であったイェイツにしては珍しい叙事詩であり、彼の詩作品の中では最も長い作品である。作品はケルト神話の英雄オシーンと聖パトリックの対話からなっている。対話といっても話すのは専らオシーンであり、実質はオシーンの回想、独白といっても過言ではない。

オシーンは仲間と狩りをしている時に妖精の女王ニアヴと出会い、彼女に誘われるままに仲間と別れ、異界で3年を過ごす。最初に向かうのは「踊りの島」で、ここの住人は死を知らずに日夜歌と踊りに明け暮れている。次に向かうのは「勝利の島」だが、実際は闘いの島というのが正確で、美女が錆びた鎖に繋がれておりオシーンは化け物と闘い、夕暮れには勝利し、その死骸を海に葬り、3日間宴を張る。だが、4日目には化け物は復活し、夕方までの闘いが再開される。このサイクルが延々と1年間続き、オシーンとニアヴは最後の「忘却の島」に向かう。ここは眠りが支配する島で、イェイツは1行の音節を多くし、気怠く物憂い印象を強調している。ここで彼らは1年間の眠りに落ちるが、ムクドリの声で目覚めたオシーンは仲間のもとに帰ることを決意する。その決意を語ると、ニアヴは次のように言って泣く。

> But weep for your Niamh, O Oisin, weep; for if only your shoe
> Brush lightly as haymouse earth's pebbles, you will come no more to
>   my side.[1]

> だがあなたのニアヴのために泣いて、おお、オシーンよ。なぜならあなたの靴が、
> 大地の石に干し草鼠のように軽く触れただけで、あなたは私の元には2度と帰ってこない。

しかしオシーンはこの世に帰還するが、フィニアンの仲間たちはどこにもいないうえに、「フィニアンたちはとうの昔に死んだ」「神々はとうの昔に死んだ」という声が聞こえてくる。実は妖精の国の1年はこの世の100年に相当し、オシーンが妖精の国で3年間過ごす間に、この世では300年が経っていた。思わず哀しくなったオシーンはニアヴのことが懐かしくなる。そこへ砂袋を担いでよろよろしている男たちの姿をオシーンは目撃する。かつての英雄時代と対照的な現代人の非力を悲しんだオシーンは馬上から片手を差し出し、その袋を5ヤードも放り投げる。しかしその時鞍の帯が切れて彼は地上に転落し、ニアヴの予言通り300年の年齢が一気にその身に押し

寄せ、よぼよぼの老人と化してしまう。

そこにあらわれたのが聖パトリックで、世の中はオシーンの不在の間、異教の英雄神話の時代からキリスト教の時代に変わっていた。パトリックにオシーンは尋ねる。

> What place have Caoilta and Conan, and Bran, Sceolan, Lomair?
> Speak, you too are old with your memories, an old man surrounded with dreams.
> S. Patrick. Where the flesh of the footsole clingeth on the burning stones is their place;
> Where the demons whip them with wires on the burning stones of wide Hell,
> Watching the blessèd ones move far off, and the smile on God's face,
> Between them a gateway of brass, and the howl of the angels who fell.
> (VE, 61)

> クィルタにコナン、それにブラン、スキョーラン、ロメールはどこにおる。
> 教えてくれ、お主もまた思い出とともに老いた、夢に囲まれた老人であろう。
> 聖パトリック：彼らは燃える石が足の裏の肉にこびりつくところにおる。
> そこでは悪魔たちが広い地獄の燃える石の上で奴らを鞭打っておる。
> 祝福された者らが彼方を通り、神の御顔の微笑みを見詰めながら。
> 両者の間には真鍮の門、堕天使どもが叫んでおる。

神話の英雄たちは、後からやってきたキリスト教の価値観で背教のものとして一方的に断罪されて、堕天使ともども地獄の責め苦にあっている。これを聞いたオシーンは最後にこう宣言して詩は終わる。

> It were sad to gaze on the blessèd and no man I loved of old there;
> I throw down the chain of small stones! When life in my body has

>   ceased,
>   I will go to Caoilta and Conan, and Bran, Sceolan, Lomair,
>   And dwell in the house of the Fenians, be they in flame or at the feast.
>
> (VE, 63)

> 祝福されたものらを見たとして、そこにかつて愛したものらの姿がなければ悲しかろう。
> わしは小石の鎖を投げ捨てる。この身体から命が尽きれば、
> わしはクィルタにコナン、それにブラン、スキョーラン、ロメールのところに行こう。
> そしてフィニアン戦士の家に住もう。奴らが炎の中にいようと、宴を張っていようが。

　以上が『オシーンの放浪』の概要である。非常に寓意的な作品であり、評価もイメージの曖昧さ、構成の一貫性のなさを指摘するものから、重要な作品と高く評価するものまでさまざまである。解釈においても、例えばリチャード・エルマンは父と同じ画家の道を断念し、詩人の道を選択したことを重視して自伝的要素を指摘し、三つの島はそれぞれこの時期までにイェイツが暮らしたスライゴー、ロンドン、ハウスに対応すると言っているすなわち「踊りの島」は平和で幸福な自足したスライゴー時代、「勝利の島」はロンドン子の学友たちと闘争したロンドン時代、美女を拘束する悪魔は、アイルランドを抑圧するイギリスの姿だとエルマンは言っている。最後の「忘却の島」で眠るオシーンは、ダブリン郊外のハウスで詩人としての未来を夢想するイェイツの姿だ、ということになる。[2]

　またハロルド・ブルームはこの作品は「イェイツの主要な作品ではもっとも過小評価されており」、「イェイツのすべてがすでに存在しており」、「後期の有名な作品より遥かに優れている」と絶賛している。ブルームによれば、この作品はスペンサーに端を発し、ワーズワスの『逍遥』(*Excursion*) から自覚的になる、内面化された探求ロマンスの系譜に属する作品ということになる。これをブルームは彼独自の影響とロマン派的想像力の詩学で論じている。[2]

これらはいずれも非常に強力な読みであり、紹介していると思わず引きづられてしまいそうになるが、いずれにしてもオシーンの旅が詩人として公に対峙する以前のイェイツの内面的な軌跡に対応していると見る点では、エルマンとブルームは共通していると言えよう。
　そして、この作品で最も重要な点は、オシーンと聖パトリックの対峙である。先の読みに従うとするなら、そこには社会と対峙する若き詩人イェイツの姿が多分に投影されているということになろう。オシーンの異界の彷徨というモチィーフ自体は、イギリスやスコットランドに伝わる伝承バラッド「唄人トマス」('Thomas the Rhymer') や日本の浦島太郎にも見られる、ある程度類型的なものである。それらの説話とこの作品を隔てているのは、単なる異界と日常の対立に留まらず、ケルトとキリスト教の世界観の対立にまでイェイツが内容を深めている点であり、そこに詩人としての所信表明の要素も加味されていることにある。そしてイェイツの共感は明らかに、ケルトの英雄たちに地獄落ちを冷徹に宣告する聖パトリックの側よりも、地獄堕ちを覚悟のうえで友のもとへ行くことを選択するオシーンの側にある。
　本章の本題である時間意識という観点から見た場合、オシーンと聖パトリックの対立は興味深いものがある。なぜならそれは古代ケルトとキリスト教に内在する時間意識の相違を浮き彫りにするからである。ケルトの時間は「勝利の島」に顕著なように循環の時間である。怪物との闘争の果てに夕方に勝利が訪れ、続く3日間は宴が続く。しかし4日目には怪物が復活し、闘争が再開される。このサイクルが延々と果てしなく続く。また最初の「踊りの島」は、エルマンが言うようにスライゴーの生活が反映しているかは置くとして、非常に官能的な、いわば性的な充足感に満ちた歌と踊りの日常が延々と続く。最後の「忘却の島」は対照的に最も非活動的な、退行的な衝動が支配する島である。
　このようにオシーンの放浪とは、逸楽的な官能充足、攻撃的な闘争本能、退行的な非活動が循環的に永遠を象徴するマジカル・ナンバーの3を構成し、現世においては300年を意味するという寓意性を持っている。それは時の経過であって経過ではないような一種の無時間、ないしは非時間を構成している。対照的にキリスト教とともに聖パトリックがあらわれてからの時

間はケルトの神話の時間と違い、後戻りしたり復活を許したりしない、不可逆な直線的時間である。フィニアンの英雄たちや古代の神々も遠い昔に死に絶えたきりで、「勝利の島」の化け物のように蘇生したりはしない。それだけではなく、強力な一神教のキリスト教のもとで大地は脱神話化され、かつてのように英雄が天や大地と照応（コレスポンデンス）しながら超人的な力を発揮するということもない。オシーンが片手で5ヤードも投げ飛ばした砂袋を、大の男が二人がかりで、よろめきながら運ぶような卑小な世界である。

　かつてエーリッヒ・アウエルバッハは名著『ミメーシス』の冒頭でホメロスと聖書の一節を対照し、古代ギリシアとキリスト教の時間意識の相違を明確に指摘し、なおかつそれが現実描写の違いにまで影響することを示したが、[3] それに倣えばイェイツの描くケルトの異界は装飾的で空間の広がりのある描写や、循環的な時間意識、アニミズム的な多神教とともにホメロスの世界に近いといえるかもしれない。いやむしろ、キリスト教が他の文化圏から隔絶しているといったほうがより正確と言えるだろう。

　しかし事はそれほど簡単ではなく、循環的で、神話的なケルトの時間と、直線的で脱神話化されたキリスト教の時間を対比して、イェイツはケルト的時間に憧れたと言ってすまされるものではない。この作品の構成はオシーンと聖パトリックの対面から始まり、途中にオシーンの回想が挿入されて、再び二人の対話で終わる。すべてのことは終わった時点から、事後的に語られている。ここには好むと好まざるとを問わず、聖パトリックの表象する直線的なキリスト教の時間が避けられない現実であるというイェイツの意識が垣間見える。

　またこの作品がヴィクトリア朝末期という、社会進化論的なパラダイムが極めて強力な時期に書かれたということも考慮しなければならない。進化という単線的な歴史の流れが、現在よりもはるかに大きな力を持っていた時代だということである。イェイツ自身が『自叙伝』で「私は大層宗教的な人間であったが、大嫌いなハクスレーとティンドールによって子供時代の素朴な宗教を奪われ、新しい宗教、すなわちほとんど無謬の詩的伝統の宗教を作り上げた」[4] という有名な言葉を残している。その場合、聖パトリックが表象するのは一般的にキリスト教以降というよりも、進化論的な近代の時間と見

ることもできるだろう。対照的にアイルランドは自治問題の混迷が深まり、この詩の出版からほどなくして自治運動を推進していたアイルランド議会党の指導者パーネルは不倫問題で失脚した。オシーンが表象する古代ケルトの豊穣な時間は二重の意味で失われている。キリスト教の導入と、イギリスが代表する近代の支配という二重の意味において。

　したがって時間論的な観点から見たこの作品の課題は、避けられない直線的時間の流れと、照応に満ちた循環的な時間の流れをいかに止揚するかということになるだろう。このテーマは他の初期のイェイツ作品にも繰り返し登場する。以後、抒情詩を主な創作の舞台とするイェイツが、その活動の最初期に『オシーンの放浪』のような、長く複雑な構成の叙事詩を書いたことを単なる試行錯誤と退けることはできない。よく処女作にはその作家のすべてが存在すると言われるが、後にイェイツが『幻想録』で二本のジャイアーの旋回によって歴史の流れを説明したことを思うと、この言はイェイツに関してあながち的外れとは言えないだろう。

II. 1890年代の作品に見る循環的時間と直線的時間

　「ファーガスとドルイド僧」('Fergus and the Druid') のファーガスは王という現世の最高の地位にいるにもかかわらず、ドルイド僧の現世を超越した魔法に憧れる。変身するドルイド僧をつけ回し、秘儀の伝授を求めるファーガスにドルイド僧は小さな夢の小袋を与える。その袋を開けるとファーガスは自分の輪廻転生を体験する。

> Fergus. I see my life go drifting like a river
> 　　From change to change; I have been many things—
> 　　A green drop in the surge, a gleam of light
> 　　Upon a sword, a fir-tree on a hill,
> 　　An old slave grinding at a heavy quern,
> 　　A king sitting upon a chair of gold—

> And all these things were wonderful and great;
> But now I have grown nothing, knowing all.
> Ah! Druid, Druid, how great webs of sorrow
> Lay hidden in the small slate-coloured thing! (*VE*, 104)

> ファーガス：わが人生が川のように漂うのが見える、
> 次から次へと遷ろう。私は様々なものであった。
> 波間の緑の一滴、剣の上の
> 一条の光、丘の上の一本の樅の木、
> 重い石臼を轢く古いたる奴隷、
> 金の玉座に座る王、
> これらのものはすべて素晴らしく、偉大だった。
> しかしすべてを知った今、私は無となった。
> ああ、ドルイドよ、ドルイドよ、この小さな石盤色のものの中に、
> なんと大きな悲しみの網の目が隠されていることか。

　ファーガスの追体験する輪廻転生は、オシーンの異界での放浪の縮小版と言えるだろう。永遠の循環は直線的な座標軸で見た場合、限りなく非時間に類似する。従って、ファーガスは「すべてを知った今」、無になる。それは有限な世界から無限な世界へお通過儀礼（イニシエイション）である。
　また「時の十字架の上の薔薇へ」（'To the Rose upon the Rood of Time'）では、より直截に直線的なキリスト教の時間が十字架に表象され、永遠の美が重層的に花びらを重ねる薔薇に象徴されている。この薔薇の花びらにはクーフーリン、ドルイド、ファーガスなどが登場する循環するケルト的世界が内包されえている。これは「神秘の薔薇」（'The Secret Rose'）の場合も同様である。またこのイメージは、言うまでもなく薔薇十字の象徴であるとともに、十字架と丸い薔薇の組み合わせはケルティック・クロスという、優れてケルトとキリスト教の融合を象徴する形態とも符合する。
　「時の十字架の上の薔薇へ」の第一連では「人間の運命に目を眩まされ」("blinded by man's fate") 「愛と憎悪の小枝のもと」("under the bough of

love and hate")「一日を生きるあらゆる惨めで愚かなことごとのただ中に」("In all the poor foolish things that live a day")、永遠の美が彷徨い出るのをイェイツは祈る。現実の事物は直線的に経過する時間を時の十字架という形で原罪のように背負っており、有限で卑小な存在である。

　それに対して、薔薇は「年老いた星々が／水面で銀のサンダルを履いて踊り／その悲しみを孤高の調べで歌う」("And thine own sadness, whereof stars, grown old/In dancing silver-sandalled on the sea,/Sing in their high and lonely melody")。そしてそういった永遠の存在が時の十字架の上に降臨するとき、この時期のイェイツが考えていた秘儀が完成し、エピファニーが訪れる。

　しかし第二連を見ると、イェイツの態度は『オシーンの放浪』や「ファーガスとドルイド」の場合と同じように両義的である。

Come near, come near, come near—Ah, leave me still
A little space for the rose-breath to fill!
Lest I no more hear common things that crave;
The weak worm hiding down in its small cave,
The field-mouse running by me in the grass,
And heavy mortal hopes that toil and pass;
But seek alone to hear the strange things said
By God to the bright hearts of those long dead,
And learn to chaunt a tongue men do not know.
Come near; I would, before my time to go,
Sing of old Eire and the ancient ways:
Red Rose, proud Rose, sad Rose of all my days. (VE, 101)

近づけ、近づけ、近づけ、いま少し、
薔薇の息の満る間を残してくれ。
哀願する有り触れた事々、
小さな洞窟に隠れる弱い虫、

草叢で私の傍らを駆け抜ける野ネズミ、
あくせく働き消えていく、重い生身の希望が聞こえなくなり、
神から古(いにしえ)の死者の輝く心に語られる、
怪異な事々ばかりを聴こうとし、
人知には不可解な言葉ばかりを唱えようとしないように。
近づけ、わが時が終わる前に、
古きエールと古(いにしえ)の事々を歌わん。
わが日々を彩る赤い薔薇、誇り高い薔薇、悲しい薔薇よ。

　このようにイェイツはすべてを凡庸化して流れる直線的時間と、永遠の相で循環する薔薇の時間の両極に引き裂かれて躊躇している。それは永遠の相で循環する薔薇の時間に完全に没入した結果生み出される詩的言語が、「人知には不可解な言葉」になってしまうのを恐れるからである。その言語は直線的因果関係の埒外にある、イメージと意味がお互いに照応しあい、循環的に意味を生成しあう、自己完結的な言語体系となるであろう。手近な言葉を使うならば、それは象徴主義の言語ということになる。この段階の英語の世界で、それに最も接近したものはウィリアム・ブレイク、特に彼の後期の預言書がそのイメージにもっとも近い存在であろう。エドウィン・エリスとともにイェイツが4年の歳月を費やして、その解明に挑んだブレイクの預言書である。この「時の十字架の上の薔薇」のイェイツは、まだそこまでの段階に達しておらず、その一歩手前での葛藤が劇的に提示されている。

Ⅲ.『葦間の風』に見る二つの時間と終末論

　恐らくイェイツの詩的キャリアでこの「人知には不可解な言葉」へ最も接近したのは、19世紀の最後に出された『葦間の風』(*The Wind among the Reeds*) であろう。女流画家、アルシア・ジャイルズがデザインしたこの詩集の表紙は、水辺に絡まり合う葦と、その間をそよぐ風、燃える炎を図案化したもので、これは四大元素を象徴している。このようにこの詩集はヴィジ

ュアル面も含めて、トータルに照応、循環する世界を表現している。そこでは彼が散文で論じている「ムード」("mood")、すなわち直線的な時間の彼方からあらわれる集合的無意識の声が、詩的儀式を通じて呼び出すことが目論まれている。換言するなら、それはオシーンの循環の時間の後に聖パトリックを対置し、ファーガスと「時の十字架の上の薔薇」の話者の躊躇を書きこまずにはいられなかったイェイツが、10年近い時間を経て全面的に循環の時空間を再構築しようと試みたということに他ならない。

　言語表現の面から見ると、ここに描かれている風景は話者の内面と照応した風景であり、すなわち描かれた風景がそのまま即心象風景でもあるような世界である。時間の面では過去と現在、未来が渾然となり、奇妙な言い方が許されるなら、時間的遠近法が混乱している。手近な例として、「彼はスゲの泣き声を聞く」('He Hears the Cry of the Sedge') を紹介する。

> I wander by the edge
> Of this desolate lake
> Where wind cries in the sedge:
> *Until the axle break*
> *That keeps the stars in their round,*
> *And hands hurl in the deep*
> *The banners of East and West,*
> *And the girdle of light is unbound,*
> *Your breast will not lie by the breast*
> *Of your beloved in sleep.* (*VE*, 165)

> この侘しい湖の
> 淵のところを彷徨うと、
> スゲのあいだで風が泣く。
> 星々の巡航を支える、
> 軸棒が壊れ、
> 深海の中で手が

「東」と「西」の旗を放り投げ、
光の帯が解き放たれるまで、
お前が愛する者の胸の傍らで、
横になって眠ることは決してない。

　ここでは風の吹き荒ぶ侘しい湖の風景は、絶望に打ちひしがれた話者の心の風景そのものであり、風の音がそのまま宇宙の終末を告げる歴史の彼方からの預言の声になる。すべては溶解して混じり合い、現在の中に過去と未来が突然乱入してくる詩的世界が現出している。恐らくイェイツはこの詩集において、直線的な時間から逃れ、照応循環する詩的世界、「人知には不可解な言葉」に全面的に没入しようと試みている。しかし直線的時間は話者の心象風景の亀裂から、終末論的ヴィジョンとなって乱入している。これはこの詩に限ったことではなく、「神秘の薔薇」、「彼は自分と恋人に起こった変化を嘆き、この世の終わりを願う」('He mourns for the Change that has come upon Him and his Beloved, and longs for the End of the World')、「彼は恋人に安らかにと命じる」('He bids his Beloved at Peace')、「黒豚峡谷」('The Valley of the Black Pig') などにも登場する。

　これはたんにこの詩集が19世紀の世紀末に出されたというだけでなく、循環的な時間のなかでの詩的表現を選択したことが、直線的時間の終末という主題を登場させたと言えるのではないだろうか。すべてが照応し合い循環する時間と空間は、彼が理想とする非時間に限りなく接近しながら、しかし最後の一点で非時間にはなりえない。なぜなら直線的な時間の流れが循環に始めと終わりという差異を持ち込まずにはいないからである。そこで最後の手段として終末論という形で時間の無効が宣言されなければならない。言葉を変えるならば、詩集全体を循環的時間の表象として完全に塗りこめるために、必然的に終末論の主題が登場しているのである。

　『葦間の風』の研究書、『初期イェイツの詩的知識』(*Poetic Knowledge in the Early Yeats*) のなかでアレン・グロスマンは「概念的観点から言えば、愛する者は時間の埒外にしか存在しえないので、彼女に接近するには少なくとも時間の世界の破壊が必要であった」と述べて上記の詩を引用し、「時間

を破壊する手段は詩であった」[5]と結んでいる。ここで「愛する者」と述べられているものが、時間を超越した理想的なるものの象徴であることは言を俟たない。

またポール・ド・マンはこの終末論のテーマを修辞的観点から論じている。ド・マンによれば初期のイェイツの作品には自然的知覚に由来するイメージと知覚に基づかない純粋な表象であるエンブレムの対立があるという。『葦間の風』でイェイツは自然イメージを払拭し、全面的にエンブレムの文体を確立しようとしたとド・マンは述べる。しかし言語から自然イメージを一掃することはほとんど不可能である。そこで終末的な死の主題がほとんど強迫観念のように頻出していく。「文体というものが主題と同様、そしてしばしば主題より明白に意図によって形成されることを念頭に置けば、この主題的な発展は実のところ、文体上の緊張を反映している」[6]とド・マンは指摘する。自然イメージが直線的時間に支配される現実世界の知覚に由来し、エンブレムが循環する観念の世界を表象するものであるなら、ド・マンの見解はここで時間論的に論じてきたことを修辞論的観点から分析したものと言える。

詩人は『オシーンの放浪』でオシーンの循環的時間への憧れを示しながら、聖パトリックの直線的時間にわれわれがいることを意識せざるを得なかった。『葦間の風』で詩人は自己完結した象徴の網の目を構築しながらも、それにもかかわらず、というかそれゆえに、時間と空間の廃絶、すなわち終末の主題を書きこまざるを得なかった。これが時間論的観点から見て、イェイツが1890年代の一般的イメージである神秘的ケルトの象徴主義詩人に安住しなかった理由と言えるのではないか。そしてこれはイェイツがその詩的発展の過程で一度はやらなければならなかった壮大な詩的実験と言えるだろう。

Ⅳ. 結び——後期の作品における二つの時間

20世紀に入ってからのイェイツは徐々にこのような実験から表面的には遠ざかる。しかし、例えば「1916年のイースター」のような一見時事的題材を扱った詩でも、一回性の偶然として生起する「偶然の喜劇」("casual comedy") と、歴史を超越したアイルランド民族の悲願の実現である「恐ろしい美」("terrible beauty") が対比されている。それは詩の後半では、川の流れとそれを掻き乱す石のイメージで変奏され対照性を補強している。

　また「レダと白鳥」('Leda and the Swan') では、レオ・スピッツァーが『英米文学論』(*Essays on English and American Literature*) で巧みに分析しているように、[7] レダの凌辱は現に目の前で行われているように現在形で進行しながら、最終連ではいつの間にか過去形にすり変わっている。それとともに詩の視点も、当事者の視点から次第に移行し、最終的には傍観的な歴史の感想者の視点に変貌していく。その結果、レダの凌辱は現在進行の生々しさと、歴史の中でその事件と余波が完全に確定している記念碑的な感触が同時に読者に伝えられる。その操作は実に精緻とも老獪とも言えるもので、イェイツの詩作が一つの円熟の境地に入っているのを見ることができる。

　これらの例が示すように、本章で論じた二つの時間の流れの対比が、『葦間の風』におけるように詩の表現モードの前面に出ることはなくなったにしても、後期の詩を幾重にも重層的にしていることを見逃してはならない。むしろそれは詩のテクスチャーにより深く内在し、彼の詩の本質に一層大きく関わってる。

註

1. William Butler Yeats, *The Variorum Edition of the Poems of W. B. Yeats*（以下、*VE* と略し、ページ数を付す）, eds. Peter Allt and Russell K. Alspach (New York: Macmillan, 1957), pp. 55–6.
2. Richard Ellmann, *Yeats: The Man and the Mask* (London: Faber & Faber, 1949), pp. 52–53.
3. Harold Bloom, *Yeats* (New York: Oxford UP, 1970), p. 87.
4. エーリッヒ・アウエルバッハ『ミメーシス』（篠田一士・川村二郎訳）（筑摩書房、1967）, pp. 5–29.
5. W. B. Yeats, *Autobiographies* (London: Macmillan, 1955), pp. 115–6.
6. Allen Grossman, *Poetic Knowledge in the Early Yeats: A Study of the Wind*

among the Reeds (Charlloesville: University Press of Virginia, 1969), pp. 26–7.
7. Paul de Man, *Rhetoric of Romanticism* (New York: Columbia UP, 1984), p. 172.
8. Leo Spitzer, *Essays on English and American Literature* (Princeton: Princeton UP, 1962), pp. 3–13.

第七章

イェイツとイースター蜂起

はじめに

　ウィリアム・バトラー・イェイツは1865年に生まれ、1939年に亡くなった。彼の生涯はアイルランドの自治をめぐるイギリスでの議会の紛糾、自治運動の混迷とゲール語同盟などの新たな運動の台頭、第一次世界大戦勃発とその最中のイースターの武装蜂起、イギリスとアイルランドの独立戦争、アイルランド自由国の成立と続く内戦、その終結といった大きな歴史的事件の続く激動の時代であった。

　そのあいだイェイツはアイルランド文芸協会の設立、アビー座の創設、アイルランド自由国上院議員、ノーベル文学賞受賞と公私にわたる多忙な活動を展開していた。本章ではアイルランド独立のきっかけとなった1916年のイースターの蜂起を題材として書いた「1916年のイースター」を主に考察することによって、イェイツが蜂起に何を見たのかを検討してみたい。

I. イースター蜂起の展開

　第一次世界大戦の勃発以来、当初は反戦運動などでイギリスに対抗していたアイルランド共和主義同盟 (Irish Republican Brotherhood: IRB) は、アイルランド議会党党首、ジョン・レッドモンドの参戦の呼びかけが功を奏したことで挫折し、傘下のアイルランド義勇軍の大半を失った。ローレンス・マカフリーによれば、約18万人いたアイルランド義勇軍のうち、残ったのは約1万2千人に過ぎなかったとされる。[1] ここでIRB内部で以前から練ら

れていた武装蜂起の計画が起死回生の賭けとして現実味を帯びてくる。この計画はナショナリストだけでなく、運輸・一般労働組合の長期にわたる闘争で疲弊した社会主義者ジェイムズ・コノリーと彼の市民軍も巻き込んで民族統一戦線の性格を加え、1916年1月には4月23日のイースター・サンディーが決行の日に決定される。

　しかしこの計画はいくつもの点で挫折する。義勇軍の参謀長オーン・マクニールは蜂起に反対だったので、この計画のことは知らされていなかった。武器弾薬は手薄だったので、ロジャー・ケイスメントがイギリスと交戦中のドイツから調達する予定であったが、4月21日に武器を輸送していたドイツ軍艦がイギリス側に拿捕され、ドイツ人船長は艦を爆破した。ケイスメントも蜂起中止を知らせるためドイツ潜水艦Uボートでケリーに上陸するもイギリス側に逮捕されてしまった。ここに至って蜂起計画を知ったマクニールは4月23日の『サンディー・インデペンダント』紙で義勇軍に軍事行動の一切中止を命令した。

　このような絶望的な状況で、翌4月24日のイースター・マンディーに蜂起は強行された。ライフルなどで武装した千人余りの蜂起軍はリバティー・ホールを出発し、ダブリン中央郵便局(GPO)、フォー・コーツ、ジェイコブズ・ビスケット工場、セント・スティーヴンズ・グリーン公園など、ダブリン市内のいくつかの拠点を占拠し、イギリス政庁のあるダブリン城を攻撃した。本部となったGPOでは共和国国旗が掲揚され、パトリック・ピアスによってアイルランド共和国暫定政府宣言が読み上げられた。ピアスが共和国大統領、コノリーが副大統領に任命された。

　イギリス軍はリフィー川から軍艦による砲撃を行い、ピアスは4月29日土曜日に戦闘中止命令を出し、蜂起は敗北に終わった。マクニールの戦闘中止命令による義勇軍内部の混乱、武器弾薬調達の失敗などから、この蜂起が失敗に終わることは当初より明白であった。逆に、人員、武装、軍事訓練において格段に優位にいたイギリス軍を相手に一週間近く持ちこたえたことが奇跡的だったといえるかもしれない。義勇軍側の死傷者は64人、イギリス軍側は103人が戦死し、357人が負傷した。

　イギリスは軍事裁判を開き、蜂起指導者たちに国家反逆罪で死刑を宣告し、

早くも5月3日から処刑が開始された。5月10日までには、共和国暫定政府宣言に署名した7人を含む15人が銃殺された。その中には戦闘で重傷を負ったコノリーも含まれていた。椅子に座ることすらできなかったコノリーは椅子に紐で縛りつけられたうえで銃殺された。蜂起指導者で死刑判決を受けながら死刑を免れたのは、女性であったコンスタンス・マーキェヴィッツ (Constance Markievicz) と、アメリカ国籍を有していた、後のアイルランド首相、大統領となるエイモン・デヴァレラ (Eamon de Valera) だけであった。当初アイルランドの世論は蜂起を無謀とする見解に傾いていたが、このイギリス側の対応によって、蜂起は神話となった。処刑の性急さと不当性によって反英民族意識は高揚し、1918年のイギリス総選挙では反英の受け皿となったシン・フェイン党が地滑り的大勝利を収めた。獄中のデヴァレラとマーキェヴィッツも当選し、マーキェヴィッツはイギリス庶民院初の女性国会議員となった。従来アイルランド人の政治的意見を代表していたアイルランド議会党は壊滅した。アイルランド選出議員たちはイギリス国会に登院を拒否し、1919年にアイルランド国民議会 (Dail Eireann) を組織し、対英独立戦争を経て、北アイルランド問題を残しながらも、1922年にアイルランド自由国が成立する。

II.「1916年のイースター」

　この作品の創作は1916年の9月となっており、1920年10月23日の『ニュー・ステイツマン』紙、1920年の『ダイアル』誌11月号に掲載され、1921年の詩集『マイケル・ロバーツと踊り子』(*Michael Robartes and the Dancer*) に収録された。1916年の9月といえば、蜂起の指導者たちが処刑されてまだ4か月ほど経過した段階である。
　詩は有り触れた夕方の情景から始まる。

> I have met them at close of day
> Coming with vivid faces

From counter or desk among grey
Eighteenth-century houses.
I have passed with a nod of the head
Or polite meaningless words,
Or have lingered awhile and said
Polite meaningless words,
And thought before I have done
Of a mocking tale or a gibe
To please a companion
Around the fire at the club,
Being certain that they and I
But lived where motley is worn:
All changed, changed utterly:
A terrible beauty is born.
　(*Variorum Edition of the Poems of W. B. Yeats*〔以下 *VE*〕, pp. 391–2)

私は夕暮れ時に彼らに出会った。
皆生き生きとした顔をして、灰色の
18 世紀の建物のカウンターや
机のところからやって来た。
私は軽く会釈したり、慇懃な意味のない言葉を
交わしてすれ違った。
またしばらく立ち止まっては、
慇懃な意味のない言葉を言った。
そしてその最中にも、
クラブの火を囲んだ時に、
仲間を楽しませるような、
ふざけた与太話を考えていた。
所詮、彼らも私も、道化のまだら衣装を
着込んだ世界の住人と思い定めて。

だがすべては変わった、完全に変わったのだ。
　恐るべき美が生まれたのである。

　舞台は極めて日常的な、あるダブリンの夕暮れである。そこには何も劇的なものはなく、ありふれた平凡な光景がいつものように繰り返されている。「灰色の／18世紀の建物」がジョイスの短編集『ダブリン市民』(*Dubliners*)に描かれている、生気のない一般小市民の麻痺した日常を連想させる。「生き生きとした顔」をしているといっても、それは苦役のような仕事から解放されたからで、積極的な意味はないように話者には思われる。しかし実際はそうではなかった。その意味が分かるのはあとのことだ。
　イェイツと思しき話者にしてもそれは同じことで、せいぜい軽く会釈したり、話したとしてもそれは「慇懃な意味のない言葉」である。この言葉は2度も繰り返されるが、話している当人でさえ、上の空で心の中ではクラブでの冗談を考えている始末である。そう考えると、この夕暮れの出会いは三重に無意味化されていると言ってよいであろう。これらすべての無意味さを象徴しているのが「道化のまだら衣装」("motley")で、エリザベス朝の喜劇よろしくすべては茶番と見做されている。
　しかし、この連の真価は最後の2行にある。それまで茶番劇に過ぎなかった舞台は一気に変貌する。和訳では「だが」を補ったが、原文では逆接の接続詞なしに「すべては変わった、完全に変わったのだ。／恐るべき美が生まれたのである」と終わる。下らない日常と偶然の支配する喜劇の舞台は、前置きなしに崇高な悲劇の舞台に変わる。道化は喜劇の登場人物ではなく、悲劇を一層崇高にするための引き立て役、いうなれば『リア王』の道化に姿を変える。この凡俗極まりない日常を描いた前半14行と、目くるめくような崇高な光を放つ最後の2行の落差に、この詩の真価とイェイツがイースター蜂起に感じた戦慄がある。

That woman's days were spent
In ignorant good-will,
Her nights in argument

Until her voice grew shrill.
What voice more sweet than hers
When, young and beautiful,
She rode to harriers?
This man had kept a school
And rode our wingèd horse;
This other his helper and friend
Was coming into his force;
He might have won fame in the end,
So sensitive his nature seemed,
So daring and sweet his thought.
This other man I had dreamed
A drunken, vainglorious lout.
He had done most bitter wrong
To some who are near my heart,
Yet I remember him in the song;
He, too, has resigned his part
In casual comedy;
He, too, has changed in his turn,
Transformed utterly:
A terrible beauty is born. (*VE*, 392–3)

あの女の昼間の時間は、
無知な善意に費やされ、
夜の時間は議論に費やされた。
そのせいでその声が甲高くなってしまった。
まだ彼女が若く美しいころ、
ハリア種の猟犬へと馬を駆けたころの、
彼女の声ほど麗しいものがあっただろうか。
この男は学校を経営し、

われらと同じく翼のある馬で詩想を馳せた。
このもう一人の男はその友、協力者で、
力をつけつつあるところだった。
最後には名声を掴むかも知れなかった。
その性質たるや繊細鋭敏に見えながら、
考えることは大胆かつ優美であった。
このもう一人の男は飲んだくれで、
見栄っ張りのろくでなしだと思っていた。
私の心の近くにいる人たちに、
とても酷いことをしたからだ。
だがこの男もこの歌に加えよう。
この男もまた偶然の喜劇の
役回りを放棄したからだ。
この男もまた出番になって変身し、
完全に大化けしてしまった。
恐るべき美が生まれたのだ。

　この第二連も全体的構成は第一連と同じである。最初の 11 行にわたって蜂起に関わった人たちの現実のあり方が列挙されており、そこにはイェイツから見た欠点、批判すべき点も含まれている。それは偶発的で、錯誤を孕んだ「偶然の喜劇」としての人の生に他ならない。それは蜂起によって彼らが成し遂げた「恐るべき美」と著しい対照をなす。
　最初に登場するのはコンスタンス・マーキェヴィッツである。彼女はイェイツの母の実家があるスライゴーのリサデルの大地主ゴア＝ブース家の娘で、1900 年にパリで知り合ったポーランド人画家カシミール・ド・マーキェヴィッツ公爵と結婚した。イェイツはリサデルのゴア＝ブース家で独身時代のコンスタンスと会ったことがあり、彼女と妹のエヴァの美しさに感銘を受けたようである。ここでも彼女の出自に相応しく狩猟をする際の美しい姿が描かれている。また 1933 年に出された『螺旋階段、その他の詩集』(*The Winding Star and Other Poems*) の冒頭にはこの美人姉妹の思い出を歌った

「エヴァ・ゴア＝ブースとコン・マーキェヴィッツを偲んで」('In Memory of Eva Gore=Booth and Con Markievicz') が収められている。

> The light of evening, Lisadell,
> Great windows open to the south,
> Two girls in silk kimonos, both
> Beautiful, one a gazelle. (*VE*, 475)

> 夕暮れの明かり、リサデル、
> 南向きの大きな窓、
> 絹の着物を着た２人の少女、どちらも
> 美しいが、一人はカモシカのようだ。

　いかにも地方のアングロ・アイリッシュ地主の貴族的な生活を髣髴とさせる描写である。ダグラス・ハイドが主催するゲール語とケルト文化の復興を目指すゲール語同盟や、イェイツ、グレゴリー夫人のアビー座に接近していた彼女の転機となったのは、1906年にダブリン山地のバラリーにコッテージを借りたことだった。前の借り手が残していった『農民』『シン・フェイン』などの雑誌を通じて、彼女はアイルランド解放の理想に目覚める。その前の借り手とは詩人、劇作家のポードリック・コラム (Padraic Colum: 1881–1972) であった。いかにもお嬢様育ちらしい性急さである。その後彼女は祖国解放運動に急接近し、1908年にシン・フェイン党に参加するも、その穏健主義に飽き足らず、ジェイムズ・コノリーの社会主義労働運動に接近する。1913年の運輸・一般労働者組合のゼネ・ストの時には、ストライキ本部のリバティー・ホールでスープの炊き出しに尽力する。

　この変貌ぶりはイェイツ家に驚きを持って迎えられたようである。なにしろゴア＝ブース家は3万2千エイカーもの土地を所有する大地主、父ヘンリーは第5代準男爵であり、北極探検などの数々の冒険で有名な人物だった。彼らの行動は常軌を逸したものと捉えられていたようである。蜂起の時にイギリスにいたイェイツは家族からの手紙でその経過を知った。ロイ・フ

ォスターは妹リリーの次の手紙を紹介している──「マダム・マーキェヴィッツの狂気が受け継いだ時から形を変えたのはなんて残念なことでしょう。彼女のお父様の場合、それはオープン・ボートで北極を探すことでした。お父様にとってはとても涼しく、他の方々にはとても安全なことでした。彼女に従っているものは幼い男の子か、市民軍という失業して酔っぱらっている港湾労働者たちだということです」。[2]

彼女はイースター蜂起では、拠点の一つのセント・スティーヴンズ・グリーン公園副指揮官を務めた。蜂起鎮圧後は蜂起を指導した責任を問われ死刑判決を受けたが、女性である点を考慮されて終身刑に減刑された。1917年に釈放されるとアイルランド女性労働組合の名誉総裁に任命され、翌年のイギリス総選挙で初の女性国会議員に選出された。また第一回、第二回のアイルランド国民議会では労働大臣に選出された。

1922年、アイルランド自由国が成立し内戦が始まると、彼女はアイルランド全島独立を主張するデヴァレラらの共和派を支持する。そして内戦終結後の1927年のアイルランド自由国総選挙で選挙運動を展開した一か月後にダブリンの貧民地区のサー・パトリック・ダン病院で亡くなる。葬儀ではその地区の何千人もの人々が葬送の後進に参加した。イースター蜂起の際に彼女が副指揮官を務めたセント・スティーヴンズ・グリーン公園には彼女の胸像が残されている。

コンスタンスのアイルランド解放に対する姿勢はまさに殉教的といえるほどの激しさを秘めていた。しかしその過激さの背後には、貴族的な自らの出自に対する自己否定や、破綻した結婚生活に対する絶望がありはしなかったか。イェイツは「夜の時間は議論に費やされた。／そのせいでその声が甲高くなってしまった」と彼女の過激さにある種の危うさを暗示している。また先に紹介した「エヴァ・ゴア＝ブースとコン・マーキェヴィッツを偲んで」でも、「姉のほうは死刑判決を受け／許されて孤独な月日を引きずり／無知なるものらの間で謀略をなす」(VE, 475) と書いている。イェイツはコンスタンスの過度な民衆への同化に、不安な自我からの逃避を見ていると言えるだろう。「1916年のイースター」と同じく『マイケル・ロバーツと踊り子』に収録されている「ある政治犯について」('On a Political Prisoner') もコン

第七章　イェイツとイースター蜂起　131

スタンスを主題としている。ここでも彼女の独身時代の華やかな美しさと、政治犯として投獄された彼女の姿が対照的に描かれている。独房に捕らわれた彼女の獄舎の窓を訪れたカモメを彼女は愛撫し、餌を与える。

> Did she in touching that lone wing
> Recall the years before her mind
> Became a bitter, an abstract thing.
> Her thought some popular enmity:
> Blind and leader of the blind
> Drinking the foul ditch water where they lie? (*VE*, 397)

> その孤独な翼に触れて、
> 彼女は以前の歳月を思い出したろうか。
> その精神が苦々しく、抽象的なものになる前、
> その思想が民衆の敵意と化す前の歳月を。
> 盲目となり、盲目の者らの指導者となり、
> 彼らの横たわる場所の不浄な溝水を啜る前の歳月を。

　コンスタンスの過激な政治的言動は、カモメの翼に「触れる」ことと対比されている。生身に触れるという具体的で血の通った行為に比べて、彼女の大衆煽動的な憎悪の政治学は「抽象的なもの」("an abstract thing") である。またカモメはコンスタンスの独身時代の伸びやかな美しさの象徴でもある。乗馬をする彼女の姿は清潔で麗しく「岩場で育ち、海に運ばれた鳥のよう」("Like any rock-bred, sea-borne bird:", *VE*, 397) と形容される。この詩の最後でカモメは天高く飛翔し、「雲の天蓋」を見下ろし、遥か眼下に岩場に打ち寄せる波の音を聞く。この詩は伸びやかなカモメの飛翔と、独房のコンスタンスの姿を対比することによって、憎悪の政治学に憑りつかれた彼女がいかに自我の妄執の囚人となっているかを無言のままイメージで語っている。
　このイメージの対比は同じ詩集に収録された「わが娘への祈り」('A Prayer for My Daughter') に繋がっている。詩人は次のように娘に祈る。

An intellectual hatred is the worst,
So let her think opinions are accursed.
Have I not seen the loveliest woman born
Out of the mouth of Plenty's horn,
Because of her opinionated mind
Barter that horn and every good
By quiet natures understood
For an old bellows full of angry wind? (*VE*, 405)

頭でっかちの憎悪は最悪だ。
だから娘は意見などというものは忌まわしいものと考えるように。
私は見たのではないか、豊穣の角笛の口から生まれ落ちた、
この上なく美しい女性が、
意見に凝り固まった精神のせいで、
その角笛と、穏やかな精神の持ち主には
分かっているあらゆる長所を、
怒りの風の詰まった古ぼけた鞴と交換するのを。

　ここに登場する女性は「この上なく美しい女性」と最上級を持ちられていることから、イェイツ最愛の女性であったモード・ゴンを第一義的に指すと見るのが妥当だろう。しかしこの思いを裏付ける事例として、コンスタンスの姿がイェイツの脳裏にあったことも完全には否定できない。なぜなら、生来持っていた豊かな人間性が、偏向した思想傾向によってゆがめられたのを嘆く姿勢は「1916年のイースター」、「エヴァ・ゴア＝ブースとコン・マーキェヴィッツを偲んで」、「ある政治犯について」に共通しているからだ。
　またこの一節は女性に思想を禁じているとして、近年批判されることも多いが、そういった批判はこの詩の文脈と、書かれた状況の背景を無視したものと言えよう。この一節は女性に思想を禁じるというよりも、偏向した思想が招く憎悪の悲劇を訴えている。モード・ゴンやコンスタンスのような事例は、この当時のイェイツの周辺に事欠かなかったし、上記の引用に続く連で

は「……あらゆる憎悪を取り除けば／魂は根源的な無垢を回復する」("… all hatred driven hence/The soul recovers radical innocence", *VE*, 405) と述べられている。

　次に登場する学校を経営していた男とはパトリック・ピアスである。記念碑彫刻家の息子に生まれた彼はロイヤル・ユニヴァーシティで法律の勉強をするが、少年のころからゲール語に深い興味を持ち、1895年にはゲール語同盟に参加する。ゲール語を通じてアイルランド独自の文化と民族独立を達成しようという彼の理想は、1908年にセント・エンダズ・スクールの設立に結実する。ここでは英語とゲール語の二ヶ国語教育を実施し注目を浴びた。

　ゲール語同盟の機関誌や『ユナイテッド・アイリッシュマン』などに積極的に投稿し、当初は自治法案支持の論陣を張っていたピアスだが、ユニオニストの自治への抵抗や、その圧力に煮え切らない態度を取るイギリス政府に業を煮やしたピアスは次第にその思想を尖鋭化する。1913年にIRBに加入すると、結成されて間もないアイルランド義勇軍の指導的な地位につく。1914年の第一次世界大戦勃発に際して、アイルランド議会党党首レッドモンドが自治の進展のために対英軍事協力を呼び掛けた時も、非協力の立場を貫いた。

　圧巻だったのは1915年8月1日に行われた、古参愛国者ジェレマイアー・オドノヴァン・ロッサの葬儀での演説で、彼は「死から生が生まれる愛国者男女の墓から生命ある国家が生まれるのだ」と述べ、「自由を獲得していないアイルランドが安寧であることはないだろう」[3]と結んだ。翌年の蜂起を考えると実に示唆的な言葉である。ピアスは自分たちが処刑されることで、アイルランドの民族意識が高揚することをある程度計算していたという推測も成り立つ。

　レッドモンドの対英軍事協力の呼びかけによって、大半のアイルランド義勇軍兵士が不在なうえに、ドイツから武器弾薬を運搬したオート号の拿捕、爆破、それらを受けた義勇軍総指揮官オーン・マクニールの蜂起中止声明が出された。これらの不利な条件が積み重なっていたにもかかわらず蜂起を決行し、アイルランド共和国暫定政府大統領として、暫定政府樹立宣言を読み上げたのはピアスであった。事実上、彼が蜂起の中心人物であったと言って

差支えなかろう。

　彼が二番目に、しかもたった二行で済まされているということも興味深い。もちろん、イェイツはコンスタンスにより馴染みがあったということも作用してはいるだろう。しかしピアスとの交際も浅からぬものがある。イェイツはピアスの学校を訪れたこともあり、書簡のやり取りもあった。1907年にアビー座でジョン・シングの『西の国の伊達男』(The Playboy of the Western World) の上演をめぐって騒動があった時も、擁護の論陣を張ってくれたピアスに対してイェイツは恩義を感じていたと伝記作家のジョゼフ・ホーンは記している。[4]

　結局、この両者の現実に蜂起における役割の差に反比例した扱いは、イェイツがコンスタンスのほうに蜂起の在り方の象徴性を見ていたことを物語っているのではないか。言語、文化への深い理解から教育による地道な民族精神の涵養という手段を選びながら最終的に政治状況の変転から武力行使の道を選択したピアス。お嬢様育ちの自己否定と結婚生活の破綻から、最も過激な女性闘士に八方破れに転身したコンスタンス。このコンスタンスのほうがピアスよりも蜂起を象徴しているとするなら、この詩で問題なのは、それにもかかわらず「恐るべき美」が生まれてしまうということなのである。実質的な蜂起指導者のピアスに関しても、強調されていることは彼の文学者としての側面である。これは蜂起の現実的側面でのピアスの果たした役割の重要性を考えると異例に類する。お嬢様と詩人の捨て身の行動から図らずも生まれた「恐るべき美」、イェイツはこう蜂起を表現しようとしているように見える。

　この傾向がより明白になるのが、次に登場するトマス・マクドナーのくだりである。ピアスと親交のあったマクドナーはセント・エンダズ・スクールで教えるかたわら修士号を取得し、ユニバーシティ・カレッジ・ダブリンの英文科講師も務めていた。詩集も数冊出し、戯曲もいくつか書いている。ピアスと比べると彼のほうが文学者としての特色は鮮明で、この詩でのイェイツの評価は高い。さらにイェイツの『自叙伝』の「離反」の章でのマクドナーは、良い才能を持ちながらアイルランドの凡庸な政治的、文化的環境やジャーナリズムに潰される可能性の高い人物として描かれている。[5] 文学者と

しての可能性を秘めながら、凡庸な現実に囲まれ、ペンを剣に持ち替えざるを得なかった詩人としての姿は、ピアスよりもマクドナーに鮮明である。ここでもコンスタンスの場合と同じく、現実にはピアスの「協力者」でしかなかったマクドナーのほうに多くの行数が割かれることになる。

　もっとも注目すべきなのは、最後にあらわれるジョン・マクブライドである。ボーア戦争でイギリスと闘った軍人であるマクブライドは、1903年にイェイツが長年プロポーズし続けながら拒絶されていたモード・ゴンと結婚し、男の子を一人もうける。これはイェイツにとって大変な衝撃であり、自分と根本的に異なる彼の性格とキャリアは嫌悪の対象でしかなかった。しかも1905年に妻子をパリに残したままマクブライドは帰国して戻らず、結婚は事実上破局を迎えた。「私の心の近くにいる人たちに、／とても酷いことをした」とはこのことを指している。

　それでもイェイツはマクブライドにここで言及している。彼がこの詩で示したかった道化の衣装を身に纏う偶然の喜劇と、それにもかかわらず彼らが現出させた「恐るべき美」の対照を最も集約的に露わにしているのがマクブライドだからだろう。人間イェイツとしては触れたくもないマクブライドに触れることによって、詩人イェイツは蜂起の参加者たちと同じように、自分の偶発的な生のありようを一個の象徴に変容させた。そしてイェイツは人生と歴史を見通す視点を確保する。だが彼はその視点を直接的には語らず、イメージに形象する。

> Hearts with one purpose alone
> Through summer and winter seem
> Enchanted to a stone
> To trouble the living stream.
> The horse that comes from the road,
> The rider, the birds that range
> From cloud to tumbling cloud,
> Minute by minute they change;
> A shadow of cloud on the stream

Changes minute by minute;
A horse-hoof slides on the brim,
And a horse plashes within it;
The long-legged moor-hens dive,
And hens to moor-cocks call;
Minute by minute they live:
The stone's in the midst of all. (*VE*, 393)

ただ一つの目的に取りつかれた心は、
夏、冬を経るにしたがい、
魔法によって石と化し、
生き生きとした水の流れを掻き乱す。
道路からやってくる馬も、
騎馬の人も、崩れる雲から雲へと
拡がる鳥の群れも、
刻々とその姿を変える。
水の流れに映る雲の影も
刻々と変わる。
蹄が流れのふちで滑り、
馬は流れの中で水の飛沫を上げる。
足の長い雷鳥は水に潜り、
雄の雷鳥を呼ぶ。
これらは刻一刻と生き、
すべてのただなかに石は存在する。

　偶発的な時の流れ、偶然の喜劇の時間は川の流れる水とその周辺で生起する自然の生態系に姿を変え、そういった時間を超越した歴史の道標である「恐るべき美」はそのただなかで流れを左右する石に姿を変える。その石は周りの自然界が刻一刻と変化を繰り返すのに対して、不動の姿勢を変えない。それは蜂起の当事者たちの人間的欠陥や不手際にもかかわらず、ピアス

の共和国暫定政府樹立宣言によって出現した、民族独立の悲願の実現の象徴ではあるが、このイメージには両義的な意味が込められている。確かにこの石には単なる偶発的出来事を歴史の道標に変える魔法が作用しているが、同時に蜂起当事者たちの絶望と憎悪によって凝り固まってしまった心の象徴でもあるからだ。民族独立は単なる美ではなく「恐るべき美」である。そこには通常の人間には手の届かない崇高さがあるばかりではなく、背後に犠牲になった者たちの血の尊さも暗示されている。この連はこれらの複雑の交錯する思いをイメージに結晶させ、判断を出さないままに宙吊りにする。それらの思いは最終連での自問自答となって継続する。

> Too long a sacrifice
> Can make a stone of the heart.
> O when may it suffice?
> That is Heaven's part, our part
> To murmur name upon name,
> As a mother names her child
> When sleep at last has come
> On limbs that had run wild.
> What is it but nightfall?
> No, no, not night but death;
> Was it needless death after all?
> For England may keep faith
> For all that is done and said.
> We know their dream; enough
> To know they dreamed and are dead;
> And what if excess of love
> Bewildered them till they died?
> I write it out in a verse—
> MacDonagh and MacBride
> And Connolly and Pearse

Now and in time to be,
Wherever green is worn,
Are changed, changed utterly:
A terrible beauty is born. (*VE*, 394)

あまりに長い犠牲は、
人の心を石に変えうるのだろうか。
だがいつになれば犠牲は十分と言えるのだろう。
それを決めるのは天の役目で、われわれの役目は
一人一人の名前を呟くことだ。
ちょうど母親が子の名を呼ぶように。
元気で走り回っていた子の手足に
ようやく眠りが訪れる時のように。
これは夕暮れに他ならないのだろうか。
いや、いや、違う。これは夜でなく死だ。
結局これは不要な死だったのだろうか。
なぜならこれまでの言動にもかかわらず、
イギリスは約束を守るかもしれないからだ。
彼らの夢は分かった。彼らが夢見て、
現在は死んでいることが分かるほど十分に。
だが愛が深すぎるゆえに、
彼らが死ぬまで当惑していたとしたらどうだろう。
私はしっかりと詩に書いておこう。
マクドナー、マクブライド、
コノリー、ピアス、
いま、そして未来にわたって、
緑の服が着られるところでは、
彼らは変容を、まったくの変容を遂げる。
恐るべき美が生まれた。

犠牲と憎悪の連鎖という解決不能な悪循環を前にして、イェイツは歴史の渦中にいる人間の限界に行き当たる。完結しない歴史に完結した意味を与えることができない生者であるイェイツは、故人の生前の記憶を反芻することに責務を見出す。そのイメージを幼子を寝かしつける母親に見立てるものの、そこにある覚醒可能な眠りと不可逆的な死の決定的差異に気付き愕然とする。完結してしまい、元に戻らない彼らの生の意味をイェイツは考えるが、それは仮定の入り込む余地のない事実と化した生の形である。彼らを追い詰めたイギリスの第一次世界大戦による自治の施行延期が撤回されたらという仮定自体が、彼がすでに死んでいるという紛れもない事実によって意味を失う。無駄な死であったという意味付け自体、彼がすでに死んでいるという事実をいささかも変えるものではないのだ。確実なことは生前の彼らが夢に突き動かされていたという事実である。それが「愛が深すぎるゆえに」、現実にどれほど支離滅裂な部分を含んでいたとしても。ここで第二連においてコンスタンスが最初に名指され、ピアスやマクドナーの文学者としての側面が強調されたことが意味を持ってくる。マクブライドにしても、その人格的欠陥と成し遂げた「恐るべき美」との乖離が、逆に夢と過剰なまでの祖国愛の例証となる。

　しかし最後に列挙される死者のリストからは、死刑を免れたコンスタンスは除外され、代わりに蜂起における第二の重要人物、共和国暫定政府副大統領のジェイムズ・コノリーが登場する。なぜなら蜂起の性格においてはコンスタンスが象徴的な人物であったとしても、ここでの問題は死者の生の意味付けに変わってきており、この時点で生者であるコンスタンスをここに加えることはできない。彼えらは死ぬことによって、逆説的にイェイツが後半生でしばしば理想とした「存在の統一」を実現したのである。それは生前の人間的欠陥を指摘したり、無駄な死という意味付けをすること自体が無意味な完結した生の在り方である。こうしてこの詩は彼らの否定しようのない生の形を刻み込んだ墓碑銘として完結する。

III. 結び

　始めに見たように、この詩は蜂起とその後の首謀者たちの処刑の衝撃がまだ生々しい時期に創作されている。しかし実際発表されるまでは4年ほどの冷却期間を経ている。とはいえ独立を賭けたイギリスとアイルランドの戦争は継続中であり、事態が決着する方向性はまだ見えていなかった。いわば政治的に強力な磁場において発表された詩である。リチャード・エルマンは「民族主義者と反民族主義者の双方を満足させたがゆえに、この詩は双方から酷評されてきた。双方の思想的要素を持つイェイツは自分の立場を余すところなく表現している」[6]と述べている。確かにコンスタンスやマクブライドの個人的欠陥を指摘しながらも、「恐るべき美が生まれた」と述べるイェイツは政治的バランスを心がけているように見える。ただコンスタンスに関する記述に見られるように、ポピュリズム的カトリック共和派の過激主義には一線を画していることは確かである。

　しかしこの詩は極めて政治的な主題を扱いながら、論点は最終的に個人と大きな歴史の関係、生者と死者の境界へと移行している。言葉を変えるなら、凡庸で卑小な個人が死の側に移行することによって、個人的不備欠陥を越えて大きな歴史のうねりを否定しようもない現実として形成してしまうことへの驚きがイェイツの詩にはある。したがって民族主義の側に加担した、または逆に反民族主義の側に加担した読み方は二義的なものに過ぎない。

　詩集ではこの詩の後にやはり蜂起の処刑者を扱った「16人の死んだ男たち」（'Sixteen Dead Men'）、「薔薇の木」（'The Rose Tree'）、本章で言及した「ある政治犯について」などが続く。「1916年のイースター」は蜂起を主題としたという意味では、これらの後続の詩と一グループを形成する。しかしもう一つの主題である歴史の大きなうねりという点ではこの後に登場する「再臨」（'The Second Coming'）とともに同詩集の峰の頂点を形成している。「再臨」には第一次世界大戦とイースター蜂起、その後の独立戦争がイェイツに与えた戦慄すべき歴史のヴィジョンが余すところなく描かれている。キリスト以後、約二千年の眠りの果てに再臨した第二の救世主は、冷血で破壊的なスフィンクスの化け物である。これが「1916年のイースター」で瞥見

された「恐るべき美」が拡大、進化したものであることは言を俟たない。ハロルド・ブルームが指摘するように、この二つの大作とその間の詩の配列は見事であり、[7] この詩集には時事的な切迫感と同時に、洞察力に溢れた歴史のヴィジョンを与え、イェイツの詩集のうちでも極めて完成度の高い内容になっている。

註

* 詩の引用は Peter Alt & Russell K. Alspach (eds.), *The Variorum Edition of the Poems of W. B. Yeats* (New York: Macmillan, 1956) による。(文中では *VE* と略し、ページ数を付す)。
1. Lawrence J. McCaffey, *The Irish Questions: Two Centuries of Conflict* (Lexington: University Press of Kentucky, 1995), p. 133.
2. R. F. Foster, *W. B. Yeats: A Life II: The Arch-Poet 1915–1939* (Oxford: OUP, 2003), p. 39.
3. Declan Kiberd and P. J. Mathews (eds.), *Handbook of the Irish Revival: An Anthology of Irish Cultural and Political Writings 1891–1922* (Notre Dame: University of Notre Dame Press, 2015), p. 411.
4. Joseph Hone, *W. B. Yeats, 1865–1939* (London: Macmillan, 1943), p. 293.
5. W. B. Yeats, *Autobiographies* (London: Macmillan, 1955), p. 488.
6. Richard Ellmann, *The Identity of Yeats* (London: Faber, 1954), p. 144.
7. Harold Bloom, *Yeats* (Oxford: OUP, 1970), p. 314.

参考文献

Henry Boylan, *A Dictionary of Irish Biography* (Dublin: Gill and Macmillan, 1978).

S. J. Connolly (ed.), *The Oxford Companion to Irish History* (Oxford: OUP, 1998).

Stephen Howe & J. E. Doherty, *A Dictionary of Irish History since 1800* (Dublin: Gill and Macmillan, 1980).

Alvin Jackson, *Ireland 1798–1998* (Oxford: Blackwell, 1999).

第八章

イースター蜂起以後のイェイツ

はじめに

　前章では 1921 年の『マイケル・ロバーツと踊り子』収録の「1916 年のイースター」を詳しく見てきた。この現代史、アイルランド史の激動期が円熟期を迎えようとするイェイツにどのような影響を与えたかを、同詩集で時事的な主題を取り上げたその他の詩で検討する。

　この詩集で時事的なものがテーマとなっているのは、「16 人の死んだ男たち」、「薔薇の木」、「ある政治犯について」、「群衆の指導者たち」('The Leaders of the Crowd')、「戦時のある瞑想」('A Meditation in Time of War') などである。そのうち「ある政治犯について」は前章ですでに論じたので除外する。この詩集はイェイツの詩集ではもっとも時事的なものの比率が高いと言えよう。1914 年の第 1 次大戦から 1919 年に始まる独立戦争までの激動の歴史の衝撃がしのばれる。

I.『16 人の死んだ男たち』

　蜂起と処刑の事実の重さを確認しているのが、次の「16 人の死んだ男たち」である。この詩の初出は、他の「薔薇の木」、「ある政治犯投獄者について」、「群衆の指導者たち」、「戦時のある瞑想」と同じく 1920 年の『ダイアル』誌 (*The Dial*) 11 月号である。従って、これらの詩は主題的に共通性があるだけでなく、作品群として相互に関連性を帯びて成立していると考えるべきだろう。発表時は独立戦争がまだ終結していない時期である。

第八章　イースター蜂起以後のイェイツ　143

「16人の死んだ男たち」は恐らくはイギリス人と思われる相手に語りかける形になっている。

> O but we talked at large before
> The sixteen men were shot,
> But who can talk of give and take,
> What should be and what not
> While those dead men are loitering there
> To stir the boiling pot? (*VE*, 395)

> あの16人の男たちが銃殺される前は
> ずいぶん長々と話し合った
> だが今は取引だとか、
> ああでもない、こうでもないと言えるかい、
> 沸騰した釜を混ぜっ返そうと、
> あの死人たちがその辺をうろうろしているのに。

　イースター蜂起指導者たちは処刑されることによって逆に「その辺をうろうろし」、「沸騰した釜を混ぜっ返そう」としている。すなわち彼らは歴史の一部となり、流動する現実に影響を与えているのだ。しかもそれはまったくの偶然の出来事ではなく、また蜂起指導者の処刑を性急に行った英国政府の失政ばかりが原因だとも言えない側面がある。それはある程度、蜂起指導者、特にパトリック・ピアスの計算の産物でもあった。前章で指摘したように、イースター蜂起の前年、1915年に84歳で逝去した古参民族主義者、前世紀のフィニアン運動を20世紀に伝えたジェレマイアー・オドノヴァン・ロッサの弔辞の中でピアスは「死から生命が生じる。愛国者男女の墓から生命ある国家が生じる」[1] と述べていた。従ってイースター蜂起は、単に国家独立のための武装蜂起と言うばかりではなく、アイルランド国家再生のための犠牲の儀式という側面もあった。ある意味で英国政府はピアスらが仕掛けた歴史の罠に掛かってしまったとも言える。血の犠牲は既成事実化して

しまった。それは第 2 連で巧みに語られる。

> You say that we should still the land
> Till Germany's overcome;
> But who is there to argue that
> Now Pearse is deaf and dumb?
> And is their logic to outweigh,
> MacDonagh's bony thumb? (*VE*, 395)

> ドイツを打ち負かすまで
> 国土を平定すべきだときみは言う。
> しかしピアスが聞こえない、話せない今
> そんなことを誰が論じ立てようか。
> そんな奴らの理屈が
> マクドナーの骨ばった親指ほどの重みがあるのか。

　蜂起指導者たちは処刑されて死者となることで、誰にも論破されない存在となった。死者たちに声は届かず、また話もできないことから議論することすらできない。すなわち論理で勝つことはできない。第 3 連では彼らは今ではユナイテッド・アイリッシュマンのエドワード・フィッツジェラルド卿やウルフ・トーンを仲間にし、骨と骨との会話をしているので、われわれに耳を貸すこともなければ介入することもないと示唆されている。死者はすでに歴史の一部となっているので、生者は議論や論理で対抗することはできない。生者が死者に唯一対抗する方策は、新たな歴史を自ら作りあげることである。ハザード・アダムズは「この詩はバラッド形式から多くのものを得ている。その不可避な形式によって議論は避け難いものとして形成される」[2]と述べているが、イェイツは因果関係や背景を説明することなく淡々と出来事を述べていくバラッド形式を巧みに用いている。それは死者の築いた歴史の重みを印象付けるのに成功している。

II.「薔薇の木」

　続く「薔薇の木」もバラッド調である。ここでは薔薇の木を巡るピアスとジェイムズ・コノリーの会話の形式が取られている。ピアスは言葉が軽々しく話されていると嘆く。そして次のように続ける。

　　　'Maybe a breath of politic words
　　　Has withered our Rose Tree;
　　　Or maybe but a wind that blows
　　　Across the bitter sea.' (*VE*, 396)

　　　「恐らく策謀に満ちた言葉の一息か
　　　または苦々しい海の向こうから
　　　吹いてくる風が
　　　われわれの薔薇の木を枯らしてしまったのだ」。

　この「薔薇の木」が原文では大文字書きされているので分かるように、ここでは寓意的に用いられていることは明白である。それは言うまでもなく理想化された祖国アイルランドに他ならない。美の象徴である薔薇が登場するのは、「1916年のイースター」で彼らが誕生させたものが「恐るべき美」であったこととも通じる。しかしここでは「美」であっても、まだ「恐るべき」ではない。しかもその薔薇を枯らしたのが「策謀に満ちた言葉」("politic words") としているところは、詩や劇もものした、本来は文人肌の理想主義者、ピアスらしい。

　それに対してコノリーは水やりが足りないからだと答える。水を十分与えれば、緑は甦り、蕾から花が咲いて揺れ動き、庭の誇りとなるだろうとコノリーは言う。これも社会主義者として長年奮闘し、1913年のロック・アウト事件ではゼネ・ストを指導したプラグマティストのコノリーらしい答えだ。

　だが最終連でコノリーへピアスはだがどこから水を引くのだと問う。井戸はどれも干上がっているとピアスは言う。そしてピアスの最終的結論は次の

ようなものだ。

> 'There's nothing but our own red blood
> Can make a right Rose Tree.' (*VE*, 396)

> 「ちゃんとした薔薇の木にするのは、
> われわれ自身の赤い血しかあるまい」。

　こうして理想のアイルランドという「美」は「恐るべき美」となる。イェイツはイースター蜂起がピアスにとっては血の犠牲の儀式でもあったことをある程度見抜いていたと言えるだろう。それと同時に、この一節は「1916年のイースター」の最終連の次の一節の注釈ともなっている。

> We know their dream; enough
> To know they dreamed and are dead;
> And what if excess of love
> Bewildered them till they died? (*VE*, 394)

> われわれは彼らの夢を知っている。
> 彼らが夢み、今は死んでいるのを知るほどに。
> だが彼らは死ぬまで、
> 愛の過剰に当惑していたとしたらどうだろう。

　この「彼らの夢」、「愛の過剰」とは、アイルランドという薔薇の木を蘇生させ、花を咲かせることに他ならない。すなわちイースター蜂起は、アイルランドを再び「黒いロザリーン」へ、「キャサリン・ニフーリハン」へ変容する神話的構造が内蔵されていたのである。

III.「群衆の指導者たち」

　この詩では民衆の扇動家たちが徹底的に批判されている。彼らは卑劣で手段を択ばず、正邪の区別さえ顧慮しない。そこにはコンスタンスへの批判とも共通点がある。例えば、「ある政治犯について」には「盲目となり、盲目の者らの指導者となり、／彼らの横たわる場所の不浄な溝水を啜る」という一節があったが、ここでは「……あたかも溢れる下水がヘリコンの泉であり、／誹謗中傷が歌でもあるかのように」("… as though/The abounding gutter had been Helicon/Or calumny a song".) (*VE*, 398) とあり、下水の汚辱のイメージが共通している。恐らくイェイツの脳裏では、イースター蜂起以後の扇動家と、シングの『西の国の伊達男』(*The Playboy of the Western World*) などでたびたび表面化する、カトリック系住民の自らの芸術運動への敵意が重なっている。20世紀になり、カトリック中流層が台頭してくると、そのオピニオン・リーダーとなったシン・フェインを主催するアーサー・グリフィスや、『リーダー』紙の主筆でアイリッシュ・アイルランド主義を標榜したＤ・Ｐ・モランはイェイツらの文学運動を激しく攻撃した。さらに自治の可能性が現実味を帯びるに従い、彼らの攻撃は激しさを増した。Ｒ・Ｆ・フォスターは次のように書いている──「シン・フェインが結成され、IRBダンガノン・クラブがジョン・マクブライドのような先進的ナショナリストに指揮されて活動するようになって以来、自治の見通しは一層『文化闘争』の様相を際立たせるようになった。それはアーサー・グリフィスやＤ・Ｐ・モランの排他的なレトリックと、（ウィリアム・カークパトリック・）マギーや（ジョージ・）ラッセル、イェイツ自身の多元的な議論の葛藤に象徴された」[3]。グリフィスやモランはカトリック・アイルランドを正統とし、イェイツらの文学を政治的にも文化的にも有害であるとして排斥しようとした。それに対してイェイツが強調するのは孤高の学究の姿である。

> .... How can they know
> Truth flourishes where the student's lamp has shone,
> And there alone, that have no solitude?

So the crowd come they care not what may come.
They have loud music, hope every day renewed
And heartier loves; that lamp is from the tomb. (*VE*, 398)

孤独を知らない彼らが知りえようか、
学徒のランプが灯ってきたところ、
そこでのみ真理は栄えるということを。
群衆は押し寄せるが、どうなっても気にしない。
鳴り物入りで、希望も日々変わり、
より良い恋人を求める。ランプは墓から照らす。

　扇動家たちのがさつで粗野な生命力と、学究の真理を照らすランプの光が対照されているが、最後にそのランプは墓から明かりを照らしている。まさにそれは風前の灯火と言えるのかもしれない。またこの最後のイメージは、同詩集の3つ先に収録された「再臨」の一節、「最善の者はあらゆる確信を失い、一方で／最悪の者らが激烈な熱情に溢れている」("The best lack all conviction, while the worst/Are full of passionate intensity".) (*VE*, 402) という黙示録的な情景を予示している。この扇動家たちがイースター蜂起から独立戦争を担っていたカトリック系アイルランド人の姿とするならば、この滅びようとしている孤高の学究のランプは、イェイツの属するアングロ・アイリッシュ系アイルランド人の文化的遺産を象徴するという解釈も成り立つ。

IV.「戦時のある瞑想」

　こういった流れで同詩集を締めくくる形で置かれているのが、5行のこの作品と6行の最後の作品、「バリリー塔の石に刻む」('To be Carved on a Stone at Thoor Ballylee') である。

> For one throb of the artery,
> While on that old grey stone I sat
> Under the old wind-broken tree,
> I knew that One is animate,
> Mankind inanimate phantasy. (*VE*, 406)

> 動脈が一つ鼓動する間、
> 風に折れた老木のもと、
> あの灰色の古い石に座り、
> 私は悟った。唯一者に生があるのであり、
> 人類とは生のない幻想であると。

　一見唐突に新プラトン主義の「唯一者」が登場するが、ここまでの同詩集の流れを考えると、これは突然ではない。「1916年のイースター」でイェイツは人間存在と行為の難問に直面した。個人的には欠陥や思い違いの多い蜂起指導者たちがなぜ「恐るべき美」をかりそめにも現出できるのか。そしてそれは「かりそめ」でもなく、国民議会の創設と独立戦争に発展しているさなかである。「1916年のイースター」ではこの難問は川の流れをかき乱す石と周囲の刻々と変転する自然風景の中に宙吊りにされた。
　この難問に対してイェイツは「薔薇の木」、「ある政治犯投獄者について」、「群衆の指導者たち」と書き進めるうちに思索を深めていった。自らの血による理想のアイルランドの蘇生、苦々しく、抽象的な思想に凝り固まったコンスタンスの「根源的な無垢」の回復の祈り、「群衆の指導者たち」の扇動家たちが一顧だにしない学究の叡智、こういった一連の論考の果てにイェイツは新プラトン主義を奉じるアングロ・アイリッシュの末裔としての自分の位置を再確認している。「再臨」の終末的な破壊の果てにスフィンクスの怪物を出現させるのは「世界霊」("Spiritus Mundi") なのである。それは個々人の欠陥、「策謀に満ちた言葉」、「自説に固執する精神」といった「生のない幻想」を超越するものである。イェイツがこの洞察を得る、嵐で折れた老木の下の灰色の古い石は、変化するものと変化しないものを併置する点にお

いて「1916年のイースター」の自然風景のミニチュア版である。

したがって、最後の「バリリー塔の石に刻む」でも滅びるものと滅びないものが対置される。

> I, the poet William Yeats,
> With old mill boards and sea-green slates,
> And smithy work from the Gort forge,
> Restored this tower for my wife George;
> And may these characters remain
> When all is ruin once again. (*VE*, 406)

> われ、詩人ウィリアム・イェイツ、
> 古い水車の板材と海緑色の石板と
> ゴート鋳造の金属細工で
> 妻ジョージのためにこの塔を修復す。
> すべてが再び廃墟に帰そうとも、
> この碑文は残るべし。

これ以後、イェイツの作品はここにあらわれた不滅の「碑文」("characters") がますますモデルとなっていく。それは同時に欠陥多く、移ろいやすい「人類」("Mankind") を離れて一個の「人格」("characters") へと自らを鍛えることでもある。1925年に出版されることになる『幻想録』(*A Vision*) の作業がすでに着々と進行しており、個人と歴史の流れを「唯一者」の体系のなかで見る視点がすでに表れている。

これらの短い2作品は従来論じられることは非常に稀であるが、次の詩集『塔』の冒頭を飾る「ビザンチウムへ船出して」('Sailing to Byzantium') を見るとその重要性は明らかである。まずあれは老人の国ではないと吐き捨てる老人が現世を逃れて、ビザンチウムへ向かうという設定自体が、「人類」から「唯一者」への移行を物語っている。その現世が蔑ろにしているのは「老いることない叡智の碑」("monuments of unageing intellect") である。

これは「群衆の指導者たち」の学究がランプの明かりで研究しているものであり、バリリー塔に刻まれた碑文である。

「唯一者」を体現するビザンチウムの賢者たちは「壁の黄金のモザイクのような」("As in the gold mosaic of a wall") 神の聖なる炎の中に立っている。老人は賢者たちに自分の心を聖なる炎で焼き尽くし、「永遠の人工物」("the artifice of eternity") へと浄化してくれるように懇願する。それは「……ギリシアの黄金細工師が／叩いた黄金と黄金のエナメル細工で作るような姿」("… such a form as Grecian goldsmiths make/Of hammered gold and gold enameling") である。こうして見てくると、「ビザンチウムへ船出して」という作品はこの短い2篇の詩に示されたアイデアを核として、それをビザンチウム美術という端正で流麗な舞台設定で変奏したものと言えよう。

結び

イェイツの初期の作風は非常に象徴主義的、神秘主義的であり、「ケルトの薄明り」(Celtic Twilight) と呼ばれた。ポール・ド・マンはこの文体を現実的な指示性を可能な限り抑えたエンブレムの文体と分析したが、[4] この文体は1899年の『葦間の風』(The Wind among the Reeds) で頂点を迎えると同時に行き詰まった。20世紀に入ってのイェイツの作風は言語の指示性を徐々に回復するが、それは単純なリアリズムへの回帰ではない。ド・マンによれば、20世紀以降のイェイツの詩は複雑なエンブレムの網の目に、知覚に依拠するイメージをところどころに絡めているということになる。[5] こういう観点からこれらの詩を眺めた場合、主題は確かに大部分、実際に起こった、起こりつつある事件であり、登場するのは実在の人物たちである。

しかし見てきたように、それらの出来事や人物は最終的に、人間の存在と行為の問題、それらが織りなす歴史評価の問題に移行していっている。その結果、登場する人物たちは、特定の個人から人間の存在と行為の問題を検討するための原型に変化している。例えば、「1916年のイースター」に登場するピアスやコノリー、マクブライドたちは、偶然の支配する喜劇的な時間か

ら、「恐るべき美」を現出する人間の原型であり、「薔薇の木」のピアスとコノリーは、「黒いロザリーン」の蘇生のために血の生贄儀式を行うアイルランド勇者の原型であり、「ある政治犯投獄者について」のコンスタンスは「苦々しく、抽象的な精神」が「根源的無垢」を鳥のシンボルによって回復する劇の原型である。また「群衆の指導者たち」の扇動家たちは、現実のグリフィスやモランというよりも、「学究」の叡智のランプを見失った人間たちの原型と言えるだろう。

このように、これらイェイツの作品中ではもっとも時事性が強い、すなわち特定の事件や人物への指示性が強い作品群は注意深く読むと、それらの本来の指示性のうえに、別な指示性が巧妙に付与されていることに気付く。すなわち、ド・マンの用語を借りるなら、特定の事件や人物は知覚が特定する自然イメージから出発して、徐々にイェイツの修辞の力によってエンブレムと化している。その結果、本来の事件や人物は、「戦時のある瞑想」の言葉で言えば「生のない幻想」("inanimate phantasy")となり、それらの事件や人物の「唯一者」との関係が「生あるもの」となっていく。そして最終的には「戦時のある瞑想」と「バリリー塔の石に刻む」の洞察に到達する。そしてこの洞察が「ビザンチウムへ船出して」を例に検証したように、詩集『塔』以降の詩の基本的構造になっている。

20世紀に入ってからのイェイツは、『葦間の風』までのエンブレムの文体からいかにして脱却するか模索していたが、逆説的にエンブレム文体から最も遠い時事的、政治的主題を追求することによってその方法を見つけ出していった。

註

1. Declan Kiberd & P. J. Mathews (eds.), *Handbook of the Irish Revival: An Anthology of Irish Cultural and Political Writings 1891–1922* (Notre Dame: University of Notre Dame Press, 2015), p. 411.
2. Hazard Adams, *The Book of Yeats's Poems* (Tallahassee: Florida State

University Press, 1990), p. 140.
3. R. F. Foster, *W. B. Yeats: A Life I: The Apprentice Mage 1865–1914* (Oxford: Oxford UP, 1997), p. 458.
4. Paul de Man, "Image and Emblem in Yeats", *The Rhetoric of Romanticism* (New York: Columbia University Press, 1984), pp. 145–238.
5. *Ibid.*, p. 193.

第三部

現代アイルランドの
ナショナル・アイデンティティ

第九章

パトリック・カヴァナーの アイリッシュ・アイデンティティ
―― 『大いなる飢餓』を中心として

はじめに

　1904年にモナハンの農家に生まれ、1936年に『農夫、その他の詩』(*Ploughman and Other Poems*) で詩人デビューしたパトリック・カヴァナー (Patrick Kavanagh) はW・B・イェイツ以後の最重要なアイルランド詩人のひとりであることは言を俟たないであろう。しかもカヴァナーの重要性は、ある意味でイェイツの対極に位置するところにある。特に老境に近付くにつれて高踏的で壮大な調子を強めていったイェイツに対し、カヴァナーはその出自からして庶民的かつ土着的である。

　シィオ・ドーガン編集の論文集『カヴァナー以降のアイルランド詩』(*Irish Poetry since Kavanagh*) の巻頭論文「カヴァナーとそれ以後」('Kavanagh and After') のなかで、オーガスティン・マーティンはカヴァナーとオースティン・クラークの2人を、イェイツ没後の第2次世界大戦から1950年代のアイルランド詩の暗黒期にアイルランド詩壇を支え、次代の詩人たちの開花に影響を与えた重要詩人と位置付けている。しかもマーティンによれば、この2人の詩的方向性は反対である。クラークはイェイツの路線を学識豊かに追求しながら、長い沈黙期間を挟んで純化していった。それに対して、カヴァナーにはイェイツの提示したテーマ自体がそもそも存在しない。唯一の例外が農民であるが、イェイツの農民がケルティック・トゥワイライトの神秘的な原始人であるのに対して、カヴァナーの農民はそれまで散文でも韻文でも表現されたことのない実像としての農民である。マーティンはカヴァ

ナーの次世代文学者への功績を次のように要約する――「カヴァナーが自分より遥かに教育も学識もある文学者たちに啓示したことは、詩的事柄は人生の所与の事柄から飛び出してくるということだ」[1]。このマーティンの指摘は重要である。なぜなら彼は与えられた現実から詩的なものを抽出する、言わばカヴァナーの「詩人性」をその最大の特徴と捉えているからだ。本稿ではカヴァナーのその「詩人性」の特質、またその「詩人性」が彼の「人生の所与の事柄」、すなわちアイルランド自由国からアイルランド共和国へと移行する、当時のアイルランド社会とどのように関係しているかを探っていきたい。

I. 2つのストゥール

　カヴァナーは1938年に自伝的小説『緑の道化』(*The Green Fool*) を刊行した。彼はモナハンで父から受け継いだ農家兼靴職人の仕事にいそしみながら、徐々に新聞や雑誌に詩を投稿していた。彼の文筆家に対するあこがれは次第に膨らみ、1931年12月には徒歩でダブリンを初めて訪れAE（ジョージ・ラッセル）を訪れている。1936年に処女詩集『農夫、その他の詩』を上梓すると夢はさらに膨らみ、1936年5月に僅かな金をポケットに半ば衝動的にロンドンに赴き、結局5か月ほど滞在する。かねてから文通していた詩人のジョン・ゴーズワース (John Gawsworth) とチェアリング・クロスのフォイル書店で偶然邂逅するなどの嬉しい出来事もあったが、結局はほとんど何の成果も挙げずに安宿の劣悪な環境に耐えて彼は帰国する。ここまでが『緑の道化』の内容である。

　このロンドン行きの決断をする過程が描かれているのが、31章の「2つのストゥールの間」である。この2つのストゥールとは、「土地の上にある安心と、文学のエキゾチックな島々の上の豊かな香りのする生活」[2]である。彼はこの2つのストゥールの間に捕らわれているという。彼は、本来自分は物書きですらなく、丘の上に奇妙な美しい光を見てきたにすぎないという。この2つのストゥールは「自然」(Nature) と「芸術」(Art) と言い換えられ、彼は毎日7回その間を嫌々ながら行き来する。途中でジョージ・ムーアとオス

カー・ワイルドに言及されているということもあり、この「自然/芸術」の対立は、19世紀末から続く「自然主義/唯美主義」のパラダイムの残滓にしか思えないかもしれない。しかし、その後に続く部分を読むと、そのような断定にはいささかの躊躇を感じる。少し長いが引用する。

> 桜草のころ、3月、4月の著とした野辺の音楽に満ちた静寂には興奮があった。ある丘のある小さな1本の畝の後を追うと私は自由で人間であることができた。
>
> 次から次へと私は有頂天になり幸福だった。私は今を生きることを生きていた。
>
> 5月のある日、私はうちのちょっとした丘の上に立ち、ラウスとミースの日光で斑になった平原を見渡し、生きてあることがどんなに素晴らしいことであるかを知った。緑の野と簡素な家々と捻じ曲がった素朴な人たちが、私にアイルランドの変わらぬ美しさを語った。足元には桜草と菫、夢の国のバグダッドの上を旅することができる魔法の絨毯があった。[3]

ここには「自然主義/唯美主義」のパラダイムに通底する、醜悪で悲惨な自然がない。自然主義は、そういった自然を無視する芸術や世間にその実態を示し異議申し立てをした。一方、唯美主義は、そういった自然に芸術的観点という補助線を引くことによって美しく、少なくとも人間にとって耐えられる見方を提唱した。

しかし、ここでカヴァナーが描いているのは、そういった自然ではない。それは「今を生きることを生き」る自然、「生きてあることがどんなに素晴らしいことであるか」を教える自然である。それは、普通の農夫なら毎年普通に経験する自然なのかもしれない。しかしカヴァナーにとって幸か不幸か分からないが、彼が普通の農夫と違ったことは、文学を読むことによって、その自然の美を文字で表現したいと思い、表現できてしまったことである。これがマーティンの言う「詩的事柄は人生の所与の事柄から飛び出してくるということ」なのであろう。『農夫、その他の詩』は冒頭からそのような一

種自足した即自的な自然とそれを享受する詩人の姿があらわれている。表題作「農夫」('Ploughman')は次のように締めくくられる。

> I find a star-lovely art
> In a dark sod.
> Joy that is timeless! O heart
> That knows God!⁴

> 私は黒い土くれに
> 星のように愛らしい芸術を見る。
> 時のない喜びよ、おお、
> 神を知りたる心よ。

　ここでは自然と詩人、芸術はすべて永遠の層のもとで繋がり一体となっている。それは一体となっているため、見る角度を変えるならば一瞬にも見えるだろう。例えば、次の「クロウタドリへ」('To a Blackbird')の第1連はこうなっている。

> O Pagan poet you
> And I are one
> In this—we lose our god
> At set of sun.⁵

> おお異教の詩人よ、きみと
> 僕とはこの点で
> 一緒だ。――僕らは日没とともに
> われらが神を失う。

　こうして汎神論的な一体感のうちに、自然と詩人は瞬間のまま永遠に包み込まれる。こうしたエピファニー的な体験の核は、カヴァナーの死後の1978

年に初めて公にされた大作『デルグ湖』(Lough Derg) などに発展していくだろう。さらにこの感覚は後にカヴァナーが提唱する「教区主義」(parochialism) にも通底している。1952年4月からカヴァナーは弟ピーターから800ポンドの出資を受けて『カヴァナーズ・ウィークリー』(Kavanagh's Weekly) を創刊する。彼は5月24日号の編集欄でこの考えを説いている。彼は似ているようで正反対の考え方として、「地方主義」(provincialism) を挙げる。地方主義はそれ独自の考えを持たない。地方主義は絶えず首都に目を向け、いかなることに関しても首都で言われていることを気にして、自分が目で見たものを信じようとしない。それに対して教区主義的な精神は、社会的な事柄でも、芸術的な事柄でも自分の教区で妥当とするものをいささかも疑わない。そして偉大な文明はすべて、この教区主義の精神に基づいているとカヴァナーは主張する。[6] この教区主義の持っている自足性と自信に満ちた独立性、ミクロコスモスのような普遍性は、先に見た詩における自然と詩人の一体感が背後にあると考えねばならない。そこでは一瞬が永遠になり、小さな教区が一つの宇宙に拡大する。カヴァナーの作品は、長編詩『大いなる飢餓』(The Great Hunger) にしても、自伝的小説『タリー・フリン』(Tarry Flynn) にしても、作品空間が一つの小宇宙を形成するような濃密さを持っているのはこのような考えが根底にある。

しかし同時に着目しなければならないことは、カヴァナーが「教区主義」と似て非なるものというより、対極にあるものとして「地方主義」を挙げていることである。それは自信がなく卑屈で、常に首都の動向を窺う。それはまた自信がないゆえに、自足し自信を持つものに不信や羨望の目を向けるだろう。『緑の道化』では夢見がちな主人公に対して、隣人たちはその空想性や仕事の非効率をからかいなじる。また『タリー・フリン』では、こつこつと貯金した金で新たな農地を購入したタリーと母親に対して、隣人は自分の私有地の通行を禁止して近づけないように嫌がらせをする。これらはアイルランド農村部の内実を内側から暴露し、根本的に批判するものといってもよい。

テレンス・ブラウンは『アイルランド社会文化史1922–1985年』(Ireland: A Social and Cultural History 1922–1985) の中で、アイルランド自由国独立後のアイルランド社会は、工業化された北アイルランドと分離されてしま

い、非常に均質的な農村社会であったとのべている。その後、1932 年にフィアンナ・フォイル党を率いるエイモン・デヴァレラが政権の座につき、16 年に渡る長期政権を維持する。その後も 1948 年から 1951 年、1954 年から 1957 年の 2 度の連立政権期を除いて、1959 年までデヴァレラの政権は続く。デヴァレラは小規模な自作農から熱烈な支援を受け、「アイルランドの工業化を促進する施策を行う一方で、アイリッシュ・アイルランド運動の国家的可能性のヴィジョンを熱烈に共有し、国家が工業化したヨーロッパに飲み込まれるより、慎ましやかで神を恐れる田舎の人の国というアイルランド像を好んだ」。[7] このような状況を背景に考えるとき、カヴァナーの批判の根源性が明確になってくる。この批判の性質を『大いなる飢餓』を中心に検討してみよう。

II.『大いなる飢餓』

この作品は 1941 年の暮れに書き上げられ、当時カヴァナーが懇意にしていたイギリス人詩人のジョン・ベッチェマンの仲介で彼の友人、シリル・コノリーが編集する『ホライズン』誌の 1942 年 1 月号に『老いた貧農』(*The Old Peasant*) というタイトルで発表された、全 14 部 759 行に及ぶ長編詩である。1939 年にカヴァナーは故郷を離れてダブリンで暮らすようになっていた。従って、この作品は舞台である故郷の農村からいったん離れて距離を置いて書かれた。もちろん描かれているさまざまな挿話はカヴァナー自身の体験に基づいており、作者と同じ名前を持つ主人公、パトリック・マグワイアー (Patrick Maguire) はある意味でカヴァナーの分身である。しかし注意しなければならない点は、あらゆる意味での分身というわけではないというところでる。マグワイアーはカヴァナーのような文学への関心もなければ、怒りを感じながらもカヴァナーのように故郷から脱出する勇気を持たない。それは作品冒頭ですぐに明らかになる。マグワイアーはカヴァナーが文学を知らずに故郷に留まった場合の分身である。

Clay is the word and clay is the flesh
Where the potato-gatherers like mechanized scarecrows move
Along the side-fall of the hill—Maguire and his men.
If we watch them an hour is there anything we can prove
Of life as it is broken-backed over the Book
Of Death? Here crows gabble over worms and frogs
And the gulls like old newspapers are blown clear of the hedges, luckily.
Is there some light of imagination in these wet clods?
Or why do we stand here shivering?
        Which of these men
Loved the light and the queen
Too long virgin? Yesterday was summer. Who was it promised marriage to himself
Before apples were hung from the ceilings for Hallowe'en?[8]

土くれが御言葉であり、土くれが肉である。
丘の斜面に沿って、芋掘りたちが機械仕掛けの案山子のように、
マグワイアーと仲間たちが動いているところでは。
彼らを1時間眺めて、人生が死の書の上で
背中を折られてしまったことを証明するものがあるだろうか。
ここではカラスたちが毛虫やカエルの上で喚き散らす。
古新聞のようなカモメたちは危うく生け垣をよけて飛ぶ、幸運にも。
この濡れた土くれになにがしかの想像力の光はあるだろうか。
さもなくば、なぜわれわれは震えながら立っているのか。
      これらの男のうちだれが、
光とあまりにも長いこと
処女であった女王を愛したのか。昨日は夏だった。ハロイーンに向かって、
リンゴが家の軒にぶら下がる前に結婚すると誓ったのはだれだったか。

全体の主題が非常に凝縮されたイメージで提示されている。芋掘りをする農夫たちは全身「土くれ」であって、神の叡智はおろかカヴァナーのように自然を楽しむ詩人の「想像力の光」を持たない。天国に入れる人間を記した「生命の書」ではなく、「死の書」の上で人生は背中を折られ、天の女王である聖母マリアはあまりにも長いこと処女のままである。すなわち、彼らには救世主イエスは降臨しない。また「なぜわれわれは震えながら立っているのか」は、ジョン・ミルトンの『失楽園』(*Paradise Lost*) のなかで、知恵の実を食べて死の恐怖におびえるイヴの言葉「なぜ私たちはこれ以上、恐れに震えて立っているのか」("Why stand we longer shivering under fears")[9] に酷似している。年末までに結婚するという誓いも実現する気配はない。すなわち彼らは救済も次世代への希望もないまま、泥まみれの労働に日々明け暮れざるをえない。

その最大の原因はアイルランドの農村の世界を支配する家族制度である。当時の農村の慣習では、親から家や土地、畑などの財産を譲渡されない限り、代替わりによる子供のひとり立ちはなかった。しかもマグワイア一家では、カヴァナーと同じく父親が比較的早く亡くなったが、母親はなかなか財産譲渡をしなかった。母親の死は早くも第2部の冒頭で語られる。

> Maguire was faithful to death:
> He stayed with his mother till she died
> At the age of ninety-one.
> She stayed too long,
> Wife and mother in one.
> When she died
> The knuckle-bones were cutting the skin of her son's backside
> And he was sixty-five.
> O he loved his mother
> Above all others.
> O he loved his ploughs
> And he loved his cows

And his happiest dream
Was clean his arse
With perennial grass
On the bank of some summer stream;
To smoke his pipe
In a sheltered gripe
In the middle of July—
His face in a mist
And two stones in his fist
And an impotent worm on his thigh.[10]

マグワイアーは死ぬまで忠実だった。
彼は母が死ぬまで一緒にいた、
母が91歳で死ぬまで。
母は長く生き過ぎた。
妻であり母だった。
母が死んだとき、
鉄拳は、息子の背中の皮膚を切り裂いていた。
その時、息子は65歳だった。
ああ、彼は母を愛していた、
他の何よりも。
ああ、彼は鍬を愛していた。
そして彼は自分の牛を愛していた。
彼の一番楽しい夢は、
夏の小川の岸辺で、
一年中生えている草で、
自分の尻を拭くことだった。
また7月の半ばに、
蔽いのある排水溝で
パイプをふかすこと。

霧の中に顔を突っ込んで、
　拳には 2 個の玉石を握り、
　太腿には役立たずの芋虫。

　母親は生きすぎた。せっかくの代替わりの時を迎えたが、息子はすでに65歳。すでに婚期は逃し、引用の最後の部分では性的能力も喪失していることが暗示されている。そんな母親を彼は「ああ、彼は母を愛していた、／他の何よりも」と書かれているが、それは多分にアンビヴァレントな愛情であり、第1部の最後のほうには「そして彼自身の心は母親を嘘つきと呼んでいることが彼には分かっていた」("And he knows that his own heart is calling his mother a liar.")[11] とある。母親は死ぬ間際まで息子にこまごまと仕事の指図をする。母は婚期を逃した妹のメアリー・アンへも同じ様にふるまう。それではなぜ息子は表面的には母親を愛していると述べるのか。それは母親の権威が息子の意識を支配して、息子の本心にある憎悪を押さえつけているからである。子供たちはフェアーなどで見世物になっている、殴り合う人形劇のパンチとジュディである。「母親は子供たちのパンチとジュディの糸を握っている」("She held the strings of her children's Punch and Judy …".)[12]デクラン・カイバードはアイルランドにおける「母／息子」関係の特殊性を論じている。母は夫に満たされなかった感情的充足を息子に求める。役立たずの父親のせいで空白となった空間は、全能の母親によって占拠される。そしてカイバードは上の一部を引用して結論付ける——「母親は〈妻であり母〉であるだけでなく、代理の父親にもなる」[13]。マグワイアーの場合、父親はすでに亡くなっているので、母親の存在はより大きなものとなる。
　また先の引用が示すように、この作品には排泄や性に関する赤裸々な描写が多い。そのため、この作品が掲載された『ホライズン』誌は、1929年に制定された悪名高い検閲法の対象になり発禁処分になったという噂が飛び交った。それらは結局デマだったのだが、ごく平凡な性や排泄の描写が検閲の対象になった当時に、この作品が検閲を免れたのは奇跡に近い。ただ当時同居していた弟のピーターによれば、彼らのアパートを刑事が訪問したことがあったという。[14] 排泄に関しては、作品冒頭で示された、精神を持たない「土

くれ」としての人間像が強調されている。人間が生物的な次元に還元されている。性に関しては、この作品の大きなテーマが性の抑圧にあることと関連している。

　先に述べたマグワイアーを苦しめた農村の家族制度のもたらした最大の弊害は、農村の住民の晩婚化、非婚化である。これはカヴァナーが暮らしたモナハン地方だけの問題ではなく、アイルランド全国で見られた事態であった。テレンス・ブラウンはアメリカの人類学者、C・M・アレンズバーグとS・T・キンボールが1930年代に西部のクレア地方で行った調査と、カヴァナーが『緑の道化』や『大いなる飢餓』で描く北東部のモナハンの農村生活を比較して、両者には驚くほどの類似点がいくつも存在すると指摘している。[15] これはアイルランド農村社会と家族制度がもたらす普遍的な問題なのである。

　始めのほうで母親の死という結論を予め提示しているこの作品は、いわばマグワイアーがなぜ母親に反抗できなかったのか、なぜ結婚を逃したのかということに関する生涯にわたる意識の流れの描写であると言える。無論、マグワイアーとて女性に無関心であったわけではない。

> He was suspicious in his youth as a rat near strange bread,
> When girls laughed; when they screamed he knew that meant
> The cry of fillies in season. He could not walk
> The easy road to destiny.[16]

> 若い娘たちが笑うと、彼は見慣れぬパンの近くにいるネズミのように、疑わしく思った。娘たちが叫ぶと、それはさかりのついた雌馬の叫びを
> 　意味すると
> 分かっていた。彼は運命へ向かって、
> たやすい道を行くことができなかった。

　この疑念があるため、マグワイアーは女性に対して自然な振る舞いができない。しかし逆に、彼の女性に対する憧れは高まり、「疫病」("plague") のよ

うになって彼を弱らせ、心に浮かんだ朧げな女性たちに淫らな想像をする。その思いは少なくとも。週に1度は耐えきれぬものとなり、彼は自慰行為に及ぶ。この行為は作品中少なくとも3回は暗示されている。マグワイアーは1日に14時間働き、そのおかげで畑に作物は実り、家畜は肥え太って繁殖し、野辺に花々は咲き誇る。しかしその只中にあって、マグワイアーは不毛な「去勢された男」("eunuchs") も同然である。初期作品にあった、自然と人間の満ち足りて高揚した調和はここには一切ない。むしろ後景の豊穣な自然が、徹底的に不毛なマグワイアーの存在をアイロニカルに際立させている。それを端的に象徴するのがイエロー・メドウでのエピソードである。

> Once one day in June when he was walking
> Among his cattle in the Yellow Meadow
> He met a girl carrying a basket—
> And he was then a young and heated fellow.
> Too earnest, too earnest! He rushed beyond the thing
> To the unreal. And he saw Sin
> Written in letters larger than John Bunyan dreamt of.
> For the strangled impulse there is no redemption.
> And that girl was gone and he was counting
> The dangers in the fields where love ranted
> He was helpless. He saw his cattle
> And stroked their flanks in lieu of wife to handle.[17]

> かつて6月のある日、イエロー・メドウで、
> 家畜のあいだを歩いていると
> バスケットを抱えた娘に会った。
> その時の彼は熱気を帯びた若者で、
> 余りにもまじめすぎた、あまりにも！ 彼は具体的なものを飛び越えて、
> ありもしないものに一気に向かった。彼は「罪悪」の二文字が、
> ジョン・バニヤンも想像しないほど大書きされているのをまざまざと見た。

窒息させられた衝動に、贖罪というものはありえない。
そしてその娘は去り、彼は畑における危険の数々を
数え上げていた。そこでは彼は役立たずだと、
愛の神が喚きたてていた。彼は家畜を見やり、
嫁をあしらう代わりに家畜の脇腹を撫でた。

　先に見られた彼の「疑念」がより明らかになる。それは「罪悪」("Sin") という、「具体的なもの」("the thing")ではなく、「ありもしないもの」("the unreal")である。これが彼の心に芽生えた恋の衝動を窒息させる。そして彼は臆病になり、家畜を撫でるという代償行為で満足する。いや満足はしていないかもしれない。この直後、彼は畑の中をやみくもに円環状に走り回る。彼は日に20回は畑を走り回る。それは帰還を歓迎するゴールのない不毛な円環であり、時間軸に沿って直線的に生育していく畑や家畜などの周りの自然とは著しい対照をなす。

　この不毛な独身の問題は男性に限られたことではない。マグワイアーの身近なところでは妹のメアリー・アンも婚期を逃した一人だ。彼女は教会の募金を求める近所の子供たちに激しい言葉で毒づき追い返す。明らかに自分の苛立ちを彼らにぶつけていることが窺える。しかしその苛立ちは彼女の心の奥底を蝕んでいる。彼らの母親が亡くなる大分前ではあるが、「彼女は中年の処女という煉獄のあいだで／天国、または地獄への解放を祈った」("And between the purgatory of middle-aged virginity—/She prayed for the release to heaven or hell.")。[18] エロスの捌け口のない彼女の心は、死への願望（タナトス）に憑りつかれている。

　もう少し若い娘たちはメアリー・アンと違って、まだ希望を捨てていない。小路の脇の芝生に座っている娘たちがいる。彼女らは脚を拡げて挑発的に人を見つめる。しかし彼女らに手を出そうという男はあらわれない。なかにはもっと奇矯な行動を取るものもいる。それはアグネスだ。ある夏の朝、店へと続く道の傍らの畑では、草が濡れて道にしだれかかっていた。

　　And Agnes held her skirts sensationally up,

第九章　パトリック・カヴァナーのアイリッシュ・アイデンティティ　169

And not because the grass was wet either.
A man was watching her, Patrick Maguire.
She was in love with passion and its weakness
And the wet grass could never cool the fire
That radiated from her unwanted womb
In that country, in that metaphysical land
Where flesh was a thought more spiritual than music
Among the stars—out of reach of the peasant's hand.[19]

そしてアグネスは煽情的にスカートをたくし上げた。
そしてそれは草叢が濡れていたせいでもなかった。
一人の男がそれを見ていた。それはパトリック・マグワイアーだった。
彼女は愛の情熱とその弱さに恋をしており、
そして濡れた草叢も、彼女の望まれぬ子宮から放たれた
炎を冷却することは叶わなかった。
その国では、その形而上学的な土地では。
そこで肉は星々の間の音楽よりも
もっと精神的な思想であり、貧しい農民には手が届かなかった。

　彼女もマグワイアーと同じく「ありもしないもの」、「形而上学的な土地」の犠牲者である。こうして多くの男女が同じような見果てぬ願いを抱きながら、年を重ね老いて行き、絶望的な老境に入っていく。マグワイアーは母親の「ミサに行って祈り、罪を告白すれば良いことがある」という言葉は嘘っぱちだと考えている。しかし最後の決定的な場面では、長年刷り込まれた現実離れした規範が彼らの行動を束縛する。そして彼は煉獄の炎からこの「捻じ曲がった枷」("the twisted skein")[20] が必要な苦しみであり、真実の愛を絞め殺す縄ではないことを証明してくれとキリスト教の神々に祈る。
　しかしその祈りは虚しい。それは彼らが自分たちの置かれた状況を抽象的に思考する能力を持たないからだ。彼らの読書は限られたニュースや娯楽雑誌、ないしは昔の年鑑や教科書に限定される。数字を使うのは精々競馬の賭

け率を計算するときだけである。余暇時間はパブでの談笑や、友人宅でのカード・ゲームに費やされる。マグワイアー自身は賢くありたいと思い、何度ももっと賢かったらと口にするが、これでは不毛な円環から脱出する術はない。かくして時間は虚しく過ぎてゆく。そして、その時は来る。第2部で予示された母親の死の場面は、マグワイアーの生涯にわたる意識の流れを追体験した後に、第12部で具体的に語られる。

> She died one morning in the beginning of May
> And a shower of sparrow-notes was the litany for her dying.
> The holy water was sprinkled on the death-clothes
> And her children stood around the bed and cried because it was too late for crying.
> A mother dead! The tired sentiment:
> 'Mother, Mother' was a shallow pool
> Where sorrow hardly could wash its feet ….
> Mary Anne came away from the deathbed and boiled the calves their gruel.[21]

> 母は5月の始めのある朝に死んだ。
> 夕立のような雀の泣き声が母の死への連祷だった。
> 聖水が寝具に振り撒かれた。
> 子供たちはベッドのまわりに立って泣いた。なぜならもう泣いても手遅れだったからだ。
> ある一人の母親が死んだ！もう疲れた。
> 「母さん、母さん」という声も悲しみがその足を辛うじて洗えるような、いささか浅い水溜りだった……。
> メアリー・アンは死の床から退散して、仔牛たちの餌の粥を煮出した。

ここにあるのは母を亡くした悲しみというよりも、自分たちの運命に対する落胆である。泣いても手遅れだというのは、泣いても母親は生き返らない

ということではなく、泣いても自分たちの運命を変えようがないからである。死んだのは自分の母親というより、「ある一人」の母親である。この結末はあまりにも長期にわたって予知してきたので、自分の体験というより客観的な、自分とは独立した体験になっている。あるのは待ち過ぎたが故の疲労感。愁嘆の涙も長期間貯め込んだせいであらかた蒸発している。すでに十分予期していたため、メアリー・アンの場合、すでに日常生活の中に繰り込まれている。彼女は直後に牛の餌作りにとりかかる。この場面は強烈な悲しみが不在なゆえに、奇妙なほど生々しくリアルである。

　この作品はかなり自伝的な要素が強いが、ここにはそれが一切ない。カヴァナーの母、ブリジットは1945年11月10日の朝に73歳で亡くなった。死の前日まで元気で、近郊のダンドークで買い物中に気分が悪くなり、寝込んだまま翌朝亡くなった。すでにダブリンで暮らしていたカヴァナーはその日に電報で母の死を知った。[22] 従って、彼は母の臨終には立ち会っていない。この作品の情景とは何から何まで対照的であり、何より第一に彼がこの作品を書いた時、母は69歳で元気に存命していた。従って、この作品はカヴァナーが自分の体験に基づきながら想像力を駆使して、文学を知らず故郷を出なければなってしまったかもしれない自分の姿を描き切った作品といえるだろう。

III. 結び

　このように『大いなる飢餓』は、それまでのケルティック・リヴァイバルやデヴァレラの称揚する理想化された田園の農夫の生活を「内側から」徹底的に否定している。ジョナサン・アリソンは「田園詩／反田園詩」の観点でカヴァナー作品を論じているが、[23] この作品はその中で「反田園詩」的要素が最高度に高まった作品といえる。そして最終的に彼の晩年の作品はカナル・ソネットに代表される、都会の田園詩とでもいうべきものになっていく。そういった意味で言えば、この作品は彼の作品では異色とも言えるが、そのインパクトは大きかった。何より759行、全14部というヴォリューム。この時期、カヴァナーはエリオットやオーデンを愛読していたというが、変

幻自在なスタンザや韻律の構成は、従来のステレオ・タイプの田園描写や農夫象を完全にリセットしてしまった感がある。

　しかもパトリック・マグワイアーの苦悶、悲哀、諦観は、カヴァナー自身が故郷に置き忘れてきたオルター・エゴとも言うべき説得力と斬新さを持っている。アントワネット・クィンは非常に浩瀚で洞察力溢れる評伝の中で、「マグワイアーはジョイスの麻痺したダブリン市民たちの田舎にいる従兄弟だ」[24]と述べているがけだし名言である。してみるならば、1914年にジョイスが都市生活に持ち込んだモダンな観点を、カヴァナーは28年遅れでケルティック・リヴァイバルや政治家たちの理想化のバリアーを乗り越えてアイルランドの田園に持ち込んだということになる。カヴァナー自身が30歳代半ばまで農夫の生活を経験してそれを骨身に沁みて熟知しており、その後、新ダブリン市民として貧乏詩人となっただけに、マグワイアーとダブリン市民の血縁関係は濃厚なものとなった。それは理想化のヴェールを払いのけて裸眼で田園を眺め、新たな詩的世界に再構築する端緒を開いた。それは荒涼とした絶望的な情景であったかもしれないが、ジョン・モンターギュ (John Montague)、シェイマス・ヒーニー (Seamus Heaney)、ポール・ダーカン (Paul Durcan) などの才能ある後進詩人たちには逆説的に大きな刺激となったことは疑いない。さらに言えば、ジョン・マクガハン (John McGahern) やブライアン・フリール (Brian Friel) などの執拗に田園地帯を舞台にして、アイルランド人のアイデンティティを追求する小説家や劇作家にも直接、間接に大きな影響をいまだに与えている。これらの文学者たちが描く田園地帯は、カヴァナーが「教区主義」で説き、『大いなる飢餓』で描き切ったような完結した小宇宙であり、人間の逃れられない与件である。人間の栄光も悲惨もすべてはそこにある。

註

1. Theo Dorgan (ed.), *Irish Poetry since Kavanagh* (Dublin: Four Courts Press, 1996), p. 29.

2. Patrick Kavanagh, *The Green Fool* (London: Penguin Classics, 2001), p. 239.
3. *Ibid.*
4. Patrick Kavanagh, *Collected Poems* (London: Martin Brian & O'Keeffe, 1972), p. 3.（以下、*CP* とする）
5. *CP*, p. 3.
6. Patrick Kavanagh, *Collected Pruse* (London: MacGibbon & Kee, 1964), p. 282.
7. Terence Brown, *Ireland: A Social and Cultural History 1922–1985* (London: Fontana Press, 1981), p. 145.
8. *CP*, p. 34.
9. John Milton, *Poetical Works* (London: OUP, 1966), p. 421.
10. *CP*, p. 37.
11. *CP*, p. 37.
12. *CP*, p. 51.
13. Declan Kiberd, *The Irish Writer and the World* (Cambridge: Cambridge University Press, 2005), p. 180.
14. Peter Kavanagh, *Sacred Keeper: A Biography of Patrick Kavanagh* (Newbridge, The Goldsmith Press, 1980), p. 104.
15. Brown, *op. cit.*, pp. 22–23.
16. *CP*, p. 35.
17. *CP*, pp. 39–40.
18. *CP*, p. 47.
19. *CP*, p. 42.
20. *CP*, p. 43.
21. *CP*, p. 51.
22. Antoinette Quinn, *Patrick Kavanagh: A Biography* (Dublin: Gill & Macmillan, 2001), p. 231.
23. Jonathan Allison, "Patrick Kavanagh and Antipastoral", *The Cambridge Companion to Contemporary Irish Poetry*, Matthew Campbell (ed.), (Cambridge: Cambridge University Press, 2003).
24. Quinn, *op. cit.*, p. 175.

第十章

ブライアン・フリール『トランスレーションズ』論

I. はじめに

　ブライアン・フリールは現代アイルランドを代表する劇作家である。『トランスレーションズ』はフリールの代表作のひとつであるばかりでなく、フィールド・デイ劇団の旗揚げとして 1980 年 9 月 23 日にデリーのギルドホールで上演された。これは同ホールがそれまでプロテスタントの牙城であったことを考えると画期的な出来事である。その後フィールド・デイは演劇にとどまらない文化運動として発展し、大部のアンソロジーを次々と生み出したが、それに伴って政治性や女性観への批判も浴び、フリールは次第に距離を置くようになっていった。しかしフィールド・デイとは別個に『トランスレーションズ』は世界各地で盛んに上演されその都度大きな反響を生んでいる。それでは、この作品のどこにそのような反響を生み出す力があるのであろうか。本章では舞台となるヘッジ・スクール、歴史的背景にある陸地測量局、測量局の任務を帯びたイギリス人中尉ヨーランドをアイルランドに惹きつける原因となったロマン主義、また彼の劇中での運命を探ることによって、この作品の重層的構造を解明していきたい。

II. ヘッジ・スクールと国民学校

　この作品の舞台は 1833 年のドニゴールの田舎のアイルランド語地域、バリャ・ビョグ (Baile Beag) である。この時代設定は絶妙で、ユナイテッド・アイリッシュメンの反乱とその凄惨な鎮圧、その後の強引なアイルランド併

合の30数年後である。アイルランド併合によるアイルランド自治議会の解散には、交換条件としてカトリック解放が約束されていたが、ジョージ3世の反対によって結局実現することはなかった。残されたのはイギリスによる政治的、経済的圧迫と、自治議会解散に伴う上流階級のイギリス流失によるダブリンの空洞化と経済停滞であった。ダニエル・オコンネルが組織した大規模なカトリック解放運動は1829年にカトリック解放を奇跡的に達成し、さらにアイルランドとイギリスの併合を取り消すリピール運動に発展して勢いを増したが、その総決算の1843年のクロンターフの大集会が政府の中止命令によって頓挫したことによって、勢いを殺がれヤング・アイルランドなどの離反を招いた。そして1845年からは未曾有の被害を与えたジャガイモ大飢饉が始まる。舞台設定はそんなアイルランド併合、カトリック解放と、リピール運動の挫折、大飢饉に挟まれた時期である。

　劇の主な舞台となるのは村のヘッジ・スクールの教室である。ヘッジ・スクールは刑罰法により教育の機会を奪われたカトリックの子弟に長年にわたって基本的な教育を与えてきた。法で禁止されている教育を行うため、多くの場合見張り役が立ち、いつでも解散できるように野外で行われることが多かったので、「ヘッジ・スクール（生垣学校）」の名前で呼ばれるが、18世紀には広く普及してある程度制度化し、農家の一室や納屋、教師の自宅で授業が行われることも多かった。[1] ここでも教師ヒュー・オドンネルの自宅を兼ねた納屋が教室になっている。アイルランド語地域なので授業はアイルランド語で行われ、子供向けの昼の授業と、年長者向けの夕方の2部に分かれており、主な舞台となる夕方の授業はラテン語、ギリシア語の授業が中心である。モイラ、セアラ、ドールティ、ブリジットなどが生徒で、なかには60歳代の老人であるジミー・ジャック・キャシーも混じっている。彼は出だしで次のように描写されている。

　　天才くんと呼ばれ、一人座ってホメロスをギリシア語で満足げに読みながら一人微笑んでいる。彼は60歳代の独身男で、一人暮らしをしており、仲間と知的刺激を求めて夕方のクラスに来ている。彼はラテン語、ギリシア語が堪能だが、学問をひけらかす風は全然なく、彼にとっ

てこれらの古典語を話すことは全く普通のことである。彼は風呂に入ることがない。彼の服、今着ている重いトップ・コート、帽子、二股手袋は薄汚れていて、彼は夏も冬もそれらを着て生活している。彼は静かな声で読み、心から満足そうに微笑んでいる。ジミーにとって神々や古代神話の世界はバリャ・ビョッグの町の日常生活と同じぐらい現実的で、すぐそこにある存在である。[2]

　これは実に驚くべき人物像である。粗末な身なりや高齢で独身であることから、貧しい農民であることが一目瞭然の人物がホメロスを原文で読み心から堪能している。しかも、このジミーは自分でも認めるようにほとんど英語を知らない。アイルランド語を母語とし、英語をほとんど知らない僻地の貧しく高齢の農民が、アイルランド一の名門大学、トリニティ・カレッジ・ダブリンの学生にとっても難しいホメロスをすらすら読んで楽しみ、ラテン語の質問は正確に即答するのである。フリールが執筆の際に参照した教育史家のＰ・Ｊ・ダウリングによれば、大学や聖職者を目指す生徒のために古典語を教育したヘッジ・スクールもあったというが、ジミーの場合は身なりや年齢から言ってそれには該当しない。ただしダウリングは続けて、貧しい身なりの少年がラテン詩に精通していたり、ケリーの英語の話せない山羊飼いの農民が流暢にラテン語を話した例を紹介している。[3]
　それではこの学校の教師ヒューはいかなる人物かという疑問が湧いてくる。彼は古典語教育に情熱を燃やす理想主義の教師なのだろうか。一面ではそうも言えるし、かつてはそうであったのかもしれない。しかし登場してきたヒューは情熱を燃やすという表現はいささか当て嵌まらない。生徒たちは集まってくるが、ヒューは生まれたばかりの私生児の洗礼の儀式に行ったままなかなか現れない。相当に遅れてやってきたヒューは次のように描写されている。

　　大柄な男で、威厳の名残りがあるが、服装はみすぼらしく、杖を持っている。いつものように大量の酒を飲んでいるが、すこしも酔っていない。60歳代前半である。(*PO*, 397)

「威厳の名残」とあるが、生徒たちにはかなり権威的に振る舞い、授業は生徒たちを次々指名し、答えが不正確だったり、遅かったりするとすぐ次を指名する。1833年の段階で60歳代前半ということは、逆算すると1770年前後の生まれである。ということは、1763年生まれのウルフ・トーンやエドワード・フィッツジェラルド卿の数歳年下、1778年生まれのロバート・エメットや、1779年生まれのトマス・ムーアの10歳ほど上の世代ということになる。実際、ヒューは1798年のユナイテッド・アイリッシュメンの蜂起に、同世代のジミーとともに参加していた。劇の終わりで長男マナスが家を出て、次男オーウェンが抵抗軍に参加しに行ってしまうと、珍しく酩酊したヒューはジミーに語りかける。

> スライゴーへの道、1798年の春の朝、出陣、覚えているか、ジェイムズ。矛を肩にかけ、ポケットには『アエネイス』を入れた二人の伊達男だった。あの日の朝にはすべてのことがきっかりと決まったように思えた。希望と過去と可能性がひとつに奇跡的に一致した。瑞々しい緑の大地を横切っていくと、ものを見るリズムが高鳴って、頭の中で企てることすべてが加速していった。あの日の朝、俺たちは神だったよな、ジェイムズ。俺はわが女神、カトリン・ドヴ・ニク・リャクタンと結婚したばかりだった。彼女の魂よ、安らかに。新妻と揺り篭の中の生まれたばかりの息子をおいて出陣した。これも英雄的だったな。(*PO*, 445)

ヒューとジミーは1798年の時は20歳代後半から30歳前後、指導者の世代のトーンやフィッツジェラルド卿ともっとも若手のエメットの中間で、反乱の中核を担った世代だった。この高揚した回想とは裏腹に、途中のパブで一杯やるうちに郷愁に駆られ帰ってしまうという落ちがつくが、反乱は惨たらしく鎮圧され、参戦した仲間の多くは冷酷に虐殺された。二人は恐らく執拗な追求を逃れ、かろうじて田舎教師と貧しい農民に身を潜めたのであろう。したがって、英語を拒否し、ひたすらアイルランド語と古典にこだわるヒューの姿勢は、消極的ながらもイギリスに対する反抗のモチィーフが隠されている。青春の夢を砕かれ、仲間を凄惨に虐殺された者の最後の抵抗である。妻

は女神に神格化されているが、「カトリン・ドヴ (Caithlin Dubh)」は言うまでもなく、「カスリン・ニ・フーリハン (Cathleen ni Houlihan)」と「黒い薔薇 (Róisín Dubh)」の合成である。新妻をおいて出陣するというモチィーフはイェイツの『カスリン・ニ・フーリハン』(*Cathleen ni Houlihan*) を踏まえている。「黒い薔薇」は、エリザベス朝末期にヒュー・オニールとともに9年戦争でイギリスと戦った武将、レッド・ヒュー・オドンネルが薔薇になぞらえられたアイルランドに呼びかけるアイルランド語詩である。これは彼らとまさに同時代を生きていたジェイムズ・クラレンス・マンガンが「黒いロザリーン」として自由訳したことはすでに第三章で論じた。薔薇の黒はスペインの援軍とともに彼らが打倒するイギリス軍の血である。また彼の名前もこのレッド・ヒューに因んでいる。反英の精神は名前からして明らかである。9年戦争のテーマは後に1988年の作品『歴史を作る』(*Making History*) で追求される。

　しかし、そんなヒューの姿勢も1833年の時点ではすでに時代遅れとなっている。ヒューは英語は商売するのに特に向いていると言い、「英語では……われわれのことを本当に伝えることはできない」(*PO*, 399) と付け加える。政治的な次元で敗北した者は、精神の次元で優位に立とうとする。英語を商売の言葉と見下し、アイルランド語や古典語を神話や文学を語る言語と賞賛するヒューには、こういった姿勢が見える。彼はアイルランド語を脱俗的古典語に「翻訳」して考え、その高尚性を誇る。そのことは同時にアイルランド語を古典語と同じような死語にすることでもある。だが女子生徒の中で一番活発なモイラはダニエル・オコンネルのアイルランド語は現代の進歩の妨げだという演説に触発されて、自分は収穫が済んだらアメリカに移民するので英語を教えてほしいとヒューに迫る。

　しかも一女生徒の反抗だけではなく、時代は確実にヒューの姿勢を過去のものにしつつあった。1831年にアイルランド担当大臣であった第14代ダービー伯爵エドワード・スタンリー（後に首相）が導入した国民学校がその急先鋒である。この制度の背後には1829年のカトリック解放で長年の夢であった公民権を獲得したカトリック住民を、英語と英文学で大英帝国の国民に馴致しようという文化的植民地政策がある。1830年代にアイルランド国

教会の10分の1税をめぐって各地で騒動が頻発する中、この制度では特定の宗派によらない教育が推奨された。近々この国民学校が村に開設されることが決まっている。舞台設定が1833年と特定されている最大の理由がここにある。ドニゴールの辺鄙な村にも遅ればせながら国民学校がやってくる時期である。

　この国民学校の教師にヒューは志願する。私生児の洗礼儀式に行く途中で、治安判事のアレグザンダー氏に出会い、国民学校の教師を担当するよう懇願されたとヒューは得意気に語る。それに対してヒューはヘッジ・スクールで35年間（ということは、ユナイテッド・アイリッシュメンの反乱の直後からである）やってきた教育を自由に行えるならやろうと答える。それは取りも直さず、アイルランド語で古典を教える教育に他ならない。アレグザンダー氏は「丁重かつ力をこめて」("courteously and emphatically") そうしてくれと答えたとヒューは言うが、これが社交辞令であることは明白である。劇の最後で新任の国民学校教師はコーク出身のベーコン加工業者の男に決まったことが明らかとなる。ユナイテッド・アイリッシュメンの理想を胸に秘めながら頑なに硬直してしまったヒューの脳裏には、自分の傲慢とも言える返事が、アレグザンダー氏の胸中にどのような反応を引き起こしたか想像する余地がない。ヒューがヘッジ・スクールと同じやり方で教える限り、国民学校を開設する意味はどこにもない。

　だが問題はこれだけではない。この国民学校の新任教師のポストを狙っているのはヒューだけではない。最大のライバルはもっとも身近にいた。ヒューの長男マナスである。ヒューの回想で反乱に参加したときは新婚で、子供が生まれたばかりだったとあるので、マナスはちょうど30歳代半ばである。しかし定職はなく独身で、ほとんど無給で父の学校を手伝ったり、代講している。彼は脚に障害があり、少し引き摺って歩く癖がある。劇はマナスが言語障害のあるセアラに必死で言葉を教えようとする場面で始まるが、その熱心で献身的な姿は彼の教師としての資質の高さを示している。彼の人柄と、彼が父の学校を手伝っていることは村では周知の事実であり、資質と若さから考えて、彼が英語で教育するといえば、おそらく新任教師のポストは外部から招聘するまでもなく、彼のものとなっただろう。最南端の遠く離れたコ

ークからアイルランド北西部のドニゴールへ、しかも教育とは無関係の前職を持つ人間を招聘しなければならないことが、新設の国民学校に適切な資格を持った教師がいかに不足していたかを雄弁に物語っている。しかしマナスは応募しない。それが明らかとなる場面は、この劇の複雑な人間関係が凝縮しているので少し長いが引用する。アメリカの地図を見るモイラに、マナスはアメリカに行きたくないと言っていたではないかと問いただす。するとモイラは突然話題を変える。

    モイラ：新しい国民学校の仕事は申し込んだの。
    マナス：いや。
    モイラ：申し込むと言ったじゃない。
    マナス：申し込むかもしれないと言ったんだ。
    モイラ：あそこが始まったら、ここはおしまいだわ。誰もお金を払ってヘッジ・スクールになんか来ないわ。
    マナス：わかってるよ。僕は……、（自分の肩口でセアラが明らかに聞き耳を立てているのを見て、話を中断する。するとセアラは向こうに行く）。もしかしたら申し込めるかもしれないと思ったんだ……。
    モイラ：みすみす年収56ポンドを見逃すつもりなの。
    マナス：僕には申し込めないんだ。
    モイラ：だって申し込むって私に約束したでしょ。
    マナス：親父が申し込んじまったんだ。
    モイラ：うそでしょ！
    マナス：ああ、おとといにね。
    モイラ：なんてこと、お父さんじゃ無理だってわかっているじゃない。
    マナス：申し込めなかった。親父には逆らえない。
      （モイラはマナスを少しの間見つめる。そして）
    モイラ：勝手にしなさいよ。　　　　　　　　　　　　(*PO*, 394)

ここで分かることは、息子のマナスと利発な生徒のモイラの眼には、ヒューが新時代の国民学校教師としては不適格と見抜かれている点である。また

モイラはマナスが国民学校の教師に応募し採用されることを期待していた。その期待の背景には、マナスが安定した職と収入を確保した暁には、晴れて二人が結婚できるという暗黙の了解がある。しかしこの期待にもかかわらず、マナスは父親を押しのけて応募することができない。アイルランドの、とりわけ辺境の地に根強い家父長制度の呪縛をマナスは断ち切ることができない。例えば、ジョン・ミリントン・シングの『西の国の伊達男』(*The Playboy of the Western World*) でよそ者クリスティが村のパブで父親殺しを告白して人気者になるストーリーが大きな反発を招くと同時に一定の支持を獲得する理由がここにある。それは誰もが密かにしたいと思いながら、できないことだからだ。モイラにもマナスが父親を押しのけて応募することが困難なのは分かっている。しかし彼女はマナスの勇気のなさが許せない。それはマナスが父親と自分を秤にかけて、父親をとったことを意味するからだ。そんなマナスにモイラは愛想を尽かす。自分の運命を切り開けない男に女はついて行くことができない。モイラがヒューにアメリカに移民するので英語を教えてくれと要求するのはこの直後である。それはマナスと結婚できないと公言するのに等しく、またマナスの意識を抑圧しているヒューへの婉曲な抗議でもある。

またマナスの会話を一時中断させたセアラの行動には、自分を熱心に教えてくれるマナスへの密やかな思慕の思いが控えめながら見え隠れしている。彼女にも二人の仲は分かっているが、それがどういう方向に進むか無関心ではいられない。これが後に劇の展開を大きく左右する伏線になっている。

モイラが言うように国民学校の開設によって用済みになろうとしているヘッジ・スクールという閉じた空間では、このように権力構造と愛憎が複雑に交錯している。それはまさに劇の出だしの私生児の誕生と洗礼、言語障害のセアラを教える脚に障害のあるマナス、モイラの発言に出てくるジャガイモ飢饉の前兆の花の甘い香りに象徴される、崩壊の予兆を孕んだ閉塞した空間である。その閉塞を打ち破ることは、長男マナスが象徴的に父親殺しを行う、すなわち父に代わって新設国民学校の新任教師となり英語の教育を行い、モイラと結婚すれば可能だった。

しかし見てきたようにヒューは若き日の理念が一種の凝り固まったイデオ

ロギーとなって、すでに失墜している自分の権威に無自覚であり、マナスは父を引退に追い込む勇気がないため定職を獲得し結婚する方策が見出せない。彼は脚に障害を持っている点はオイデップスと共通するが、父を葬れない逆オイデップスである。マナスの障害は幼児のときに父が揺り籠に倒れこんだのが原因だったというエピソードがそれを象徴している。脚はしばしば男性の生殖能力の象徴とされるが、マナスは父親によって生殖能力を阻害されている。こうして実質のない家父長制は存続し、母親は亡くなって不在である。ある意味でこの状況は独立後のアイルランドでデヴァレラの清貧な田園国家の理想が国民に抑圧的に作用した場合もあったことを寓意しているようにも読める。この停滞に風穴を開けるかのように突然登場するのが、家を出てダブリンで成功しているオドンネル家の次男オーウェンである。

III. 陸地測量局と「翻訳」

オーウェンはダブリンに9軒の店を持ち、6人の召使を雇い、12頭の馬を所有している。しかし今回6年ぶりに帰郷した理由は陸地測量局の通訳としてである。彼は陸地測量局の二人の軍人、ランシー大尉とヨーランド中尉を連れてくる。この二人は実に対照的である。

> ランシー大尉は中年で小柄の、てきぱきとした軍人で、地図作成の分野の専門家だが対人関係、特に民間人、とりわけここに登場する異国の民間人との対人関係が苦手である。行動は得意だが、言葉を操るのは苦手。ヨーランド中尉は20歳代後半、ないしは30歳代前半で、背が高く痩せていてぎこちない。金髪で、挙動は恥ずかしげで不器用である。何かの間違いで兵隊になった男 ("A soldier by accident")。(*PO*, 404)

ランシーは現実家で想像力に欠けた典型的なジョン・ブルであり、ヨーランドはおよそ軍人には不向きな詩人肌である。この辺りの人物造型はいささか類型的な感がないこともない。彼らは地元民の話すアイルランド語が分か

第十章　ブライアン・フリール『トランスレーションズ』論　183

らず、地元民は英語が分からない。この間に入るのが両者を通訳するオーウェンである。ここでタイトルの「トランスレーションズ（翻訳、通訳）」がもっとも明白な形で登場する。しかし同時に忘れてはならないことは、タイトルの「トランスレーションズ」が複数形であることだ。オーウェンの通訳もここに含まれることは当然だが、それに限定されるわけでもない。これについては後により詳しく考えたい。

　オーウェンは自分の仕事を「きみたちが喋り続けている変てこで古臭い言葉を、王様の立派な英語に翻訳することさ」(*PO*, 404) と述べる。彼はアイルランド語より英語が、アイルランドよりイギリスが優位にあることを自明のことと考えている。そのため彼の通訳なるものは著しく便宜的で、時に不正確ですらある。ランシー大尉は住民たちに測量調査の目的を説明するが、オーウェンの通訳はそれを微妙に言い換える。

> ランシー大尉：結論として、われわれの運営上の憲章であるところの白書から、二つ短い抜粋を引用したいと思います。（読み上げる）「従前のアイルランドの調査はすべて、資産の没収、ならびに暴力的な譲渡に端を発してきた。しかるに本調査は、土地の所有者、占拠者を不公平な課税から救済することをその目的とする」。
>
> オーウェン：大尉殿は住民が工兵たちに協力して、新しい地図ができた結果、税金が軽減されることを希望されている。(*PO*, 406)

　ランシーは「不公平な課税から救済する」と言っている。測量の結果、登記よりも実際の土地が狭かった場合は当然減税になるが、逆に登記より土地が広いことが判明すれば増税になるのは言うまでもない。オーウェンは前半の減税に焦点を当てることにより、後半の増税の可能性を覆い隠して住民に受け入れやすく言い換える。その背後には先に言ったイギリスの優位と、そのイギリスが行う測量事業が無前提に利益をもたらすという確信がある。そのためオーウェンは翻訳するだけでなく、意味を多少犠牲にしても現実を前に進めようという態度を取る。マナスに翻訳のいい加減さを指摘されても少しも悪びれる様子はない。それどころか二人のイギリス人はオーウェンをロ

ーランドと呼ぶ。マナスはこれも指摘するが、オーウェンは最初から聞き間違ったか、彼らはオーウェンと言えないのだろうと言い、「そんなものはただの名前だよ。俺は同じ俺だよ、そうだろう」と意に介さない。あくまで現実と実利が優先で、名前や言葉は便宜的なものだというのがオーウェンの立場である。彼は自分を成功に導いた近代化を推進するため、敢えて薄給の通訳を志願している。

ここで陸地測量局の活動を振り返ってみる。測量局がイギリスに設置されたのは1791年で、フランス革命によるフランス軍侵攻の危機に備える軍事的要請の一環であった。1824年に測量がアイルランドへと拡大されるころにはフランスとの軍事的危機は過ぎ去り、ランシーの発言にあるように課税の厳密化のために地名、土地の境界、面積を確定するという民生的性格が強くなった。測量局の活動は次第に測量、地図作成だけにとどまらず、土地の習俗、慣習、言語、伝説、神話などの情報を総合的に把握する方向に進んでいった。最盛期は2千人を越える人員が動員されたと言われている。そこにはユージン・オカリー、ジョン・オドノヴァン、ジョージ・ピートリーなどが参加し、彼らはアイルランド民俗学、考古学の基礎を築くとともに、彼ら自身がここでの活動を元に卓越した民俗学者、考古学者になっていった。また詩人のジェイムズ・クラレンス・マンガンは翻訳などの仕事を行い、同じく詩人のサミュエル・ファーガソンは無償で協力した。調査はデリーから始まり、カウンティごとに移動して最後はケリーで終了する。1839年に最初の報告書が出されたが、拡大した活動に資金が追いつかず、政府は1843年に中止を決定した。最後のケリーの地図は1846年に出版された。

陸地測量局の活動は言わば、それまで闇に閉ざされてきたアイルランドの全貌を、全地域の地理、地形のみならず、そこに暮らす人間の全活動を過去も含めて白日の下に晒す大規模な試みであった。ここで問題なのは、この前代未聞の試みが現場にいかなる波紋を投げかけるかということだろう。文化人類学者が指摘するようにフィールド調査をすることによって、その社会は影響を受ける。調査がいかに公平中立を装っても、調査された社会は調査以前の社会とは別のものになってしまう。この過程は第2幕でヨーランドとオーウェンが実際に作業を行う場面で明らかである。彼らは工兵たちが測量

して作成した地図に地名を記入する作業をしている。地名はアイルランド語だが、地図はイギリス人が理解できるように英語でなければならない。ここにも「翻訳」の問題が浮上する。困ったことにアイルランド語の地名は固有名詞ではあるが、例えば、「川の入り江」とか「黒い峰」という意味を持っている。ここで地名の意味を翻訳すべきか、音を翻訳すべきかという問題が生じる。意味を翻訳した場合、地名は元のアイルランド語の地名とは似ても似つかないものになってしまう。逆に地名の音だけをイギリス風にした場合、アイルランド語の意味は少しも伝わらない。いずれにしても翻訳することで地名は変質せざるを得ない。

　これには名前や言葉は便宜的なものと考えるオーウェンよりも、詩人肌のヨーランドのほうが敏感であった。彼は登場したときからアイルランドが好きになった、アイルランド語を習いたいと発言する。彼は測量作業に自分が加わっていることを懸念し、これは一種の追い立てだという。地名の英語化に関しても、現実主義者オーウェンは標準化しているだけだというが、ヨーランドは「何かが腐食 ("eroded") しつつある」(*PO*, 420) と述べる。ヨーランドは測量作業の文化的意味を本能的に察知している。彼らは1マイルを6インチに縮小した地図を作成し、地名をアイルランド語から英語に翻訳していくが、その本質は土地の植民地的文化搾取であるばかりではなく、近代合理主義による空間の平準化である。この過程で「腐食」するものは何よりもそこで生活する人々の手触りと歴史であることを考えると、それは空間だけでなく、時間の平準化も必然的に伴う。このからくりをヨーランドは明確な言葉で表現できないながらも感じ取っている。

　このヨーランドの懸念に対して、現実主義者のオーウェンは「トバル・ヴレ」(Tobair Vree) という十字路の名前の由来を語る。これは「ブライアンの井戸」という意味だが、その十字路から100ヤードほど離れたところに150年ほど前に井戸があった。巨大な瘤で顔が変形してしまったブライアンという老人が、その井戸の水は神聖だと信じ込んで、7ヶ月毎日その井戸に顔を浸して治癒を願ったが、瘤は一向に直らず、ある日その老人が井戸で溺死しているのが発見された。その後、とうの昔に井戸も干上がったが「ブライアンの井戸」の地名だけが残った。この由来はオーウェンが祖父から聞い

た話で、父親やマナスはじめ村の誰も知らないことだという。オーウェンはこの誰も知らない由来をもつ地名をそのまま残すのか、それとも簡便な「十字路」とでも変更するかとヨーランドに迫る。ヨーランドは残すほうを選択する。彼はたとえこの土地を去った人間であっても、オーウェンがその由来を記憶しているという事実を重視する。「翻訳」によって抜け落ちるのは人の記憶と歴史である。

　オーウェンが語る地名の由来は、アイルランドの神話や伝説に見られる、ディンシャンハス (dinnshenchas) の一種である。アイルランドにおいてこの伝統は非常に根強く、シェイマス・ヒーニーの一連の土地にまつわる詩はディンシャンハスを現代に復活させようという試みといえる。ディンシャンハスによって意味づけられた土地は、単なる土地ではなく一種の人格を持った存在である。彼らの行っている「翻訳」は、この土地の人格を少しずつ抹殺していく行為に他ならない。このことにオーウェンも少しずつ気付き始める。このやり取りの後で初めて彼は自分の名前はローランドではなくオーウェンであるとヨーランドに明かす。ローランドと呼ばれる自分と、オーウェンと呼ばれる自分は違う。この思いがけない本当の自己紹介に二人が大はしゃぎしているところにマナスが現れる。二人はマナスに言う。

　　ヨーランド：千回の洗礼式だ。エデンにようこそ。
　　オーウェン：まさしくエデンだ。俺たちがものに名前をつけるだろう。す
　　　るとバンとそいつの存在が飛び出してくるんだ。
　　ヨーランド：名前のひとつひとつがその根源と完全に一致してね。
　　オーウェン：その実体と完全にくっついているのさ。　　　(*PO*, 422)

　だとすれば、地名の「翻訳」は名前と根源、実体の切断である。それは固有名詞の普通名詞化ということもできる。オーウェンも本名を明かすことで、イギリス人の間での恣意的な記号ローランドとしての振る舞いから、自己を取り戻している。次にこの新たな認識を導いたヨーランドの人物像を検証する。

IV. ヨーランドとロマン主義

　登場したときから「何かの間違いで兵隊になった男」と描写されるヨーランドは、本当に間違って軍人になった男である。父親は 1789 年バスティーユ牢獄襲撃の日に生まれた、大英帝国拡大期の申し子である。道路建設を仕事として大英帝国の端から端を飛び回る精力的な人物で、仕事を完璧にこなす使命感はランシーにそっくりだという。とすると、想像力はないが行動には人一倍長けたジョン・ブルがもう一人いることになる。この有能な父親にとって、ヨーランドはどうやら悪い言い方ではあるが端的に言って落ちこぼれだったようである。息子の処遇に窮した父親は東インド会社のボンベイ支局の事務員の仕事を彼にあてがった。つい 10 ヶ月ほど前にロンドンへ出てボンベイ行きの船に乗ろうとした彼は、あろうことかその船に乗り損ねてしまった。父親に会わせる顔がないことと、次の便までの滞在費がないので、彼は軍隊に入り、ダブリンを経て、ここに赴任している。入隊間もないのに中尉の位にあることは、彼が相当裕福な階層の出身であることを物語る。イギリスの軍隊はクリミア戦争で旧態依然たる不効率な組織運営を批判され多少改革されたが、官位は 20 世紀になっても相当厳密に出身階級を反映していた。

　つまりヨーランドは大英帝国とヴィクトリア朝の繁栄の基礎を築きつつある父親に圧倒され、常に劣等意識に苛まれる不器用で実務能力に欠けた、本国に居場所がない青年である。しかし落ちこぼれた人間には落ちこぼれた人間にしか分からないこともある。間違えて軍人になりアイルランドに来たヨーランドだが、この間違いは幸運なものだった。照れ屋でぎこちない性格にもかかわらず、ヨーランドは登場したときからアイルランドの風景を美しいと賛美し、恋に落ちたと公言する。とりあえず言葉が見つからないので恋といっているが、それは実に奇妙で不思議な感覚である。オーウェンとの会話で彼は言う。

　　ヨーランド：……バリベッグに着いた日、いやバリャ・ビョグだった、君がここに連れてきてくれた瞬間、僕は奇妙な感覚に襲われた。口で言う

のは難しいんだが、それは見つけたという一瞬の感覚だ。いや見つけたじゃない、認めたような感覚かな。本能的にぼんやりと分かっていたことを裏付けたような感覚だ。まるであたかも脚を踏み入れたというか……。

オーウェン：大昔の世界に逆戻りってやつかい。

ヨーランド：いやいや、そうじゃない。「方向」が変わったという意識ではないんだ。そうではなくて、何かまったく違う質のものを経験しているような意識だ。僕はそれまで活動もしなければ、刺激されたこともない意識の中に入り込んだ。しかもそれでいて安らかで確信と安心に満ちた意識だ。そしてジミー・ジャックと君のお父さんがアポロやクフーリン、パリスやフェルディアについて、まるで彼らが道を行ったその辺に住んでいるみたいに語り合っているのを聞いたとき、まさにそのとき僕は思ったんだ、いや分かったんだ、たぶん僕はここで暮らせるだろうって……。

(*PO*, 416)

ヨーランドはまるで手探りをするかのように、自分の表現できない意識と感覚の中にわけ入っている。彼が「本能的にぼんやりと分かっていたこと」とは何であろうか。そこへヒューがやってきていつものようにオヴィディウスなどのラテン語詩を織り交ぜた会話を始める。するとヨーランドは何年か前に詩人ワーズワスの近所に住んでいたと述べる。しかしヒューはワーズワスを知らず、イギリスの文学より暖かい地中海に親しみを感じると言う。しかしながら、美しい風景−神話・伝説−詩−ワーズワス、これらを結ぶところにヨーランドが「本能的にぼんやりと分かっていたこと」の手がかりがあるだろう。ワーズワスに代表されるロマン主義の想像力と神話伝説に彩られた美しい自然を歌った詩、これがアイルランドに来たヨーランドに「たぶん僕はここで暮らせるだろう」と感じさせた下地になっている。また彼の官位「中尉 (lieutenant)」は語源のフランス語で言うならば、「場所を保持する者 (lieu-tenant)」であり、「ヨーランド (Yolland)」が「あなたの土地 (your land)」ならば、「ヨーランド中尉 (Lieutenant Yolland)」が他国アイルランドに居場所を求めるのは至極当然かもしれない。フリールの人物造型は油断がならな

いほど周到なものだ。

　1833 年といえば、前年にウォルター・スコットが亡くなり、翌 1834 年にはサミュエル・テイラー・コウルリッジが亡くなった。さらにその翌年の 1835 年にはジェイムズ・ホッグが亡くなる。バイロン、シェリー、キーツらのロマン主義第 2 世代はみな夭逝したので、人脈としてのイギリス・ロマン主義はワーズワスやド・クインシーなどの例外を除いて絶えようとしている時期である。1835 年にワーズワスは哀切極まりない「ジェイムズ・ホッグの悲報に接して不意に湧き上がる想い」('Extempore Effusion upon the Death of James Hogg') を書いて、自分たちの世代の挽歌とした。また 1833 年はジョン・ステュアート・ミルが評論「詩とは何か」('What is Poetry') を発表し、ワーズワスが『叙情民謡集』(*Lyrical Ballads*) 第 2 版の序文で述べた自己表出の詩学と、詩のもつ感情の統合力を賛美した年でもある。ミルらの評論が後押ししたおかげで、ヴィクトリア朝にはワーズワスは詩聖と賞賛され、ついには 1843 年に桂冠詩人に登り詰める。

　ミルは 1806 年生まれで、1833 年に 20 歳代後半から 30 歳代初めのヨーランドとほぼ同世代である。ミルのような大思想家とヨーランドを比較するのは多少無理があるが、同世代にはそれなりの共通項もある。ミルはベンサム主義者の父親の英才教育で 3 歳からギリシア語を習い始め、8 歳までにヘロドトスやプラトンの対話編を原語で読破した早熟の天才だが、青年期には深刻な抑鬱状態に陥る。これはあまりにも偉大な父親の影響力と期待に押し潰されそうになっているヨーランドと似ている。ミルの『自伝』(*Autobiography*) によれば、この精神的危機を救ったのがワーズワスの詩なのである。

　それでは何がミルを精神的危機に追い込み、ワーズワスの詩がなぜその状態から救ったのだろうか。彼は思想上の師であるベンサムを論じ、その思想の要を懐疑と分析であると論じている。ベンサムはあらゆる常識を疑い、論証するまで納得しなかった。その論証の手段が分析で、あらゆる全体は細部に分割され、それぞれ検討された。[4] おそらくこれがミルの精神的危機の原因であろう。すべてを疑い分析する知性は安住することを許されず、世界は白日の下に晒され証明する対象となった。このためミルの精神は愛着の対象を失い、その感情は枯渇した。これはある意味で陸地測量局が行っている空

間と時間の平準化と極めて同質のものである。ともに近代合理主義による世界の非人称化と抽象化という方向性は同じほうを向いている。

　それに対してワーズワスの詩は自然を単なる風景としてではなく、想像力の彩りを添えて提示する。世界は人間化し、黄水仙は「踊り」、ロンドンの中心部の町並みですら「眠り」「目覚める」。『序曲』(The Prelude) に登場する、ワーズワスが定期的に訪れては想像力を回復する「時の地点」("spots of time") は「霊験あらたかな精」("efficacious spirit") が宿り、自然は神話的な次元で人格化される。ワーズワスには「土地に名づける詩」('Poems on Naming Places') という一連の詩があるが、これらはまさにアイルランド神話、伝説のディンシャンハスに類似している。先に述べたようにヒーニーは現代詩にディンシャンハスを蘇らせている詩人だが、「言葉に感情を込め」('Feeling into Words') という評論の始めにワーズワスの『序曲』の「隠し場所」の一節を引用する。

　　The hiding places of my power
　　Seem open; I approach, and then they close;
　　I see by glimpses now; when age comes on,
　　May scarcely see at all, and I would give,
　　While yet we may, as far as words can give,
　　A substance and a life to what I feel:
　　I would enshrine the spirit of the past
　　For future restoration.

　　私の力の隠し場所が
　　開いているようだ。だが近づくと閉じる。
　　もう微かにしか見えない。
　　少し年を取れば、
　　殆ど見えないかもしれない。
　　だができるうちは、言葉の限り、
　　感じることに形と命を与えよう。

過去の霊魂を祠にまつり、
未来の蘇生を待つのだ。

　ヒーニーはこの一節に自分がこれまで書いてきた詩に暗黙に内在している詩歌観が込められていると言う。[5] ヒーニーも詩に感情と魂の記憶を込めるという点では一致している。しかし彼がワーズワスの単なる模倣者に終わらなかった点は、ワーズワスのイングランドの自然とは異なる、アイルランド特有の自然と記憶を見出した点だろう。彼のディンシャンハス現代詩には沼 (bog) を扱ったものが多いが、彼はなぜ沼をテーマとしたかに関して同じ評論の中で次のように言っている——「……沼は風景の記憶である、または沼はそこで何が起こったか、そして沼自体に何が起こったかをすべて記憶している風景なのだと私は考えるようになった」。[6] 彼はアメリカ人の意識におけるフロンティアと西部に関する文献を読んでいて、この着想を得たと語っている。ヒーニーも「翻訳」している。

　ヨーランドの場合は、アイルランドの風景をワーズワスの詩学で「翻訳」している。これをイングランドとアイルランドの風景の差異を無視した「誤訳」と呼ぶのは容易い。しかしワーズワス詩学の補助線なしで、この当時のイギリス人がたとえ誤解が含まれているにせよ、アイルランドの風景を愛したり、「ここで暮らせる」と思っただろうか。マナスはヨーランドに言う——「ランシーのような人は完全に理解できるが、君のような人に僕は困惑を感じる」(*PO*, 412)。異国人のランシーがアイルランドを理解できないのはマナスにとって当然のことだが、ヨーランドのように理解へ向かう回路が異国人に存在することがマナスには理解できない。誤訳という言い方を使ったが、地名の翻訳で見たように、翻訳することで何かが「腐食」するなら、正確な翻訳はありえない。すべては誤訳である。

　先にヨーランドとミルの共通点を指摘したが、ヨーランドの人物像にはもう一人連想を誘う19世紀イギリスの文人がいる。それは詩人、評論家のマシュー・アーノルドである。アーノルドの自然詩人としてのワーズワス論はその後のワーズワス評価にひとつの基準を与えた。それだけでなく、父トマス・アーノルドはワーズワスを敬愛し湖水地方に家を持っていたので、少年時代

のアーノルドはヨーランドと同じくワーズワスの近所に住んでいた。父トマスはそれまで無名のラグビー校をイギリス有数の名門パブリック・スクールに押し上げて教育界に旋風を巻き起こし、ついにはオクスフォード大学の現代史教授にまで登りつめた。これまたヴィクトリア朝ならではの立志伝中の人物である。彼もヨーランドやミルと同じく偉大すぎる父親の存在に圧倒され、青年時代は軽薄なダンディを気取って自己韜晦し、陰で深刻な詩を書く悩める青年であった。彼もワーズワスのような想像力溢れる自然詩人を目指したが、ヴィクトリア朝の現実はそれを許さなかった。すでに見てきたように大英帝国の時代に突入し、無機質に平準化されたイギリスの空間と時間、批判と分析に慣れた精神にはワーズワスの詩を再現することは無理だったのだ。その苦闘の過程は長編劇詩『エトナ山のエンペドクロス』(*Empedocles on Etna*) に明らかである。[7] ワーズワスのように想像力で自然と一体化できなくなったエンペドクルスは、エトナ山の火口に身を投げて「文字通り」に自然と一体化する道を選ぶ。ポスト・ロマン主義に生まれてしまったヴィクトリア朝詩人の苦悩を象徴する詩である。

　アーノルドは1867年に陸地測量局出身のピートリーらの研究を大いに参照して『ケルト文学論』(*On the Study of Celtic Literature*) を発表した。これはケルト人、アングロ・サクソン人などのあからさまで論証不能な人種類型に基づき、ケルト人を女性、子供のイメージとして描き、感情豊かだが現実的論理能力に欠けると論じるなど現在では批判が多いことはすでに第五章で指摘した。しかしオクスフォード詩学教授がイギリス文学の叙情的側面はすべてケルト的なものが作用していると論じたことはアイルランド文学に大きな注目を集めた。ここで彼がケルト的要素としている叙情、激情、アニミズム的に自然を神格化するなどの側面はよく読むと、ロマン主義の要素をケルト的と言い換えていることが分かる。アングロ・サクソンであるアーノルドが、ヴィクトリア朝の無機的な均質化した社会でワーズワスになれなかったことを自己弁護し、近代の荒波がイングランドほど押し寄せていないケルト系社会に期待を寄せているようにも読める。そしてこの思考の経路は、ヨーランドの思考の経路でもある。

　こうして職務を職務として事務的に完璧にこなそうとするランシーと違

い、ヨーランドは職務の対象にコミットしていく。その先に彼が期待するのは、ワーズワスが『叙情民謡集』の序文で述べているような「その社会的地位と、交際の範囲が狭くいつも同じであることから、社会的虚栄心に影響されることの少ない、素朴で飾らない表現で感情や考えを伝える」[8] 村人たちの緊密な共同体である。しかしコミットすることで対象は変化していく。次にこのコミットが思わぬ変化をもたらし、状況を劇的に変化させる過程を見ていこう。

V. トポスと平準化

　ヨーランドとオーウェンが「ブライアンの井戸」十字路のディンシャンハスを共有し、オーウェンが本名を明らかにしたところに登場したマナスは、自分の就職が決まったことを知らせる。離れ島のヘッジ・スクールの教師で、年収は42ポンドと国民学校の教師より劣るものの、住居、燃料、食料などは現物支給される好条件である。なにより父親を押しのけずに定職と定収入を得られることは、長年の夢だったモイラとの結婚を実現できる何よりの機会だ。ちょうど現れたモイラにマナスは勇んでこのことを告げるが、モイラは牛乳を渡すだけで実に冷淡な態度である。国民学校の教師に申し込みをしなかったことで、彼女の心はすでに修復不可能なまでに冷めている。代わって彼女はフィドル弾きのオシェイが来ているので、明日の晩は「ブライアンの井戸」十字路で野外ダンス・パーティが開かれるだろうと言い、その場にいたヨーランドを誘う。それまで密造酒をガブ飲みしていた彼は、意中の女性モイラからついに憧れの緊密な共同体社会の内部に参入する機会を与えられ、有頂天になって一気に酩酊してしまう。

　第1幕でモイラは4歳のときに叔母のメアリーに教えてもらって知っている唯一の英語の言い回し「ノーフォークで私たちはメイポールの回りで遊んだ」("In Norfolk we besport ourselves around the maypole.") を口にするが、メイポールを 'maypoll' と発音して、マナスに訂正される。メイポールが登場する5月の祭りは異教に由来する豊穣を祈る春の祭りで、踊りの中

心におかれるメイポールは豊穣を連想させる男根象徴に起源がある。フリールのもうひとつの代表作『ルナサの踊り』(Dancing at Lughnasa) で、夏祭りルナサでの踊りが、貧しさから独身を強いられている女性たちの性的フラストレーションの捌け口になっていたことも、これを裏書している。このメイポールの発音を間違えるモイラは常に男性の選択を誤る女性と解釈でき、作者フリールのいささか皮肉な遊び心を感じる。

　第2幕2場は翌晩のクロス・ロード・ダンスに舞台を移す。ヨーランドとモイラはダンスを抜け出して二人きりになるが、言葉が通じない。モイラは乏しいラテン語を使ってみるがうまくいかない。そこで彼女の唯一知っている英語であるメイポール（ここでも発音を間違う）の一節を言ってみる。奇しくもヨーランドの母親がノーフォーク近郊の出身だったため彼は狂喜するが、理由が分からないモイラは叔母に教そわった英語が卑猥な内容（ある意味で正解）でもあったかと不安になる。万策尽きたヨーランドは仕事で扱った地元のアイルランド語の地名を口にしてみる。帰りかけていたモイラはこれに反応し、いつしか二人は一緒に地名を次々に列挙していた。そうすることで彼らは理解の輪の中に入り、手を取り合ってそれぞれ別な言語でお互いへの思慕を吐露する。これはコミュニケーションというものが単なる言語の共有だけではなく、「話題（トポス）」の共有があって初めて成立することを雄弁に表現している。ここでの「話題（トポス）」が文字通り「地名（トポス）」であることが、さらにそれを意義深いものにしている。ヨーランドはもし君が僕の言っていることが理解できるならと、次々に愛の言葉を語る。モイラは「あなたの言っていることはわかるわ。続けて」と答える。最後にヨーランドは「（君に理解できるなら、）どんなに僕がここにいたいか、いつも君と一緒にここで暮らしたいか、いつも、いつも暮らしたいか、言うのだけれど」と告げる。空間の共有の次に来るのは時間の共有である。モイラは3度繰り返される「いつも ("always")」が心にひっかかる。彼女はその意味を問うが、当然ヨーランドはその質問が分からない。喜びに震えながら彼は、モイラとどこであろうとも「いつも、いつも」彼女と暮らしたいと決意を語り、二人はキスをする。そこに現れたセアラがその姿を目撃し、マナスと叫びながら走り去る。マナスが国民学校の教師に申請するのを断念した

ところで見たように、セアラの密かなマナスへの思慕が事態を思いがけない方向へ急展開させる。

　この日の夜、それから何が起こったかは舞台では演じられない。最後の第3幕では舞台は再びヘッジ・スクールに戻り、翌日の夕方になっている。セアラとオーウェンがいるが二人とも集中できない。そこへマナスが現れて急いで荷造りをする。赴任先の島の学校には3,4ヶ月経たないと赴任できないと伝えてくれとオーウェンに依頼するが、返事がもらえないので伝言をセアラに託し出て行く。実は昨晩からヨーランドの行方が不明になっている。昨晩、セアラに呼ばれて二人に気付いたマナスは嫉妬のあまり、石を手にしてヨーランドを罵倒したのだった。そこへドールティとブリジットが現れ、増員したイギリス軍がヨーランド捜索のため隊列をなしてあたりを捜索していると報告する。作物を踏みつけ、家畜を蹴散らし、塀や干草の山をなぎ倒しながら畑や荒野を見境なく銃剣で掻き回す。冒頭に洗礼式が行われた私生児が昨晩急死したため、お通夜に参加していた住民はヒューを先頭に抗議するが軍隊は取り合わない。

　ここでランシーが学校に現れ、軍の指令をオーウェンに通訳させる。1幕の友好的態度は豹変し、その口調は命令口調だ。その命令では、ヨーランドが発見される、ないしは彼の居場所の情報が得られなければ、24時間後に村の家畜をすべて射殺し、さらに48時間後も行方不明なら、指定地域から順に立ち退きを強制し、家屋をすべて「壊滅」("levelling")するというものだ。ここにきて軍隊は暴力装置の本性を露わにする。測量作業によって文化的に土地を「平準化」("levelling")する行為は、文字通りに家屋や畑を「壊滅」("levelling")する行為へ変わる。作物を踏みにじられ、家畜を虐殺され、家屋を壊されれば住民は飢えて路頭に迷わなければならない。次にランシーはマナスの所在を問い質すが、オーウェンは亡くなった私生児の通夜に行っていると誤魔化す。すると窓の外を見ていたドールティが軍のキャンプから火の手が上がっていると告げる。ランシーは急いで外に出る。

　一方、ドールティは反英活動をしているらしい双子のドネリー兄弟を探しに行くと言って出て行った。そこに酩酊したヒューとジミーがやって来る。ジミーはギリシア神話の女神アテネと結婚すると言い張り酔いつぶれる。オ

ーウェンはヒューに酔い覚ましの強い紅茶を入れると、ドールティを追ってドネリー兄弟の元に走る。残されたヒューはモイラに英語を教えると約束し、彼女は「いつも ("always")」の意味を尋ねる。ジミーはモイラに部族外婚は軽々しく行ってはいけないと注意し、最後はヒューがヴェルギリウスの『アエネイス』(Aeneid) の冒頭を繰り返して終わる。以上が急転する劇の概要である。劇の冒頭を飾っていた洗礼式で命名されたばかりの新生児はその名を名乗ることもなく急死した。マナスの懸命の励ましで言語障害を乗り越えようとしていたセアラは、ランシーの強圧的な尋問で再び言葉を失う。理解しあえないイギリス人とアイルランド人を「翻訳」で辛うじて繋いでいたオーウェンはイギリス軍を離れ、もはや両者は言葉で理解し合うことはない。言葉は発されるのを止め、発されたとしても理解されない。

VI. ヨーランドの失踪——「翻訳」の迷路

　始めに指摘しなくてはならないことは、歴史的事実から言って、劇の最後のように失踪した軍人を捜索するために陸地測量に携わる工兵隊が銃剣で土地を掻き回したり、家畜の殺害、民間人の住居破壊を行うことはなかったということである。アンソニー・ローチは1983年にメイヌースのセント・パトリック・カレッジで行われた公開フォーラムで歴史家のJ・H・アンドリューズがこの点を指摘したと述べている。アンドリューズは測量にあたる工兵が銃剣を携帯することはなく、犯罪ないし民間人の騒動があった場合は、兵を撤退してすべてを地元の巡査に委ねたろうと述べた。これに対してフリールは歴史を知るために『マクベス』を手にする者はいないと答えたと言う。[9] いささか苦しい言い訳だが、軍の行動は陸地測量がもつ政治的、文化的衝撃を演劇として効果的に提示するためのフリールの脚色と考えたほうがいいだろう。

　問題なのは帰ってこないヨーランドはどうしたのかということである。可能性はいくつか考えられる。もっとも直接的な説明は急いで家を後にしたマナスが殺害したというものだろう。実際、彼は昨晩石を手にヨーランドを罵

ったし、モイラを横取りされたという動機もある。何より無実ならば釈明できるはずなのに、それをせずにせっかくの就職を棒に振る可能性が大いにありながら急いで家を出たことは大いに疑惑を掻き立てる。それではマナス自身が昨晩の経緯をどう語っているか見てみよう。

> マナス：奴を探しに出たとき、石を手にしていた。ぶっ倒してやろうと思った。脚の不自由な先生が暴力だと。
> オーウェン：誰かに見られたか。
> マナス：(再び泣きそうになりながら) 奴は道の端に立っていた。微笑んで、モイラが奴の肩に顔をうずめている。それを見ると近づけなかった。何か馬鹿なことを叫んだだけさ。「ヨーランド、てめー、馬鹿野郎」とかね。もし英語で言っていたとしても……、奴は「ごめん、なに」(Sorry-sorry?) と言い続けていた。しぐさも間違っているし、言うことまで間違っている。
> オーウェン：それから会っていないんだな。
> マナス：「ごめん、なに」(Sorry?) だとよ。
> オーウェン：行く前にランシーにそのことを言っておけよ。身の潔白を証明するために。
> マナス：ランシーに何を言うことがあるんだ。伝言を島の人に伝えてくれるかい。
> オーウェン：警告だ、急いで逃げろ。そうすれば……。　　　(PO, 432)

少なくともモイラがいた場面では何もなかったようだ。しかしマナスはその後のことはオーウェンに答えていない。その後のモイラの証言で、ヨーランドが彼女を家まで送ったことまでは確認できる。別れ際に彼は慣れないアイルランド語で「昨日また会おう」と言ってモイラに爆笑された。単に明日と昨日の言い間違いではあろうが、すでに彼が亡き者になっているような不吉な余韻がある。この帰り道で待ち伏せしていたマナスが犯行に及んだ可能性はある。オーウェンの潔白をランシーに証明しろという忠告は聞こうとしない。事実、ランシーは布告のあとマナスの所在を尋ねている。しかし、あ

るいは弁明したところで信じてもらえないとマナスが諦めている可能性もある。

　次に疑わしいのは舞台には登場しないが、人物の台詞に折に触れて言及される双子のドネリー兄弟である。劇の始めのほうでマナスが最近学校に来ない彼らのことをドールティに尋ねていると、不意にブリジットが英兵の馬が2頭崖下で発見されたと言い出すがすぐに話題を変える。次に地名の翻訳の場面でヨーランドが、ランシーは彼らに訊きたいことがあると発言している。彼らは漁の名手で、農業を中心とする他の住民とは異なる行動様式を持っているようだ。彼らが何らかの反英的活動を行っているのは明白で、ブリジットが馬の話題を突然中断したのも、言ってからまずいと気付いたのであろう。

　さらにマナスが去った後、オーウェンはドールティとブリジットに昨晩の出来事を問うが、ブリジットはヨーランドのことはドネリー兄弟に訊けと言う。さらにドールティはヨーランドのことは何も知らないが、ダンスに行くときに港に兄弟の船が泊まっていたが、帰りにはなかったと意味深長な発言をしている。ここで考えられるのは、モイラを送った帰り道にヨーランドは兄弟に殺害、ないしは拉致され、遺体または身柄は船で人知れず運ばれた可能性である。多くの批評家はこの線でヨーランドの行方を考えている。しかしそれでは、なぜマナスが急に就職を危険に晒してまで出奔したかは十分説明できない。あるいはヨーランドに攻撃的な振る舞いをしたことが自分に疑惑を呼び寄せるのを見越して先手を取ったのであろうか。3、4ヶ月という期間はもし本当なら、真犯人が見つかり疑惑が晴れるのを期待したのであろうか。あるいはこうも考えられる。帰り道、ヨーランドを付け狙ったマナスは、自分より先に兄弟が彼を襲撃するのを目撃し、尋問されれば兄弟を通告することになる、または共犯扱いされるのを嫌い出奔したという可能性である。またはマナスの怒りによってヨーランドが兄弟の標的になった可能性もある。真犯人がドネリー兄弟だとしても、マナスが何らかの形で関与する、ないしは真相を知っている可能性は高い。

　ランシーの布告に憤慨したドールティは「ただではやられない」と反抗を口にする。訓練された軍隊に立ち向かうのかとオーウェンが訊くと、ドネリ

第十章　ブライアン・フリール『トランスレーションズ』論　199

—兄弟なら方法を知っているとドールティは答える。そして、彼はランシーと手が切れたら連絡するようにオーウェンに言い残して立ち去る。父親に紅茶を出した後、オーウェンは後を追う。マナスもすでに家を去った。

　ユナイテッド・アイリッシュメンの残党ヒューのアイルランドを古典古代に「翻訳」しようという理想は、大英帝国の落伍者ヨーランドにロマン主義的に「翻訳」され、職務を越えた共同体内部へのコミットメントを引き寄せた。これがあながち「誤訳」とも言い切れない点はすでに触れた。ヒューは反英イデオロギーに凝り固まっているのでワーズワスの名前さえ知らないが、1770年生まれのワーズワスは彼の同世代である。しかもフランス革命の共和主義に大きく影響された点も共通する。この時代の共和主義が単なる政治思想ではなく、産業革命に代表される近代に圧迫された民衆のユートピア願望を多分に吸収していたことを見落としてはならない。反乱へ出陣したときのヒューの回想に溢れている高揚感は、『序曲』第6巻で革命一周年記念に沸くカレーを描くワーズワスの高揚感に類似する。

> But 'twas a time when Europe was rejoiced,
> France standing on the top of golden hours,
> And human nature seeming born again.
> Bound, as I said, to the Alps, it was our lot
> To land at Calais on the very eve
> Of that great federal Day; and there we saw,
> In a mean City, and among a few,
> How bright a face is worn when joy of one,
> Is joy of tens of millions ....[10]

> だがそのときはヨーロッパ中が歓喜し、
> フランスは眩しく輝く時の頂点にあり、
> 人間性が再生したかに見えた。
> 述べたようにアルプスへ向かっていたので、
> 偉大な革命連邦記念日の前夜に

カレーに上陸したのだった。そこで見た、
取るに足らない街の、幾人かの顔に、
一人の喜びが、幾千万人もの喜びでもあれば
いかに人間の顔というものは輝くかを。

しかし同時に輝くヴィジョンを維持することが難しいことも、酒と惰性で現実を直視できないヒューの言動や、ワーズワスの「不滅のオード」('Ode: Intimations of Immortality')、コウルリッジの「意気消沈のオード」('Dejection: An Ode') が教えてくれる。しかしそこにどんな誤解や過大評価があろうとも、ヒューやロマン派世代のユートピア的な共同体への希求は、大英帝国の近代化社会の落伍者ヨーランドへ曲がりくねった「翻訳」を通じて伝わった。

しかし一線を越えたコミットメントは逆に共同体の禁忌に触れ、理解者であるはずのヨーランドに危害を引き寄せた。そのことがイギリス軍の本質を明らかにすることになる。どちらかというと父親ヒューを抑圧的に感じていた長男マナスは出奔へと追いやられた。父親から逃れ首都で成功した次男オーウェンは測量による近代化を進歩と信じ、詐欺的な「翻訳」までして推進していたが、ここに至って反英組織に走った。そう考えると、ヒューが最後に繰り返す『アエネイス』の一節は皮肉に響く——「トロイの血を引く一族はいつの日にかテイルスの塔を倒し」。息子たちはかつての反乱戦士である父親がこの一節を愛する意味を理解したわけではなく、敵国の落伍者ヨーランドの「翻訳」が契機となって反英的行動に加わっている。そしてヒューがこの一節を口にするとき、すべては『アエネイス』と同じく過去の記憶となった。

この作品はジョージ・スタイナーの『バベルの後で』(*After Babel*) に触発されたことはよく知られている。スタイナーは人間の理解の根本的な形を「翻訳」として捉えている。そしてすべての「翻訳」はヨーランドが言うように「腐食」が伴う。ヒューは終わり近くでスタイナーの言葉をほぼそのまま口にする——「すべてを記憶することは一種の狂気だ」("To remember everything is a form of madness.")。[11] この作品は異文化間の「翻訳」と「腐

食」の連鎖が一瞬危なげに交錯して悲劇的にすれ違うさまを、複雑な意味の迷路を提示して描き出している。

註

1. P. J. Dowling, *A History of Irish Education* (Cork: Mercier Press, 1971), p. 86.
2. Brian Friel, *Plays One*（以下、*PO* と略記し、ページ数を記す）(London: Faber and Faber, 1996), pp. 383–384.
3. Dowling, *Op. cit*., p. 92.
4. John Stuart Mill, 'Bentham', *Utilitarianism and Other Essays* (London: Penguin Bks, 1987), pp. 132–176.
5. Seamus Heaney, *Preoccupations* (New York: Farrar, Straus and Giroux, 1980), p. 41.
6. *Ibid*., p. 54.
7. 及川和夫「ヴィクトリア朝のロマン主義の運命――マシュー・アーノルドの『エトナ山のエンペドクルス』を中心として」『イギリス・ロマン派研究』33号（イギリス・ロマン派学会、2009年）参照。
8. William Wordsworth, 'Preface to Lyrical Ballads', *Lyrical Ballads and Other Poems* (Ware: Wordsworth Editions, 2003), p. 7.
9. Anthony Roche, *Brian Friel: Theatre and Politics* (Basingstoke: Palgrave Macmillan, 2011), pp. 132–133. ローチはヨーランド失踪の原因のあらゆる可能性を徹底的に列挙している。中にはオーウェンの同性愛的嫉妬による犯行の可能性も挙げられている。
10. William Wordsworth, *William Wordsworth: The Major Works* (Oxford: OUP, 1984), p. 459.
11. Friel, *PO*, p. 445. スタイナーの原文は 'To remember everything is a *condition of madness.*'（イタリックは筆者）cf. George Steiner, *After Babel* (Oxford: OUP, 1975), p. 30.

第十一章

プランクシティから見たアイルランド音楽の50年
──音楽社会学的考察

はじめに

　プランクシティは1972年に結成され、6枚のアルバムを残して1983年に解散した。活動時期こそ僅か11年余り、しかも後半の活動は休止状態やメンバー・チェンジが相次いだ。しかし今日振り返ってみれば、彼らの残した音楽、それにメンバーのその後の活動は現在のアイルランド音楽に決して消すことの出来ない巨大な痕跡を残していることが分かる。おまけに彼らは2003年にオリジナル・メンバーで再結成コンサートを開催し、いささかも衰えない歌と演奏を披露しただけでなく、その模様はライヴDVD、CDの形で発売されて好評を呼んだ。2006年には、再結成コンサートに関わった音楽ジャーナリストのリーグズ・オトゥールが彼らの活動をまとめた著作『プランクシティのユーモア』(*The Humours of Planxty*) を刊行するに及んで、彼らの再評価の動きは決定的になったと言えよう。本章ではメンバーたちが育った第二次大戦以後のアイルランド音楽の状況を背景に置きながら、彼らの活動を概観し、現在考えればほとんど奇跡的といってもよい形で成立した、プランクシティという音楽的な「場」の意味を再検討したい。

I. 生い立ち──第二次大戦後から1950年代のアイルランド音楽

　プランクシティの結成はヴォーカルとギターのクリスティ・ムーアの実質的なデビュー・アルバム『プロスペラス』(1972) のセッションに遡る。「実

質的な」というのは、ムーアは 1969 年に『パディ・オン・ザ・ロード』というアルバムを自主制作に近い形で出していたが、500 枚しかプレスされなかったので現在では幻のアルバムとなっているからである。ムーアは 1945 年キルデア県のニューブリッジに生まれた。ブズーキ、ギター担当のドーナル・ラニーはオファリー県テュラモアで 1947 年に生まれ、ニューブリッジで育った。二人は地元の小学校で同じクラスになったこともあった。イリアン・パイプ担当のリアム・オフリンはキルデア県キルで 1945 年に生まれた。キルデア出身の 3 人に対して、マンドリン、ヴォーカル担当のアンディ・イアヴァインはスコットランド人の父親とアイルランド人の母親の間にロンドンで 1942 年に生まれた。メンバーは全員 1945 年の第 2 次大戦終戦前後に生まれたベイビー・ブーマーの世代といえる。丁度、1960 年代の中頃に 20 代に突入したロック世代である。事実、父親がフィドルを弾き、母親が名フィドル・プレイヤー、ジュニア・クレハンの従姉妹であったリアム・オフリンを別にすれば、他のメンバーは当時の多くのアイルランド、イギリスの同世代の若者と同じように伝承音楽とは特別に大きな接点はなかったようだ。

　第 2 次大戦後、ヨーロッパには戦後復興とともに大量のアメリカ文化が普及したが、音楽も例外ではなく、アイルランドやイギリスなどの英語圏を席巻したのはジャズを始めとするアメリカ大衆音楽だった。このためアイルランドの伝承音楽は時代遅れとの認識も生まれ、伝承音楽演奏家、愛好家のあいだに危機感が生じた。名イリアン・パイプ奏者リオ・ロウサム率いるダブリン・パイパーズ・クラブのメンバーらが中心となって、1951 年に伝承音楽の復興、普及を目指すアイルランド音楽家協会 (Cumann Ceoltórí Éireann) が結成され、翌年、名称はアイルランド音楽家連盟 (Comhaltas Ceoltórí Éireann) に改められ、音楽祭 (Fleadh Cheoil) で演奏やダンスの競技会を開催するなどの活動が開始された。

　また名イリアン・パイプ奏者シェイマス・エニスは 1942 年からアイルランド民俗学委員会 (Irish Folklore Commission) で民謡の採譜活動を始め、1947 年からはアイルランド・ラジオ（ラジオ・エーラン）で伝承音楽を紹介するドキュメンタリー番組の制作に関わった。1951 年からはイギリス

BBCに移り、民謡歌手のイワン・マッコール、ピーター・ケネディ、ハミッシュ・ヘンダーソン、アメリカの民謡研究家アラン・ロマックスらと協力して画期的な伝承音楽番組『アズ・アイ・ローヴド・アウト』制作に参加した。

これらの動きからは遅れるが、1957年からアビー・シアターの音楽監督に就任したショーン・オリアダは、劇中音楽のアイデアを発展させて「伝承音楽室内楽団」キョールトリ・クーラン (Ceoltoirí Chualann) を結成した。この中からレコーディング用にイリアン・パイプ奏者のパディ・モローニを中心に精選されたグループがティーフタンズである。

以上が1950年代末までのアイルランド伝承音楽の大まかな動向である。しかしピアノを習っていたムーアはプレスリーや、ジェリー・リー・ルイスなどのようなピアノをフィーチャーしたロックンロールに惹かれていた。またジャズに興味を持ったラニーは友人とバンドを組んで、最初ドラムを、次にギターを担当した。

一方、ロンドンで育ったイアヴァインは、女優であった母親の影響で幼いうちから舞台やテレビで子役として活躍していた。15歳でギターに興味を持った彼は一時、クラシック・ギターの大家ジュリアン・ブリームから手ほどきを受けた。また舞台で共演していた俳優のピーター・セラーズからギターをもらったこともあったという。しかし彼の興味はクラシック・ギターから、当時イギリスの若者を席巻していたスキッフルに移る。スキッフルは1955年にロニー・ドネガンが「ロック・アイランド・ライン」を大ヒットさせてからブームとなったイギリス独特の音楽ジャンルである。とはいえ、そのルーツはアメリカにあり、ロックンロール的な歌唱に、1920年代から30年代にアメリカの黒人の間で流行ったジャグ・バンド風の伴奏を加えたものである。いわば同時代のロックンロールと、戦後イギリスで流行したトラッド・ジャズの要素を融合したものである。またリズム楽器として、巨大なガラスの空き瓶ジャグや、洗濯板、自作のベースを用いることも、当時のイギリスの庶民の若者に受け、スキッフルによってギターを初めて手にしたものも多かった。ビートルズもその例外ではなく、その前身はジョン・レノンとポール・マッカートニーが結成したスキッフル・バンド、クォーリーメンであることはよく知られている。こうして見ると、ムーア、ラニー、イア

ヴァインの3人はロックンロール、ジャズ、スキッフルと微妙にジャンルは異なるものの、共通してアメリカのポピュラー音楽、とりわけ黒人音楽の激しいリズムを内に秘めた音楽に早いうちから惹かれていたことが分かる。

　こうした3人の音楽志向を根底的に変えてしまったのは、アメリカのフォーク・リヴァイヴァルから1950年代末に逆輸入された、クランシー・ブラザーズ・アンド・トミー・メイケムであった。トム、パディ、リアムのクランシー3兄弟とその友人のトミー・メイケムはアメリカに移住し、働きながら演劇活動をしていたが、当時勃興していたアメリカ・フォーク・リヴァイヴァルの渦中で音楽に転向し、地元アイルランドの伝承歌を看板に人気を獲得していった。アメリカ・フォークの大きな源流はイングランド、スコットランド、それにアイルランドの伝承歌であることは早くから認識されていた。アパラチア出身の偉大な女性歌手でダルシマ奏者であったジーン・リッチーはアパラチア民謡の源泉を求めて1950年代初めにアイルランドを訪れ、前述のシェイマス・エニスとも交友を持った。リッチーは人づてに民謡名人を訪問し熱心に採譜を行ったが、その過程でトミー・メイケムの母親セアラを紹介されて多くの歌を教わったという。のちにアラン・ロマックスとエニスがBBCで共同して番組制作に関わったのも、このような人的交流の延長線上の出来事である。

　このような背景の中で、アメリカのフォーク・シーンから登場したクランシー・ブラザーズは、満を持して登場した真打ちのようなものだった。しかも彼らの伝承歌に対するアプローチは、伝統の維持といった古色蒼然とした後ろ向きのものではなく、50年代冷戦下の共和党長期政権の下で鬱屈したアメリカのカウンター・カルチャーの熱気をはらんだ攻撃的なものだった。特に初期のレパートリーはイギリス支配への反抗を歌ったレベル・ソングや、酒の歌などが多く、反抗的で陽気な気分が充満していた。とりわけロックンロール・スターに憧れながらフォーク・リヴァイヴァルに漂着していた、ミネソタ出身のユダヤ人青年ロバート・ジンマーマン、後のボブ・ディランは彼らの音楽性に共鳴し、多くの曲を教わっている。

　これは地元アイルランドでは嬉しい喜びで迎えられた。音楽家連盟、エニス、オリアダらの活躍にもかかわらず、アメリカ大衆音楽に押され気味だっ

たアイルランド伝承音楽が、突然ポピュラー音楽の本家本元から最先端の音楽として脚光を浴びたのである。クランシー・ブラザーズのようにギター、バンジョーを中心としたアメリカン・フォーク風の伴奏に乗せて、みんなで声を揃えて歌う「シング・アロング」スタイルのグループはバラッド・グループと呼ばれて一躍アイルランド各地から一斉にあらわれた。クランシーズは 1961 年にエド・サリヴァン・ショーに出演して全米的な人気を獲得、翌年にはカーネギー・ホールで公演。おりしも共和党の長期政権を打破して、民主党のケネディが初のアイルランド系のアメリカ大統領となった。1963 年にはケネディに招待されて彼らはホワイト・ハウスで歌い、人気と名声の頂点を極める。この年にはデビュー以来初めてのアイルランド凱旋コンサートを開催し、チケットは瞬く間に完売した。ダブリンのオリンピア・シアターのコンサートで、彼らはチケットが買えず劇場を取り巻いていた人のために、劇場の窓を開けて歌いかけ、その気さくな態度に好感は一層高まった。

II. 1960 年代――バラッド・グループ・ブームとロック世代

　1950 年代末にイアヴァインはロンドンで俳優仲間とスキッフル・バンドを結成し、彼の生涯のヒーローと巡り会う。オクラホマ出身の放浪のホーボー・フォーク・シンガー、ウディ・ガスリーである。このときすでにガスリーはハンティングトン舞踏病という難病を発症し、ニュージャージーの病院で闘病生活をしていたが、イアヴァインは連絡先を捜し当て、1959 年ごろに最初の手紙を書き送っている。そして渡英公演していた、ガスリーのかつての盟友ランブリン・ジャック・エリオットを訪れてガスリー・ナンバーを歌い演奏し激賞された。この頃のイアヴァインは華々しい子役の時期をすぎて、1960 年から BBC のレパートリー劇団と 2 年契約を結んでいた。しかし演劇と音楽のどちらを最終的に選択するか決めあぐねていたようである。1961 年に母親が亡くなり、父親は間もなく再婚した。1962 年に BBC との契約が切れるとイアヴァインはダブリンに移住した。
　そこはまさにバラッド・ブームに沸き立っていた街だった。その中心は市

中心部マリオン・ロウのオドノヒューズ・パブだった。ミュージッシャンに理解のあるパディとモリーンのオドノヒュー夫妻を慕って、アイルランド中の歌手や演奏家が集まってセッションを繰り広げた。スキッフル・バンドとウディ・ガスリーのコピーで腕を磨いたイアヴァインはその渦中に飛び込んだ。まさにこの年にオドノヒューズ・パブのセッションから生まれたのが、ロニー・ドリュー・フォーク・グループに歌手でバンジョー奏者のルーク・ケリーが合流する形で結成されたダブリナーズである。これはアメリカから逆輸入されたクランシーズに対するアイルランドからの回答とも言える存在だった。ケリーの力強いヴォーカルとドリューの低いダミ声のヴォーカル、メンバー全員が鬚面の強面のルックスは、ジェイムズ・ジョイスの短篇小説集から取られたグループ名とともに、クランシーズとは好対照であった。クランシーズはレベル・ソングや酒の歌を歌っても、フィッシャーマンズ・セーターと船乗りの帽子をトレイド・マークとする姿には明朗な好青年の雰囲気があったが、ダブリナーズには古い都会ダブリンの裏街から不意に迷い出たようなアナーキーな凄みが感じられた。そのイメージを決定的にしたのは1967年の「セブン・ドランクン・ナイツ」のヒットだろう。これはイギリスの伝承バラッドを集大成したフランシス・ジェイムズ・チャイルドのバラッド集にも収録されている由緒ある伝承曲であるが、毎晩酔っ払って帰宅する亭主を騙して不貞を働く浮気妻を主題としたもので、内容が猥褻であるとしてアイルランド国営放送 RTÉ からは放送禁止処分を受けた。しかし当時若者向けに海上からロック音楽を放送して隆盛を誇ったイギリスの海賊放送局が大いにプッシュしたため、イギリスのヒット・チャートのベスト5に入る大ヒットとなった。1980年代にパンク・ロックとアイリッシュ・フォークを融合して、アイルランド移民労働者階級の鬱屈を発散させ人気を博したポーグスが彼らに敬意を表して競演したことは、彼らの音楽の射程の大きさを物語っている。また1963年にはデレクとブライアンのウォーフィールド兄弟を中心にリード・シンガーのトミー・バーンらが加わって、ウルフ・トーンズが結成された。彼らは1798年のユナイテッド・アイリッシュメンの反乱の首謀者ウルフ・トーンの名前をグループ名とするだけでなく、1973年に IRA の脱獄囚を歌った「ヘリコプター・ソング」をヒットさせる

などリパブリカン的な政治性を前面に出して物議を醸しながら長い音楽活動を繰り広げた。

　イアヴァインはこの活況の中でセッションを行い、1966年にジョー・ドーラン、ジョニー・モイニハンとスィーニーズ・メンを結成する。彼らは「ジ・オールド・メイド・イン・ジ・アティック」のヒットで幸先のよいデビューをするが、ドーランは間もなく脱退し、テリー・ウッズが加入する。一方、ムーアやラニーもこういったバラッド・グループ・ブームの例外ではなかった。彼らはラニーの兄のフランクと一緒に短期間レイクス・オヴ・キルデアというグループを結成して伝承歌を歌い出した。1960年代中ごろのことである。ムーアは16歳になった1961年から夏休みはイギリスに出かけて働きながら音楽活動をするようになっていた。1963年に学校を卒業すると彼はナショナル・バンクの銀行員となった。こうして3年余り昼は銀行員、夜はセッションする二重生活が始まった。特に故郷ニューブリッジ近郊のプロスペラスのパット・ダウリングのパブが活動の中心になった。この近くにはムーアの姉アンとダヴォック・リンの夫婦が住んでいた。リン夫妻の家はダウニングズというジョージア朝様式の屋敷で、ダウリングのパブでのセッションはしばしばダウニングズの地下室に場所を移して朝まで続けられた。この期間は彼にとって貴重な修行期間となったが、1966年、勤務する銀行のストライキを切っ掛けに銀行員生活に見切りをつけて、彼はイギリスに渡りアルバイトをしながら、フォーク・サーキットでの歌手活動に専念する。

　ラニーは1965年にダブリンのナショナル・カレッジ・オヴ・アート・アンド・デザインに入学してデザインの勉強を始めた。兄フランクは一足先にユニバーシティ・カレッジ・ダブリン (UCD) で工学を専攻していた。ラニーは1966年にミック・マローニ、ブライアン・ボルジャーとエメット・フォーク・グループというグループを結成する。しかし間もなくマローニは当時売り出し中のジョンストンズに引き抜かれ、ラニーとボルジャーはイギリス出身のマイケルとブラインのバーン兄弟のデュオ・グループ、スパイスランド・フォークと合体し、エメット・スパイスランドを結成する。ボルジャーは間もなく脱退して、グループはラニーとバーン兄弟のトリオとなった。

1960年代も後半に入ると、バラッド・グループ・ブームは第二の局面に入っていく。プランクシティのメンバーたちと同世代の、第二次世界大戦終戦前後に生まれたロック世代の若者たちが成人を向かえ本格的に音楽活動をするようになったからである。とくにマローニを引き抜いたジョンストンズはその先陣を切ったグループだった。エイドリアン、ルーシー、マイケルのジョンストン3姉弟のトリオはイワン・マッコールの「トラヴェリング・ピープル」でシングル・デビューしたところ、アイルランド・チャートのトップに躍り出る大ヒットとなった。思わぬ成功に演奏力の充実を図るため、グループはギター、バンジョー、マンドリンがこなせて歌も歌えるマローニを加入させた。さらにマローニは同じUCDの学生でR&Bグループでギターを弾いていたポール・ブレイディを呼び寄せ、弟マイケルは脱退してグループは4人組となった。1968年にデビュー・アルバムの『ジョンストンズ』を発表するが、そこで聴かれる男女の混声コーラスや楽器アンサンブルは、60年代前半の男性のみによるシング・アロング・スタイルや、ギターやバンジョーのコード・ワークを中心とした伴奏とは明らかに一線を画したものだった。

 しかも翌69年に彼らは前代未聞の快挙を行った。同じ日に『バーレー・コーン』と『ギブ・ア・ダム』の2枚のアルバムを同時に発表したのである。勿論、それ以前にもビートルズの『ホワイト・アルバム』やボブ・ディランの『ブロンド・オン・ブロンド』など2枚組アルバムは存在した。しかしこれは2枚組ではなかった。なぜなら『バーレー・コーン』は前作同様の伝承曲を中心としたアルバムで、『ギブ・ア・ダム』はジョニ・ミッチェル、レナード・コーエン、ゴードン・ライトフット、さらにはフランスのジャック・ブレルなどの現代シンガー・ソング・ライターの曲を取り入れ、時にはストリングスなどもバックに配したフォーク・ロック・アルバムだったのである。すでにアメリカのママス・アンド・パパスやスパンキー・アンド・アワー・ギャング、イギリスのシーカーズなどの洗練された混声コーラスを特徴とするフォーク・ロックが台頭していた時代であった。バラッド・グループの後塵を拝してデビューしたジョンストンズではあったが、僅か2作で彼らはアイルランドの土俵を飛び出して、イギリス、アメリカへと進出

していった。のちにポール・ブレイディがプランクシティと関わることになるが、それは後述する。

　こうして1968年の時点で、ジョンストンズの後に続く形で、イアヴァイン、ムーア、ラニーの3人も音楽活動の出発点に立っていた。イアヴァインはスウィーニーズ・メンの一員として、ムーアはイギリスで活躍するフォーク・シンガーとして、そしてラニーはエメット・スパイスランドの一員として。まずスウィーニーズ・メンが幾つかのシングルを出した後、名プロデューサー、ビル・リーダーのプロデュースでファースト・アルバムを発表した。これもジョンストンズとは違った意味で革新的な内容であった。3人ともヴォーカルが取れるだけでなく、テリー・ウッズはギター、バンジョー、コンサティーナを演奏するマルチ・プレイヤーであり、モイニハンはギリシアの弦楽器ブズーキを初めてアイルランドに持ち込んだ人物である。モイニハンのブズーキとイアヴァインのマンドリンという2種類の復弦楽器のインタープレイは前例がないものであり、後にプランクシティのアンサンブルの中心となる。「ダイシー・ライリー」でアカペラ・コーラスを聴かせたかと思うと、続くアメリカのキングストン・トリオの1958年の大ヒット曲「トム・ドーリー」はドク・ワトソンのバージョンを参考にしたと思われる極めてアップテンポのアレンジで、ウッズの軽快なギターのベース・ランニングと、ブズーキとマンドリンの高速のインタープレイは、当時の本場アメリカの一流カントリー・アンド・ウェスタン・バンドの演奏に少しも引けを取らない本格的なものである。

　しかし翌1969年、セカンド・アルバム『ザ・トラックス・オヴ・スウィーニー』を録音している途中で、イアヴァインはガール・フレンドのミュリエルとルーマニアを中心とした東欧旅行に旅立ってしまった。残されたウッズとモイニハンはギタリストのヘンリー・マカロックの協力でアルバムを完成させた。10曲中伝承曲は4曲のみで、ブズーキとマンドリンのインタープレイが聴かれないのは残念である。代わってウッズの作曲家としての能力が発揮され、のちのゲイ・アンド・テリー・ウッズ、ポーグスでの活躍が予感される。またオープン・チューニングを多用したブルージーなギター・サウンドが前面に出て、当時のアイルランドでは珍しいアシッド・フォークの

名盤となっている。マカロックはその後、イギリスでグリーズ・バンドに加入し、ウッドストック・フェスティヴァルではジョー・コッカーのバックを務め、さらにポール・マッカートニーのウィングズに加入した。

　一方、エメット・スパイスランドは1968年2月にシングル「メアリー・フロム・ダングロー」を発表しヒットさせた。この曲を聴いたプロデューサーのビル・マーティンとフィル・コウルターはイギリスでのアルバム・レコーディングを準備した。この二人は1970年代にベイ・シティ・ローラーズをプロデュースして世界的なアイドルに仕立て上げた敏腕の持ち主である。収録曲はほとんど伝承曲であるが、プロデューサーの狙いはソフトなヴォーカルとハーモニーを強調した、フォーク・ポップス路線であった。ほとんどの曲でオーケストラのストリングスとホーンまでも登場する本格的なアレンジが施され、本来のバラッド・グループという出自とは遠く隔たったものとなっている。後にプランクシティやダブリナーズをプロデュースしたフィル・コウルターだが、このアルバムではフォーク・アイドルを露骨に狙いすぎているのが感じられる。アルバムの最後には曲が終わったあと、「おい、あいつは結局誰だったんだ」「知らないよ、今まで会ったこともない」「おい、あいつはこのLPをプロデュースしたフィル・コウルターだぜ」という会話が入っているが、今となってはメンバーとプロデューサーの意識の喰い違いを皮肉っているように聞こえる。アルバムを出したものの、エメット・スパイスランドの活動は自然と低調になり、ラニーは再びさまざまなミュージシャンとセッションに明け暮れるようになる。その中に同じくスウィーニーズ・メンが解散状態だったイアヴァインがいた。マンドリンとギターをこなすイアヴァインは、東欧旅行から持ち帰ったものを含め、さまざまな弦楽器を所有していた。そこにはモイニハンを通じて知ったブズーキもあった。ある日、それを弾かせてもらったラニーは、この2本ずつ複弦になっている6弦の楽器に大いに興味を持った。6弦楽器のギターと比べ、実質的に3音で構成されたブズーキは、遥かにコードを自在に弾きこなせ、複弦の豊かな響きで軽快なリズムを刻めた。イアヴァインは快くブズーキをラニーに貸してくれた。こうしてモイニハンによってアイルランド音楽に導入されたブズーキは、イアヴァイン経由でドーナル・ラニーという革新的な演奏者の手に渡った。そ

の後ラニーは楽器職人に低音弦を追加したブズーキを特注し、ここに6弦3コースのギリシア・ブズーキとは異なる8弦4コースのアイリッシュ・ブズーキが誕生した。以来ブズーキはアイルランド音楽に欠かせない楽器となっている。

　一方、ムーアはイギリスのフォーク・クラブを精力的に回り、知名度と人気を上げていった。この状況にさらに勢いをつけるためにアルバムを発表したいと彼は考えたが、レコード会社との関係の糸口が見つからなかった。そんなときに出会ったのが劇作家ブレンダン・ビーハンの弟で、自身も劇作家で作曲家でもあるドミニク・ビーハンだった。ビーハンはマーキュリーと話をつけて、500枚限定ながらアルバム制作が決まった。収録曲は当時のムーアのライヴでの定番曲に、ビーハン作曲の4曲を加えた。こうして1969年に彼のデビュー・アルバム『パディ・オン・ザ・ロード』が完成した。タイトルからしてライヴの熱気を記録したいという意図が明確に伝わるが、スタジオ・ミュージッシャンの通り一遍の演奏は必ずしもムーアの意図を実現したものではなかった。自然と彼の心は故郷での修行時代の気心の知れた仲間とのセッションへと向かった。こうしてイアヴァイン、ラニー、ムーアの3人は1960年代の終わりまでには、試行錯誤もありながら自分たちの新しい音楽の道を模索してLPを発表し、音楽業界の内部に踏み込んで行った。

Ⅲ. リアム・オフリンの場合――伝承音楽と音楽産業

　以上、ムーア、ラニー、イアヴァインの3人を中心に第二次世界大戦終了から1960年代の終わりまでの25年ほどのアイルランド音楽の流れを見てきた。しかし、これはレコード産業を中心とした商業音楽の流れであり、本当のアイルランド伝承音楽は地方の共同体に根付いたパブや家庭でのセッションにあると考える人もいるかもしれない。その見方に従えば、クランシーズやダブリナーズなどのギターやバンジョーの伴奏による歌は、「シャーン・ノス」（アイルランド民謡の伝統的な唱法）からの逸脱に思えるだろう。確かに商業主義の一時的流行に迎合することは伝承音楽本来のあり方を歪

め、その生命を縮める危険性はある。しかし一方で、伝承音楽というものは伝承の過程で少しずつ変化していくものでもある。例えば、先ほどのギターを例に取れば、1950年代のアイルランド音楽ではほとんど使われることはなかったが、60年代のバラッド・グループ・ブームによって一気に普及し、1970年代にはポール・ブレイディやボシー・バンドのミホール・オ・ドーナルによって、新たなアイルランド伝承音楽のギター奏法とも言うべきものが確立している。またバラッド・グループ・ブームが刺激となって、真に偉大な伝承音楽の歌い手や演奏者がレコードやCDを発表した。アイルランドから遠く離れた東洋の島国、日本にいながら本場の伝承音楽の一端を知りえるのも、これらの商業主義的なメディアの存在抜きには考えられない。結局、現代における伝承音楽とは、決して表舞台に現れない伝承の過程と、商業主義的なメディアのせめぎあいの中で生きていくしかないものかもしれない。

　リアム・オフリンの音楽的な背景を考えると、この感は一層強くなる。これまで彼の経歴には触れずに他の3人の歩みを述べてきたが、彼ら3人がロックンロール、スキッフル、ジャズなどの戦後流行の大衆音楽から、バラッド・グループ・ブームによってアイルランド伝承歌に開眼するという共通のパターンを持っていたのに対して、オフリンの歩みはかなり異なるからである。オフリンはムーアと同じく1945年にキルデア県キルの教師の家庭に生まれた。父はケリー出身のフィドル奏者で、大会で優勝するほどの腕前だった。母親はクレア出身で名フィドラー、ジュニア・クレハンの従姉妹であった。家では音楽好きの家族や友人がセッションを繰り広げ、他の3人と比べて格段に伝承音楽に囲まれて育ったと言える。6、7歳の頃にティン・ホイッスルを覚え、一時フィドルも練習した。

　しかし彼の心を捉えたのは父親のセッション仲間が演奏するイリアン・パイプだった。10歳頃練習用のイリアン・パイプをプレゼントされた彼は、父親の友人で偉大なイリアン・パイプ奏者で製作者でもあったリオ・ロウサムにレッスンを受けた。彼に教えを受けたことは、いくつものリードをつけたこの複雑怪奇な楽器の調整方法を学ぶ上でもとても重要だった。こうしてオフリンはロウサムのレッスンを受け、放課後は父の勤務していた学校の教

室で練習に励んだ。また彼は母親の出身地がクレアであったことから幼いうちからミルタウン・マルベイのイリアン・パイプの巨匠ウィリー・クランシーの薫陶も受けていた。クランシーからはパイプの技術のみならず、ダンスやフォークロア、アイルランド語を含めたアイルランド文化の全体に対する敬愛を全身で教えられた。それはオフリンに限ったことではなく、1973年にクランシーがわずか54歳で他界すると、彼の人柄を慕う仲間たちが直ちにウィリー・クランシー財団と、ウィリー・クランシー・サマー・スクールを開設して現在に至っている。またオフリンが幼少の頃、クランシーの師匠である伝説の巨匠、放浪の名パイパー、ジョニー・ドーランが彼の家を訪れて演奏した。

　オフリンは1958年頃からプロスペラスのセッションに出入りするようになった。若き日のムーアやラニーはここでオフリンの演奏を初めて聴いて、同世代の名パイパーの存在を知る。また彼がロウサム、クランシーに続く第三の師であるシェイマス・エニスと出会うのもここであった。この世界的に著名な巨匠は、若きオフリンの演奏を聴くや、開口一番「凄くうまいが、覚えることはたくさんある。出来るだけ全部教えてやろう」と言った。事実、1970年代初頭にオフリンは家族のいないエニスの家に住み込みでレッスンを受けた。1968年、習得することも維持管理することも極めて難しいイリアン・パイプの伝承、普及のため、エニス、ロウサム、クランシーら主要なイリアン・パイプ奏者の呼びかけでアイルランド・イリアン・パイプ協会が設立された。その初総会の席で何時間もエニスは若手の演奏を聴いたあと、130年も前に作られた愛用のパイプを取り出して演奏した。エニスは演奏を終えると、愛器をウィリー・クランシーに渡した。驚いて最初は躊躇ったクランシーが演奏を終え、パイプをエニスに戻そうとすると、エニスはそれを受け取らず、オフリンに渡し演奏を促した。名手同士の敬愛に満ちた交友が偲ばれる逸話である。このエニスの愛器は彼の死後、遺言によってオフリンに譲られた。寡黙なリアム・オフリンという演奏者には、エニス、ロウサム、クランシーという3人の巨匠と、その背後に何世紀にも渡って蓄積された伝承文化が継承されている。

Ⅳ.『プロスペラス』からプランクシティへ

　レコーディングの予備知識のないままデビュー・アルバムを作ってしまったムーアだが、それだけに2枚目のアルバムは満足のいくものにしようとの思いが強かった。特にスタジオ・ミュージシャンの気持ちの入らない演奏に対する不満は大きかった。何としても自分の音楽を理解してくれる気心の知れた音楽家の演奏が欲しかった。そのために録音の地に選んだのは、彼の音楽の原点とも言えるプロスペラスの姉の家、ダウニングズの地下室だった。プロデューサーはスウィーニーズ・メンを手がけたビル・リーダーだった。リーダーはディック・ゴーファン、アーチー・フィッシャー、ヴィン・ガーバットなど1960年代から70年代にイングランド、スコットランドのフォーク系の名盤を何枚も手がけた名プロデューサーである。その特徴はとにかく余分な加工をせずにアーティストの持ち味を十二分に引き出すことにあった。1971年に集められたミュージシャンは旧知のラニー、イアヴァイン、オフリンとフィドルのクライヴ・コリンズ、コンサティーナのデイヴ・ブランド、ボウラン担当で後にチーフタンズに加入するケヴィン・コネフであった。

　この録音中に事件は起きた。それはムーア、ラニー、イアヴァイン、オフリンという新進の4人の音楽家の引き起こした予期せぬ化学反応である。それは一曲目の「ラグル・タグル・ジプシー」に明らかである。イアヴァインのマンドリンとラニーのブズーキが細かいリズムのタペストリーを織りなし、ムーアの力強いリズム・ギターがそれを後押しする。その繊細で強力な伴奏に乗って、ムーアの歌とオフリンのパイプのメロディーが一気に疾走する。しかも歌が終わった後も演奏は切れ目なく「トゥール・ダム・ド・ラーヴ」の演奏になだれ込んでいく。演奏が終わる頃には全員が前人未踏の境地に達して歓喜するさまが伝わってくる。オトゥールの『プランクシティのユーモア』によれば，ビル・リーダーはこのアルバムの録音をルヴォックスのテープ・レコーダー1台とマイク2本で行ったというから驚く。歌や演奏のバランスは演奏者の位置を変えて調整したという。パイプの音量が大きい

のでリアムはもう少し後ろへ移動という具合だった (pp. 105–6)。そのためか、このアルバムはライブ感が満点で、ダウニングズの地下室の丸天井の反響の様子が手に取るように聴こえてくるし、演奏者の熱気が直に伝わってくる。ビル・リーダーが数々の名盤をプロデュースした秘密は、このように演奏者と聞き手の間の障害物を可能な限り最小にしようという姿勢にあった。

彼らはそのままグループを結成することを決めた。これはムーアにとっては、それまで築き上げてきたソロ活動の中断であり、オフリンにとっては商業主義への迎合との非難を招きかねない決断である。しかしそうした不利な点を押し切ってもグループとしての活動を選択する時代の気運は高まっていた。彼らと同世代の若者が20代半ばに差し掛かり、音楽シーンの最前線に浮上して何か新しいものを渇望する雰囲気が当時はあった。1970年にはドニゴールでブレナン兄妹とダッガン兄弟がクラナドを、後にボシー・バンドの中核となるオ・ドーナルとニ・ゴーナルの兄妹がスカラ・ブレイを結成して活動していた。1974年にはゴールウェイでデ・ダナンが結成される。イギリスで伝承歌のロック化に先鞭をつけたフェアポート・コンヴェンションのベース奏者アシュレー・ハッチングスはより本格的に伝承歌を追及するためにスティーライ・スパンを結成し、スウィーニーズ・メンをそのまま引き抜こうと画策したが、結局テリー・ウッズと妻のゲイの参加にとどまった。しかしグループはマディ・プライアーとティム・ハートのイングランド夫婦デュオと、テリー、ゲイのアイルランド夫婦デュオを擁する豪華なライン・アップとなった。

フォーク関係だけでなく、1960年代末から70年代初めのアイルランドでは、ロリー・ギャラハーを中心とする3人組のブルース・ロック・トリオ、テイストがアイルランドのクリームとして人気を集めた。やがてギャラハーはソロで活躍するが、時にはマンドリンを掻き毟るように弾いて熱演する姿はイギリスのミュージッシャンにはない熱気を発散していた。フィル・ライノットのカリスマ的な歌とベースを看板にしたロック・グループ、シン・リジーはダブリナーズのレパートリーで有名な「ウィスキー・イン・ザ・ジャー」をロック仕立てで取り上げヒットさせた。60年代終わりから本格的なブルー・アイド・ソウル・グループとして「グローリア」「ヒア・

カムズ・ザ・ナイト」「ブラウン・アイド・ガール」を立て続けにヒットさせたベルファスト出身のゼムのヴォーカリスト、ヴァン・モリスンはソロ・アーティストとして単身アメリカに渡り、ロック、ブルース、ジャズ、フォークを融合させたアイリッシュ・ソウルとでも呼ぶべき音楽を作り上げていた。さらにアイルランドのフェアポート・コンヴェンションと呼ばれたホースリップスは、アイルランド伝承音楽と神話をロック音楽に融合させようとしていた。

　このように音楽のジャンルの垣根が低くなって熱気を孕んでいた時期にプランクシティはひとつの解答を与えた。それはベースやドラムがなくとも躍動感溢れ、歪んだエレキ・ギターがなくとも迫力あるサウンドをもった音楽であり、しかもそれはオフリンのような正真正銘の伝承音楽演奏家が参加可能であるばかりか、伝承音楽の新たな可能性をさえ示唆する音楽であった。『ケルト音楽——完全ガイド』(*Celtic Music: A Complete Guide*) の中でジューン・スキナー・セイヤーズはこう言っている——「ケルト・リヴァイヴァルの中での最重要グループのひとつがプランクシティであった。というより、彼らの存在がなければリヴァイヴァル自体がありえなかったとさえ言うものもいる」(p. 261)。

　グループはドノヴァンに気に入られてともにツアーをして好評で迎えられた。こうしてレパートリーの骨格も出来上がり、あとはレコーディングを待つばかりであった。彼らに興味を示したのはエメット・スパイスランドを出したビル・マーティンとフィル・コウルターのプロダクションだった。そのときの過剰プロダクションに嫌な思い出のあるラニーが最後まで反対したが、他の申し出がなかったのでマーティン・コウルター・プロダクションを通じてポリドールと契約することになった。契約金は 3 万ポンドで、3 年間で 6 枚のアルバムを出すという契約だった。一見好条件にも見えるが、3 万ポンドの契約金には 6 枚のアルバムのレコーディングの経費一切が含まれており、半年に 1 枚のペースでのアルバム制作は極めて過酷なものであることが次第に明らかとなる。

　しかし上り坂のバンドはそんな懸念も押し切るかのような歌と演奏をファースト・アルバム（通称『ブラック・アルバム』）で展開する。一曲目は

『プロスペラス』と同じく「ラグル・タグル・ジプシー」と「トゥール・ダム・ド・ラーヴ」のメドレーである。ビル・リーダーのライヴ感溢れる録音と違って、スタジオでの録音なので音の密度は高まって完成度が増している。続いてイアヴァインが軽快に歌う「アーサー・マクブライド」。3曲目はグループの名前の由来となった18世紀の盲目のハープ奏者ターロッホ・カロランの「プランクシティ・アーウィン」で、ハーディ・ガーディとイリアン・パイプが絡み合う。イワン・マッコール作の「スウィート・テムズ・フロー・ソフトリー」では、テムズ川でボート遊びをする恋人たちがホイッスル、イリアン・パイプ、ハーモニカでのどかに描写される。オフリンのクレア・ルーツに敬意を表した「ジュニア・クレハンズ・フェイヴァリット——コーニー・イズ・カミング」はボウランをフィーチャーしたダイナミックな曲で、次のA面最後のイアヴァイン作「ウエスト・コースト・オヴ・クレア」のマイナー・タッチと好対照をなすように計算されている。この曲は後にモーラ・オコンネルその他も取り上げた名曲で、遠くにこだまするホィッスルとブズーキ、マンドリンのインタープレイが息をのむように美しい。

　LP時代のB面は軽快な「ジョリー・ベガー」とリールのメドレーで始まる。マイケル・マコンネル作の「オンリー・アワー・リヴァーズ」はムーアの包容力ある声で歌われ、間奏からラスト・コーラスのイリアン・パイプが感動的である。プランクシティでは政治色の強い歌は避けることになっていたそうだが、「自由を知らないこの国で／川だけが自由に流れる」という歌詞は、北アイルランド紛争が最も激化していた1972年の時点でギリギリ許容できる範囲であったというべきか。2曲目のカロラン曲「シー・ビェグ・シー・モール」の後半のギター伴奏が川の流れのように次の「フォロー・ミー・アップ・トゥ・カーロウ」に繋がっていく。これは16世紀のボルティングラスの反乱の際に、反乱軍のフィアホ・マクヒュー・オバーンがイギリス側のグレイ軍を撃破した故事を歌っている。この歌の野蛮といえるほどの激烈な反イギリスの文脈におくとき、「オンリー・アワー・リヴァーズ」の穏やかなプロテストもより強い意味を帯びてくる。「メリリー・キスト・ザ・クエイカー」はパイプとブズーキの掛け合いが軽快なダンス曲。ラストの「ブラックスミス」はイアヴァインの軽快な歌だが、最後はダンス曲風に変

奏されて幕を閉じる。イアヴァインが加入しそこなったスティーライ・スパンの最初のアルバムの一曲目がやはりこの曲だったが、この選曲をそちらに加入しなくても十分活躍しているというイアヴァインのスティーライ・スパンへのメッセージと考えるのは穿ちすぎであろうか。

　『プロスペラス』との大きな違いはグループとしての一体感であり、歌6割、演奏4割の比率も実にバランスが取れている。歌もムーアとイアヴァインが4曲ずつリードを取り、タイプの異なる彼らの歌を均等に楽しむことができる。歌は彼ら二人がリードし、演奏を表側でリードするのはオフリンである。ラニーは編曲のアイデアを出し、ブズーキで軽快なリズムを刻んで演奏の推進役を務める。4人それぞれがバンドの中で有機的に噛み合っている。自ら有能な作編曲家でありピアニストでもあるフィル・コウルターはいつでもピアノでアイデアが出せるように待機していたが、メンバーは介入を一切許さなかった。それほどメンバーのコンセプトは煮詰まっていたということだろう。

　グループはアイルランド、イギリスの精力的なツアーを開始する。増大する聴衆に対して十分な音量と音質を確保するためアンプやスピーカーの管理が必要になってくる。サウンド・エンジニアを担当したのはニッキー・ライアンであった。ライアンはこの仕事を皮切りにクラナドのエンジニア、プロデューサーを担当した。クラナドに一時加入していたエンヤと同居しながら多重録音のアイデアを磨いて、彼女を世界的なアーティストに成長させたのは他ならぬライアン夫妻であった。このようにプランクシティの活動はアイルランド音楽の裾野を広げるのにも影響を与えている。しかし過酷なツアーで準備不足のまま、1973年には次のアルバムの録音の日程が入ってくる。早くもマーティン・コウルターとの契約の過酷さが明らかになってくる。
そのせいか2枚目の『ザ・ウェル・ビロー・ザ・ヴァレー』はファーストよりも伝承音楽寄りの内容になっている。アルバムはムーアの幻のファーストにも入っていた「クーンラ」で幕を開ける。これはオフリンの師、シェイマス・エニスがアイルランド語から英語に翻訳したものだ。時間不足とはいえ、なかなか面白い試みもなされている。AB面の真ん中には「アズ・アイ・ローヴド・アウト」という同じタイトルの曲が収められており、A面

の曲をイアヴァインが、B面曲をムーアが歌っている。しかしこれは別な曲である。A面のほうは戦争で海外に出兵した兵士が現地で結婚し、故郷に残した恋人に夢の中で責められるという悲しい曲調である。B面のほうは対照的に兵士の青年が娘に言い寄って思いを遂げるという陽気な曲である。ラニーが珍しく「ビャン・ポージーン」ではリード・ヴォーカルを担当している。A面最後のタイトル曲は、イエスが井戸端で女から不義の姦通と子殺しのおぞましい告白を聞くという歌で、ボウランのリズムに煽られたムーアの迫力ある歌声の迫力が鬼気迫る。B面最後はイアヴァイン得意のマイナー調の失恋の歌「タイム・ウィル・キュア・ミー」で、「時が癒してくれるだろう」という優しい歌詞とともに最後のホイッスルとハーディ・ガーディのハーモニーがタイトル曲の重さを相殺してくれる。全体として、ファーストの緊密な一体感は欠けるものの、個々の楽曲や歌、演奏の水準は依然として高水準にある。

　しかしここで大問題が持ち上がる。ラニーがショーン・デイヴィーとビューグルというグループを結成するために脱退を表明したのだ。もともとエメット・スパイスランドの件でマーティン・コウルター・プロダクションとの契約に最後まで反対したラニーだが、その後のプロデューサーとしての活躍を考えると、彼の豊富な編曲やサウンドのアイデアは限られた固定的なメンバーが創造しうる範囲を超えてしまっていたのかもしれない。ラニーは結局デイヴィーとは固定的なグループを結成できなかったが、1974年からフルートのマット・モロイ、イリアン・パイプのパディ・キーナン、ギター、ヴォーカルのミホール・オ・ドーネル、ハープシコード、ヴォーカルのトリーナ・ニ・ゴーナルらとボシー・バンドを結成する。これはプランクシティとは違った意味で影響力のあるバンドとなった。イリアン・パイプ、フルート、フィドルがユニゾンでメロディーを奏で、ギター、ブズーキ、ハープシコードが多くの場合リズムに徹する。ある意味では非常に単純な構造だが、メンバーの力量がこの単純な構造にとてつもない迫力を与えることをボシー・バンドは証明した。5年ほどの活動の間に3枚のスタジオ録音盤と最後のライヴ・アルバム、解散後に出されたBBCでのライヴ盤と短命なバンドに終わったが、後進のバンドに多大なインパクトを与えた。

一方、プランクシティはラニーの穴を埋めるため、元スウィーニーズ・メンのジョニー・モイニハンを加入させ、3枚目のアルバム『コールド・ブロー・アンド・ザ・レイニー・ナイト』の録音を始めた。モイニハンは優れた歌手であるとともに、ブズーキをアイルランド音楽にもたらした人物であった。その奏法は独自の完成されたものだったが、ラニーのようにバンド全体を牽引して引っ張っていくという性質のものではなかった。1974年に発表されたアルバムはタイトル曲始め、「P・スタンズ・フォー・パディ・アイ・サポーズ」「レイクス・オヴ・ポンチャートレイン」など、モイニハンの加入によって可能になった佳曲も多い。またイアヴァインが東欧旅行の思い出を歌った自作の「バネアサズ・グリーン・グレイド」、ブルガリアのダンス曲をアレンジしたエキゾチックな「モニンスコ・ホロ」、ラストを飾る移民の歌「グリーンフィールズ・オヴ・カナダ」など忘れがたい曲も多く、音楽雑誌はこぞって高い評価を与え、イギリス『メロディー・メイカー』誌は年間ベスト・フォーク・アルバムに選出した。確かに名盤であることは間違いないが、『ブラック・アルバム』での爆発的な化学反応のようなものは残念ながら感じられない。

　ラニーの次にバンドを離れたのはムーアだった。彼は築き上げつつあったソロのキャリアを中断してバンドを結成したが、その要であるラニーはすでに去っていた。バンドとしてアレンジとアンサンブルを考えながらレパートリーを積み上げなければならないことは、それまでギター一本で好きな歌を即座に歌っていたムーアにとって大きな制約であった。しかしラニーに続いてムーアを失うことはバンドの存続自体を危うくするので、代替メンバーが見つかるまでムーアは留まることを約束した。そして見つけ出した新メンバーは元ジョンストンズのポール・ブレイディだった。彼はスウィーニーズ・メンからジョー・ドーランが脱退したときに加入が検討されたが、僅かな差でジョンストンズに取られた経緯があった。他のメンバーにとっても旧知の仲であり、その歌とギターの力量は文句のつけようがなかった。ブレイディが加入した1974年9月から、ムーアが最終的に離脱する10月の間は5人で活動していたが、ムーア、イアヴァイン、モイニハン、ブレイディとヴォーカルが4人もいたわけで実に贅沢なライン・アップで、録音が残されな

かったのが実に残念である。ムーアが抜けたあとの4人は1974年から翌年にかけてイギリス、ドイツのツアーを続けた。雑誌などの高評価にもかかわらず、またしてもツアーの連続による心身の消耗とレコーディングの準備不足が彼らを悩まし、バンドはついに活動休止を決定した。

　イアヴァインとブレイディは解散後も意気投合して、1976年に『アンディ・イアヴァイン／ポール・ブレイディ』の連名でデュオ・アルバムを作成した。プロデュースはラニーである。ブレイディの歌う「アーサー・マクブライド」やイアヴァイン自作の「オータム・ゴールド」など彼らの代表作となる曲が収録されている。その後、ブレイディは1978年にソロの傑作『ウェルカム・ヒア・カインド・ストレンジャー』を出した後、1980年の『ハード・ステイション』から自作中心のシンガー・ソング・ライターに転向する。実はデュオ活動の直前に、ファースト・アルバム完成後、ヴォーカルのドローレス・キーンが脱退したデ・ダナンからイアヴァインは誘われたが、彼はデュオを優先してかわりにモイニハンを推薦した。彼は1977年のデ・ダナン『セレクティド・ジグズ・リールズ・アンド・ソングズ』で「バーブラ・アレン」などの有名曲を歌い、ブズーキのみならず、マンドリンやテナー・バンジョーで芸達者なところを見せている。

　一方、ムーアは再びソロに復帰すると、『ホワッテヴァー・ティックルズ・ユア・ファンシー』(1975)、『クリスティ・ムーア』(1976)、『アイアン・ビハインド・ザ・ヴェルヴェット』(1978)、『ライヴ・イン・ダブリン』(1979)と矢継ぎ早に質の高い作品を発表してソロ歌手としての地位を確保した。

V. アフター・ザ・ブレイク——再結成以後と1980年代のアイルランド音楽

　これらの作品の制作にもメンバーたちはバックやプロデュースで協力し合っていた。転機となったのは1978年のバリソデア・フェスティヴァルで、ラニーはボシー・バンドの一員として、他のオリジナル・メンバーは全員ソロ・アーティストとして出演していた。フェス主催者のケヴィン・フリンは熱心なプランクシティ・ファンで再結成を懇願した。そのフェスでの再結成

は実現しなかったが、ボシー・バンドもツアーの連続で解散間近だったこともあり、メンバーたちは再結成に動いた。しかもオリジナル・メンバーに加えて、ボシー・バンドから誰もが認めるフルートのトップ・プレイヤー、マット・モロイが加入した。バンドは1978年9月から練習を開始し、ケヴィン・フリンをマネージャーにしてツアーを開始した。翌1979年に発売された4枚目のアルバムは『アフター・ザ・ブレイク』(休息のあとで)と題され、フィル・コウルターの制約が外れて、初めてイギリスではなくダブリンで録音された。そのせいか歌も演奏も余裕がある完成度の高いものになっている。ムーアの歌う「グッド・シップ・カンガルー」、冷酷な地主を殺害してアメリカに逃れる農民を描いた壮大な「ザ・パーシュート・オヴ・ファーマー・マイケル・ヘイズ」、W・B・イェイツの有名な「ダウン・バイ・ザ・サリー・ガーデンズ」の元歌で、イアヴァインが歌う「ランブリング・ボーイズ・オヴ・プレジャー」、兵士が乞食に化けて娘を誘惑する「ランブリング・シューラー」など、歌ものは多彩である。またダンス・チューンでは、これまでオフリンのパイプが一手に主役を演じていたが、モロイという名手の加入によって、ジグやリールのダンス曲には今まで以上に緊張感溢れる美しいハーモニーが聴ける。最後の「スメセノ・ホロ」はイアヴァイン得意のブルガリアのダンス曲で、16分の9拍子の変則リズムながら見事にアイルランド風に演奏される。

　第一期プランクシティが過酷なツアーと、レコーディングにかける時間不足が原因で短命に終わったことを教訓に、第二期プランクシティはメンバー個人の活動も出来るだけ可能にするように配慮された。イアヴァインは初のソロ・アルバム『レイニー・サンデイズ……ウィンディ・ドリームズ』を1980年に発表している。これはそれまでの彼の歌手、ソング・ライター、マンドリン、ブズーキなどのマルチ・プレイヤーとしての集大成となっている。タイトル曲のような彼得意のマイナー調の曲とともに、バルトークが収集したルーマニア民謡に英語の歌詞をつけて女性歌手ルシアン・パーセルが歌う「ロメイニアン・ソング(ブラッド・アンド・ゴールド)」は16分の5拍子という変則拍子にルシアンのエキゾチックな歌声がマッチした異色の傑作である。

モロイはチーフタンズに加入して再びオリジナルの4人に戻ったプランクシティは、1980年7月から5枚目の『ザ・ウーマン・アイ・ラヴド・ソー・ウェル』の録音を開始した。このアルバムの特徴はゲストの参加によるサウンドの拡大である。モロイのフルート、デュオとして定評のあるフィドルのトニー・リネインとコンサティーナのノエル・ヒル、キーボードのビル・ウィーランが参加している。歌はドラマチックな内容が多く、アンディの歌う「ロジャー・オヘヘール」は無頼な生活の挙句、絞首刑になる男の歌。「ケルズウォーター」は親の反対を押し切って駆け落ちする恋人たちの歌。「ジョニー・オヴ・ブレイディズ・リー」はスコットランドのバラッドで、鹿を密猟するジョニーと森番の血みどろの死闘の物語である。ムーアの歌う「トゥルー・ラヴ・ノウズ・ノー・シーズン」はアメリカの名ギタリスト、ノーマン・ブレイク作のカウボーイ・ソング。ラストの「リトル・マスグレイヴ」はイングランドの有名なバラッドで、ムーアが以前1976年のソロ・アルバム『クリスティ・ムーア』で取り上げたものの再演である。騎士マスグレイヴと貴婦人の不倫は、夫のバーナード卿との決闘に発展して二人は血腥い最期を迎える。以前は数分の歌だったが全28番の歌詞をつけて、ゲストの演奏の助けを借り、11分を越える一大叙事詩に発展する。

　このように、第二期プランクシティは、次第に周到に編曲、構成された音楽を志向していった。彼ら自身の演奏、編曲能力の上昇と、巧みなゲスト・プレイヤーの起用がそれを可能にした。この延長線上にあるのが1981年の「タイムダンス」である。これは彼らにとっては異色の仕事であった。ヨーロッパのポップ・ソング・コンテスト、ユーロ・ヴィジョンは1981年の開催地をアイルランドに予定していた。このためビル・ウィーランがコンテストのテーマ曲を委嘱されたのだった。ウィーランはラニーの協力で、6分を越える組曲を完成した。曲は3部構成でイリアン・パイプをメインにしながら、ベースとドラム、それにノラグ・ケイシーのフィドルを加え、プランクシティのシングルとして発表されて反響を呼んだ。1994年に再びユーロ・ヴィジョンがアイルランドで開催されたとき、ウィーランはこのときの経験を生かして「リヴァー・ダンス」を作曲し、世界的なブームに繋がったことは周知の事実である。

この経験はラニーにもベース、ドラムのリズム隊とイリアン・パイプなどの伝統楽器とのコラボレーションの可能性を示唆した。しかしアコースティックな楽器と伝承曲を基本とするプランクシティの音楽では、編曲と選曲の範囲に自ずと限界があった。その限界を突破するためにムーアとラニーは1981年2月にムーヴィング・ハーツを結成する。メンバーはエレキ・ギターにアイルランド伝承音楽をロック化した先駆的バンド、ホースリップスのデクラン・シノット、ベースはオーン・オニール、ドラムはブライアン・カルナンと、ここまでは全くのロック・バンド仕立てで、そこにデイヴィ・スプレインのイリアン・パイプとキース・ドナルドのサックスが加わる。1981年7月にはシングル「ランドロード」を、10月にはデビュー・アルバム『ムーヴィング・ハーツ』を発表する。インスト曲以外に自作はないが、歌はどれもメッセージ性の強いものだ。原爆を告発するジム・ページ作の「ヒロシマ・ナガサキ・ロシアン・ルーレット」、ヴァイキングからクロムウェルまで800年に及ぶアイルランドの抑圧を歌ったジョン・ギブス作「アイリッシュ・ウェイズ・アイリッシュ・ローズ」、イースター蜂起のパトリック・ピアス、ジェイムズ・コノリーからアメリカのサッコ＝ヴァンゼッティ裁判、当時大問題となっていたIRAのボビー・サンズのハンスト死亡事件までも歌いこんだ「ノー・タイム・フォー・ラヴ」。混迷する世界を聖書の大洪水前に見立てたジャクソン・ブラウンの「ビフォー・ザ・デリュージ」も新たな意味を帯びて聴こえてくる。プランクシティでは辛うじて「オンリー・アワー・リヴァーズ」にその片鱗を窺わせていたムーアの正統的なプロテスト・フォーク・シンガーとしての側面が全開になっている。「マクブライズ」その他3曲のインスト曲では、ベース、ドラムとイリアン・パイプ、サックスの融合という、ロック、伝承音楽、ジャズのフュージョンが新しい響きを生み出している。

　伝承音楽リヴァイヴァルの立役者2人がロック化したことは大きな反響を呼び、精力的なライヴ活動は多くの観客を動員した。バンドはドラムをマット・ケレハンに交代して、1982年にセカンド・アルバム『ダーク・エンド・オヴ・ザ・ストリート』を発表する。ムーアの弟バリー作の「リメンバー・ザ・ブレイヴ・ワンズ」、ミック・ハンリー作の「オール・アイ・リメンバー」、

シノット作で珍しく彼が歌う「レット・サムバディ・ノウ」などの地元のソング・ライターの作品もあるが、全体としてアメリカのルーツ・ロック志向が目立っている。タイトル曲はソウル・シンガー、ジェイムズ・カーの熱唱で知られる不倫を歌った名曲。「ホワット・ウィル・ユー・ドゥ・アバウト・ミー」は、1960年代末にジェファーソン・エアプレイン、グレイトフル・デッドとともにサン・フランシスコの3大グループと称されたクィックシルヴァー・メッセンジャー・サーヴィスの1971年のアルバム・タイトル曲で、環境汚染と資本主義の網の目を告発し、「俺をどうする積りだ」と抗議する。「アジェンデ」はアメリカのフォーク・デュオ、フリーンマン・アンド・ラングの1975年のアルバムに入っているドン・ラングの曲で、社会主義路線をとったためCIAの画策で軍部のクーデターで倒れたチリの大統領、サルヴァドール・アジェンダを歌った曲。アメリカの世界戦略で荒廃していく南米の日常風景が淡々と描写される。全体的に地味な選曲ながら抑えたメッセージ性を出している。しかしムーアはこのアルバムを最後に脱退してしまう。バンドはシンガーにミック・ハンリーを迎え、1983年にライヴ盤『ライヴ・ハーツ』を発表し、1984年のヴァン・モリスンのアルバム『ア・センス・オヴ・ワンダー』の2曲でバックを務めるが解散する。モリスンは彼らにバック・バンドになって欲しかったようである。彼は1988年にチーフタンズをバックに全曲伝承歌を収めた『アイリッシュ・ハートビート』で絶賛された。もしムーヴィング・ハーツが存続していれば、このときの伴奏を依頼された可能性もあったはずだが残念である。もっともイリアン・パイプのスピレインはインストルメンタルの可能性を追求したいとラニーに持ちかけ、もうひとりのイリアン・パイプ奏者デクラン・マクファーソンを加えて、1985年に全曲インストの『ストーム』を発表するが、これは別なバンドの作品といえるだろう。

　ムーヴィング・ハーツの活動期間中、休止状態だったプランクシティは1982年に最後のアルバム『ワーズ・アンド・ミュージック』を録音する。前作に引き続いて、ビル・ウィーランのキーボード、ジェイムズ・ケリー、ノリグ・ケイシーのフィドルに加えて、ムーヴィング・ハーツのベースのオニールも参加している。特にキーボードが活躍し、オフリンのイリアン・パ

イプのメロディーをシンセサイザーのストリングス風の和音が美しく彩る。また空間的な広がりがある録音処理が、ムーアやイアヴァインの歌にスケール感を与えている。とくに「ロード・ベイカー」はイギリス貴族とトルコ人娘の恋物語で8分を越える大作になっている。アルバムの最後は16世紀のイギリスの作曲家ウィリアム・バードの組曲の一部をアレンジした「アイリッシュ・マーチ」で、イリアン・パイプとブズーキ、マンドリンなどの弦楽器が軽快に絡み、後にクラシックとコラボすることになるオフリンのキャリアを予感させる。

VI. 結び――プランクシティの遺産

　途中に中断を挟んだ10年余りのプランクシティの活動、1980年代初頭を流星のように駆け抜けた短い活動期間であったムーヴィング・ハーツの実験的なエレクトリック化と、流動的なバンド構成は以後のアイルランド音楽界に大きな影響を与えた。1970年代はセカンド・アルバムで時折エレキ・ギターを使ったのを除けば、ほぼアコースティックな音楽を追求していたクラナドは、1980年代に入るとブレナン兄妹の末妹エンヤの加入で、キーボード使用の比重を増していき、1982年の「ハリーズ・ゲームのテーマ」でポップ・スターの地位を獲得した。またモイニハンの加入などで交流のあったデ・ダナンはフィドルのフランキー・ゲイヴィンとブズーキ、ギターのアレック・フィン以外のメンバーをアルバムごとに入れ替え、多様な音楽性を追求した。特にドローレス・キーンに始まり、前述のモイニハン、モーラ・オコンネル、メアリー・ブラック、エレノア・シャンリー、トミー・フレミングなど、歴代のデ・ダナンのヴォーカリストはすべて独立後スター歌手になった。

　一時クラナドに在籍していたエンヤは、伝承音楽から出発しながら、それを高度に編集、編曲し、ヴォーカル、キーボードの多重録音と、サウンド・エフェクトを巧みに多用して独自な音楽世界を構築した。1986年にイギリスBBCの特別番組『ケルツ』の音楽担当に抜擢されてから世界的な名声を

獲得したのは周知のことである。これを陰で支えたのが、プランクシティでプロデュースとエンジニアリングの修行をし、のちにクラナドのマネージャーを務めたニッキー・ライアンである。

またデ・ダナンのヴォーカルから大きく飛躍したメアリー・ブラックも、1981年にムーアの『クリスティ・ムーア・アンド・フレンズ』に「アナキー・ゴードン」を取り上げられたのが世に出る切っ掛けであった。1980年代に『メアリー・ブラック』『コレクティド』などの優れた伝承歌のアルバムをプロデュースし、ギタリストとしてバック・アップしたのはムーヴィング・ハーツのデクラン・シノットだった。ブラックは1980年代後半からコンテンポラリー志向を強め、1989年の『ノー・フロンティアーズ』で、クラナド、エンヤに続いて世界的な名声を獲得していった。

また「タイムダンス」のあとを受けたビル・ウィーランの「リヴァー・ダンス」は元ムーヴィング・ハーツのデイヴィ・スピレインの協力で1994年から世界的なダンス・レヴューに発展したことはすでに触れた。このようにプランクシティ、ムーヴィング・ハーツの蒔いた種は1980年代から90年代にかけて世界的な広がりを見せた。

各メンバーに関して言えば、ムーアはすでにソロ歌手として30枚あまりのアルバムを発表してアイルランドの国民的歌手となっている。イアヴァインは自身のソロ・アルバムだけでなく、パトリック・ストリート、東欧音楽の色彩を強くしたモゼイイックの二つのグループを牽引して何枚ものアルバムを出している。ラニーはブズーキ奏者としてだけでなく、プランクシティの頃からプロデューサーとしての頭角をあらわし、数多くの伝承音楽のアルバム、エルヴィス・コステロ、ケイト・ブッシュなどのポピュラー音楽のプロデューサーとしても名高い。特に1992年にイギリスBBCとアイルランドRTÉが共同で制作した特別ドキュメンタリー番組『ブリンギング・イット・オール・バック・ホーム』では音楽デレクターを務め、アイルランド音楽とアメリカ音楽、さらに世界音楽との関係をひろく世界中に認識させた。オフリンも何枚ものソロ作品を発表し、1993年の『アウト・トゥ・アン・アザー・サイド』ではクラシックとの融合も試みている。またアイルランド伝承音楽とクラシックの融合を先導するミホール・オースーラワーンとの共

同作業や、ノーベル文学賞詩人のシェイマス・ヒーニーの詩の朗読とのコラボでも知られている。2003 年の再結成コンサートの模様は CD と DVD で発売されたが、そこに刻まれた演奏は、30 年以上にも渡ってアイルランド音楽を探求してきた 4 人の音楽家の音楽が少しも古びないことを雄弁に物語っている。またソーラスやルナサなど後発の有力なバンドの歌や演奏にも、プランクシティの音楽的 DNA が確実に受け継がれているのを聴き取ることができる。

＊本書の校正作業中の 2018 年 3 月 14 日、筆者のアイルランド滞在中にリアム・オフリン氏は 72 歳でご逝去された。オフリン氏のご冥福をお祈りするとともに、氏が残した素晴らしい音楽に心から敬意を表したい。

参考文献

Leagus O'Toole, *The Humours of Planxty* (Dublin: Hodder Headline Ireland, 2006).
Geoff Wallis and Sue Wilson, *The Rough Guide to Irish Music* (London: Rough Guide Ltd, 2001).
Joy Graeme (ed.), *The Irish Songbook* (London: Wise Publications, 1969).
Kenny Mathieson (ed.), *Celtic Music* (San Francisco: Backbeat Books, 2001).
Gearóid Ó hAllmhuráin, *O'Brien Pocket History of Irish Traditional Music* (Dublin: O'Brien Press, 1998).
Harry Long, *The Waltons Guide to Irish Music* (Dublin: Waltons Publishing, 2005).
June Skinner Sawyers, *Celtic Music: A Complete Guide* (New York and Cambridge: Da Capo Press, 2000).
Brian Lalor (ed.), *The Encyclopaedia of Ireland* (Dublin: Gill & Macmillan, 2003).

初出一覧

【第一部】
アイルランド・ロマン主義詩人とナショナル・アイデンティティ

序　章　「アイルランド・ロマン主義の問題——トマス・ムーア、ジェイムズ・クラレンス・マンガン、サミュエル・ファーガソン、トマス・デイヴィスを中心として」『早稲田大学大学院教育研究科紀要』22号（早稲田大学大学院教育研究科、2012年3月）、pp. 17–32.

第一章　「トマス・ムーア『アイリッシュ・メロディーズ』の両義性——「息の詩学」とヤング・アイルランドからイェイツへの影響——」『知の冒険——イギリス・ロマン派文学を読み解く』（音羽書房鶴見書店、2017年3月）、pp. 236–253.

第二章　「ジェイムズ・クラレンス・マンガンのアイルランド民族主義への覚醒過程」『早稲田大学大学院教育研究科紀要』16号（早稲田大学大学院教育研究科、2006年4月）、pp. 19–32.

第三章　「若き女流愛国詩人の肖像——ジェイン・フランセスカ・ワイルド（スペランツァ）の詩」『早稲田大学大学院教育研究科紀要』23号（早稲田大学大学院教育研究科、2013年3月）、pp. 1–14.

第四章　「サミュエル・ファーガソンとアイルランド民俗学」『早稲田大学大学院教育研究科紀要』24号（早稲田大学大学院教育研究科、2014年3月）、pp. 19–34.

【第二部】
W・B・イェイツ——詩人とネイション

第五章　「W・B・イェイツとサミュエル・ファーガソン——二つのファーガソン論を中心に」『学術研究』61号（早稲田大学教育学部、2015年2月）、pp. 189–201.

第六章　「イェイツの時間意識の形成についての試論」『イェイツ研究』34

号（日本イェイツ協会、2003 年 9 月）、pp. 52–61.

第七章　「イェイツとイースター蜂起」『学術研究（英語・英文学編）』51 号（早稲田大学教育学部、2003 年 2 月）、pp. 1–15.

第八章　「『マイケル・ロバーツと踊り子』に見るイースター蜂起から独立戦争期のイェイツ」『学術研究』65 号（早稲田大学教育学部、2017 年 2 月）、pp. 189–200.

【第三部】
現代アイルランドのナショナル・アイデンティティ

第九章　「パトリック・カヴァナーのアイリッシュ・アイデンティティ——『大いなる飢餓』を中心として」『早稲田大学大学院教育研究科紀要』28 号（早稲田大学大学院教育研究科、2018 年 3 月）、pp. 1–14.

第十章　「ブライアン・フリール『トランスレーションズ』論」『学術研究：人文科学・社会科学編』60 号（早稲田大学教育学部、2012 年 2 月）、pp. 187–205.

第十一章　「プランクシティから見たアイルランド音楽の 50 年——音楽社会学的考察」『学術研究』61 号（早稲田大学教育学部、2013 年 2 月）、pp. 207–222.

あとがき

　本書はここ数年間日本学術振興会・科学研究費の援助を受けて行った研究を主にまとめたものである。2011 年 3 月から 2012 年 3 月までは勤務する早稲田大学から特別研究期間を与えられて、1 年間ユニバーシティ・カレッジ・ダブリン (UCD) で客員教授として研究に専念することができた。UCD 滞在中はデクラン・カイバード教授、当時の英文科主任アン・フォガティ教授、アンソニー・ローチ教授、P・J・マシューズ准教授から大変お世話になった。またその後も毎年科研費の援助によって研究出張に赴き、資料の収集、調査を行い、意見の交換をし旧交を温めることができた。また 2013 年にはマシューズ氏を、2014 年にはフォガティ氏を招聘して、講演会、シンポジウムを開催することができた。

　またこの間、早稲田大学国際教養学部の三神弘子教授と早稲田大学法学部の故清水重夫名誉教授とは一貫して共同研究を継続してきた。唯一残念なことは清水教授が 2015 年ごろから闘病生活に入られ、2017 年 7 月にご逝去されたことだ。生前に研究の成果をお示しすることができなかったのが心残りでならない。

　最後になったが、このような形で研究成果をまとめることに快く同意して下さった三神教授と、故清水教授に代わって研究分担をご快諾頂いた小林広直氏に心から御礼申し上げたい。

　また出版の労を取って頂いた音羽書房鶴見書店の山口隆史氏には大変お世話になりました。記して感謝致します。

* 本書は日本学術振興会・科学研究費基盤研究 (C)「アイルランドのナショナル・アイデンティティ：独立戦争から紛争まで」(研究代表：及川和夫、研究課題／領域番号：15K02364、研究期間：2015.4.1–2018.3.31) の研究の成果である。本書の出版を可能にしてくれた日本学術振興会に心より御礼申し上げる。

The Harp & Green
—Irish Poetry and National Identity

CONTENTS

Forewords i

Part I Irish Romantic Poets and National Identity

Introduction: Problems of Irish Romanticism 2

Chapter 1 The Ambiguity of *Irish Melodies* by Thomas Moore
—The Poetics of Breath and its Aftermath 7

Chapter 2 The Process of James Clarence Mangan's Awakening
into Irish Nationalism 24

Chapter 3 The Poets of the *Nation*
—Thomas Davis and Jane Francesca Wilde (Speranza) 46

Chapter 4 Samuel Ferguson and Irish Folklore and Archeological
Studies 65

Part II W. B. Yeats: The Identity of the Poet and Nation

Chapter 5 Yeats and Samuel Ferguson
—Focusing Yeats' Two Essays on Ferguson 88

Chapter 6 Yeats's Consciousness of Time 107

Chapter 7 Yeats and the Easter Rising 122

Chapter 8 Yeats after the Easter Rising 142

Part III National Identity in Contemporary Ireland

Chapter 9 The Irish Identity of Patrick Kavanagh
—Focusing on *The Great Hunger* 156

Chapter 10 On *Translations* by Brian Friel........................ 174

Chapter 11 Planxty and Fifty Years of Irish Traditional Music
—An Approach in Sociology of Music.................... 202

List of Acknowledgements... 231

Afterwords 233

著者紹介

及川　和夫（おいかわ・かずお）

　早稲田大学教育学部英語英文学科教授。1988年早稲田大学大学院文学研究科博士後期課程英文学専攻満期修了。共著に『知の冒険――イギリス・ロマン派文学を読み解く』（音羽書房鶴見書店、2017年）、『美神を追いて――イギリス・ロマン派の系譜』（音羽書房鶴見書店、2001年）、『世紀末のイギリス』（研究社出版、1996年）、*Centre and Circumference—Essays in Romanticism*（桐原書店、1995年）その他。編著に *An Anthology of British and American Poetry* 第3版（鳳書房、2017年）。2017年よりイギリス・ロマン派学会副会長。

アイルランド詩と
ナショナル・アイデンティティ
The Harp & Green

2018年4月25日　初版発行

著　者　　及川　和夫
発行者　　山口　隆史
印　刷　　シナノ印刷株式会社

発行所　　株式会社 音羽書房鶴見書店

〒113-0033 東京都文京区本郷 4-1-14
TEL 03-3814-0491
FAX 03-3814-9250
URL: http://www.otowatsurumi.com
e-mail: info@otowatsurumi.com

Printed in Japan
ISBN978-4-7553-0409-5
組版　ほんのしろ／装幀　吉成美佐（オセロ）
製本　シナノ印刷株式会社
©2018 by OIKAWA Kazuo